ハヤカワ文庫 NV
〈NV1293〉

ツーリストの帰還
〔上〕

オレン・スタインハウアー
村上博基訳

早川書房
7275

スラヴィカとマーゴウに

この飛行機の非常出口は三か所にあります。あわてずに一番近い出口をみつけてください。場合によっては、手近の出口はあなたの後方にあります。

目次

ツーリストの帰還〔上〕

登場人物

ミロ・ウィーヴァー
(セバスチャン・ホール)……………………ツーリスト
ティーナ………………………………………ミロの妻
ステファニー…………………………………ティーナの娘
エフゲニー・プリマコフ……………………ミロの父親。国連の上級職員
エレン・パーキンス…………………………故人。ミロの母親
ドクター・レイ………………………………カウンセラー
トマス・グレインジャー……………………故人。ミロの元上司
アンジェラ・イェーツ………………………故人。CIAのエージェント
ヘンリー・グレイ……………………………ジャーナリスト
ジュジャンナ（ジュジャ）・パップ……ジャーナリスト。ストリッパー
オーウェン・メンデル………………………ツーリズムの部長代行
アラン・ドラモンド…………………………ツーリズムの責任者
ジェイムズ・エイナー………………………ツーリスト
アドリアナ・スタネスク……………………モルドヴァ移民の少女
アンドレイ……………………………………アドリアナの父
ラダ……………………………………………アドリアナの母
ミハイ…………………………………………アドリアナの伯父
ネイサン・アーウィン………………………ミネソタ州選出の上院議員
マルコ・ズベンコ……………………………ウクライナ公安部所属
シン・チュウ…………………………………中国国安部所属
エリカ・シュワルツ…………………………ドイツ連邦情報局（BND）の情報部長
テオドール（テディ）・
　　ワルトミュラー…………………………エリカの上司
オスカー・ラインツ…………………………エリカの部下
ハンス・クーン………………………………ベルリン刑事警察の警部

ヘンリー・グレイの最後のフライト

二〇〇七年八月六日月曜日から
十二月十一日火曜日まで

1

DJのジャジー・Gが、かつて彼の青春の讃歌だったザ・キュアーの『ジャスト・ライク・ヘヴン』のイントロを出すと、ヘンリー・グレイはつかのま、祖国離脱者の陶酔をたっぷり味わった。こういうことは、はじめてだろうか。ハンガリーでの十年間、なにかの折々に多かれ少なかれ感じたことはあるが、いま——午前二時すぎ、マルギット島のクラブ《チャチャチャ》の屋外ダンスフロアで、ジュジャの唇が汗ばんだ耳たぶを這っているいまはじめて、甘美な外国暮らしの生《なま》の実感と、頭がぼうっとなりそうな幸運を感じた。《チャチャチャ》が再現する八〇年代の夜。ジャジー・Gは彼の胸の内を読んでいる。ジュジャは彼の舌をむさぼっている。

中欧のこの首都でさまざまな挫折と失望を味わいはしたが、そうやってジュジャンナ・パップの腕のなかにいると、彼はこの都市と、ケルト——長い暗い冬を生きのびたハンガリー人がひらくビアガーデン――に、いっとき親愛の情を覚えた。ここで人々は服を脱ぎ、飲んで踊り、前戯《フォアプレイ》を段階的に演じ、ヘンリーのようなアウトサイダーにも、なんだか仲間意識を持たせてしまう。

しかし、そんな官能に発する幸運のすべてをもってしても、ふつうならヘンリー・グレイに、これほどかぎりないよろこびをあたえるはずはなかった。それは特ダネのせい、つい十二時間前、あまりあてにならぬハンガリーの郵便事業を通じて受け取った情報のせいだった。彼のまだ若いプロとしてのキャリア中、最大の情報だった。

これまでのジャーナリストのキャリアは、一にかかってタサール空軍基地の出来事にあった。あの果てしないイラク戦争がはじまったころ、アメリカ陸軍がハンガリーの田舎で、〈自由イラク軍〉をひそかに訓練したという情報である。それが四年前で、以来今日まで、ヘンリー・グレイのキャリアは挫折の連続だった。ルーマニアとスロヴァキアにおけるCIAの秘密尋問センターの事件では、報道の時機を間違えた。セルビア－ハンガリー国境をめぐる民族紛争はアメリカの新聞に発表できなくて、半年をむだにした。そして昨年、《ワシントン・ポスト》が、CIAはタリバンの捕虜を使ってアフガン阿片を収穫し、ヨーロッパに売りつけているとすっぱ抜いたが、折りも折、ヘンリー・グレイはまたぞろ暗い時期にどっぷりつかってもがいていたから、目が覚めてもウオッカとウニクム（薬用食前酒）のにおいが抜けず、一週間分の記憶がきれいに脱落していた。

しかし、いま、ハンガリーの郵便が救済をもたらした。どんな新聞も無視できぬ代物だ。マンハッタンのバーグ&ドゥバーグという怪しげな名の法律事務所から送られてきたそれは、クライアントのひとりである元CIA職員、トマス・L・グレインジャーによって書かれていた。その手紙はヘンリー・グレイにとって、あらたなるはじまりであった。

それが証拠に、これまでずっとよそよそしかったジュジャが、その手紙を読みきかせ、自分のキャリアにとってその意味するところを教えたら、ついになびいたのである。自身もジャーナリストである彼女は、協力することを約束し、キスの合間に、こうなるとあたしたち、ウッドワードとバーンスタイン(ウォーターゲート事件を暴いてニクソン大統領を辞任に追い込んだふたりの新聞記者)の再来ねといい、彼は応じて、それはもうきまったも同然だといった。

つまるところ、欲得が彼女の意志を曲げたのか。しかし、いまこのひととき——すくなくともあと数時間は持続するこのひととき、そんなことはもうどうでもよかった。

「愛してる?」彼女はささやいた。

彼は温かい顔を両手ではさんで、「どう思う」ときいた。

彼女は声に出して笑った。「あなたはあたしを愛してると思うわ」

「では、きみは」

「あたしはもともとあなたが気に入ってたのよ、ヘンリー。そのうち愛したくならないでもないわ」

最初ヘンリーは、トマス・グレインジャーという名が思いだせなかったが、読み返したら思いあたった。前に一度会ったことがある。あれは四年前、タサール基地の手がかりを追っているときだった。アンドラーシ通りで横にきた車がとまり、後部座席の窓が下がって、乗っていた老人が、きみに話があるといった。コーヒーを飲みながら、トマス・グレインジャーは愛国心と露骨な脅しを使って、グレイにその話を記事にするのはもう一週間待てといった。拒否したグレイが帰宅すると、アパートの部屋はめちゃくちゃに荒らされていた。

二〇〇七年七月十一日

ミスター・グレイ

以前きみの報道の仕事のことで角《つの》突き合わせた相手から手紙を受け取って、意外に思っているだろう。わたしは自分の行動を弁明したくてこれを書いているのではないから、安心してもらいたい。わたしはいまでも、きみのタサールに関する記事は無責任このうえなく、国家のそれなりの防衛努力を損ないかねなかったと思っている。損なわずにすんだということは、記事の発表を遅らせたわたしの能力を、でなければそちらの編集部の非合理性を証明するものであり、どちらを取るかはきみにまかせる。

しかしながら、きみの不屈には、わたしは舌を巻いてやまない。他のジャーナリストなら引いたかもしれぬところで、きみは果敢に押して出た。そのことがきみを、いまわたしがだれよりも相談したい相手にし、わたしが必要とするジャーナリストにする。

この手紙がきみの手にあるということは、決定的な一事実を、すなわちわたしがもはや存命せぬことをしめすものである。わたしがこれを認《したた》めるのは、わたしの死——おそらくわたしの雇用主の手にかかっての死が、世に知られずにすむことのなきを願うためである。

空《むな》しい願いだというのか。そういってくれていい。だが、きみがわたしの年齢まで生きたなら、いますこし好意ある見かたをしてくれるだろう。わたしは理想主義的衝動だと思っているが、きみにもそう見てもらえるにちがいない。

公的記録では、グレインジャーは心臓発作で死亡する七月まで、CIAニューヨーク支部の財務管理の責任者だった。しかしまた、公的記録が〝公的〟であるには理由がある。すなわち、記録は政府が公《おおやけ》に信じさせたいことを表に打ち出す。

午前三時ごろ、ふたりはダンスフロアの雑踏を苦労して抜けると、持ち物を受け取り——七ページの手紙はまだショルダーバッグのなか——マルギット橋をペスト側へ渡った。タクシーをひろって八区のジュジャの窮屈なアパートへ行き、彼はそれから一時間とたたず、万一このまま夜明けとともに命が果てるのなら、なにも思いのこすことはないと思った。

「どう、こういうの」ヴォーグ・シガレットの紫煙がにおう重厚な暗がりで、ジュジャがきいた。

彼は息をついだが、ものがいえなかった。彼女の手が、股間のあたりでなにかやっていた。

「秘儀《タントラ》よ」

「ほんとか」息をあえがせ、シーツをつかんだ。

いまそれは、ありうべきどんな世界にもまさる世界だった。

きみにきかせる情報がある。事はスーダンと、CIAのわたしが統轄する部門、そして中国に関連する。きみのような人には意外でもないだろうが、それはまた石油にも関連する。ただし、きみが想像するのとは、たぶんちがう。

いまから教える情報は、知れば危険であることも知っておいてほしい。わたしの死が、そのなによりの証拠だ。これより先、きみは自分の身を考えて行動するがいい。過剰な負担になると思ったら、この手紙は焼きすてて放念のこと。

果てたのち、どちらもへとへとになり、通りはしずかで、ふたりは天井をみつめた。ジュジャが煙草をふかし、その馴れたにおいと、馴れぬセックスの余韻をミックスさせながら、ひとことときいた。「あたしも連れて行ってくれるでしょうね」

自分の語学力が役立つ国はハンガリーだけなのに、彼女はその記事がハンガリーとなんの関係もないとは、まるで考えもしないのだった。彼はニューヨークへ飛ばねばならず、彼女にはヴィザもなかった。「むろんだ」彼は偽った。「ただ知っておいてほしいのは、その手紙の……危険なことだ」

鼻で笑うのがきこえたが、目では見なかった。

「なに？」

「テリーのいうとおり。あなたはパラノイアよ」

グレイは片肘で身を起こし、彼女の顔にじっと見入った。テリー・パークホールは、前から彼女に目をつけていた。「テリーはめでたい。夢の世界に住んでいる。CIAが9・11になんらかのかかわりを持ったなんて、ほのめかしただけでも色をなして怒る。グアンタナモ基地に拷問センターがあり、CIAがヘロイン商売に手を出す世界で、なぜそれがそんなに想像しにくいんだ。テリーのいけないところは、陰謀の基本的真実を忘れていることだ」

彼女はにやりと笑ってから、そのしたり顔を手でぬぐって、「なんなの、陰謀の基本的真実って」

「およそ想像できることであれば、すでにだれかがやっているということだ」

まずいことをいった。どうしてかは、彼女がなにもいわないのでわからないが、たがいのあいだにはっきり冷たい空気が満ちて、眠りに落ちるまでにしばらくかかった。きれぎれの眠りの合間を埋めるフラッシュバックは、ほこりっぽい陽光の下のスーダンの暴動だったり、原油にまみれた中国人だったり、グレインジャーの極秘部門であるツーリズムが放った暗殺者だったりした。八時にはまた目が覚めて、通りからさす薄明かりに目をこすった。ジュジャはなにも知らずに大きな寝息を立てている。彼は窓に目を向けてしばたたいた。股間に心地よい疼《うず》きがあった。そこで心境の変化を覚えはじめた。

ジュジャはグレインジャーの話の証拠収集にはあまり役立たないが、彼女をパートナーにしようと即決した。秘儀《タントラ》で気が変わったのか。それとも、まずいことをいったらしい後ろめたさのせいか。彼女がついに抱かれた理由同様、もうどうでもよかった。

それよりも、することは山ほどある。まだスタートラインでしかない。彼は着替えにかかった。トマス・グレインジャー自身、自分の話に説得力がないことは認めている。「いまのところわたしの言葉だけで、きみにしめす確たる証拠はなにもない。しかし、ほどなくわたしの部下から、具体的事実がもたらされるはずである」だが、手紙に部下の言葉は添えられず、「わたしの死」という決定的な一事実のくりかえしと、証拠あつめの手がかりとしていくつかの実名が列挙されているだけだった。テレンス・フィッツヒュー、ダイアン・モレル、ジャネット・シモンズ、ネイサン・アーウィン上院議員、ローマン・ユグリモフ、ミロ・ウィーヴァー。最後のひとりが、グレインジャーによれば、協力してもらえると思っていい唯一の人物だった。この手紙をミロ・ウィーヴァーに、ミロ・ウィーヴァーだけに見せること。それがきみの活路になるという。

ジュジャにキスをしてから、ショルダーバッグを肩に、黄色い光のみなぎるハプスブルクの朝へそっと出た。歩いて帰ることにした。可能性に満ち満ちた晴朗な日だというのに、彼の前後左右をひしめきながら、今日もまたむっつり顔で面白くない職場に出かけるハンガリー人たちは、そうと感じる様子もない。

アパートはヴァダース通りにあった。かつてはきれいな建物がならんだ、いまは煤《すす》けて崩れかかった、狭い通りだった。エレベーターは年じゅう故障しているので、階段を六階までゆっくり上がり、部屋にはいると、防犯アラームにコードを打ち込んだ。

タサールの記事ではいった金は、この部屋の購入とリフォームに使った。キッチンは総ステンレス・スチール、居間にはＷｉ‐Ｆｉ装置と象眼入りの棚があり、ヴァダース通りを見おろす不安定なベランダには、補強と美装をほどこした。目下の友人たちの自宅の多くとちがい、彼の住まいは、ブダペストの不思議ともいうべき、共産主義の時代に内部を小分けされ、使い勝手の悪いキッチンとバスルーム、そして長い無目的な廊下が通有の、大型アパートに妥協したのではなく、彼の高級志向の観念をじっさいに反映していた。

テレビをつけると、ハンガリーのポップ・バンドが地元のMTV局で演奏していた。彼はショルダーバッグを床に投げ出し、バスルームで用を足しながら考えた。仕事はひとりで着手しようか、それとも最初からミロ・ウィーヴァーに協力を頼もうか。ひとりでやることにした。理由はふたつ。ひとつは、ウィーヴァーがならべるにちがいない嘘っぱちに取り組む前に、できるだけ多くを知っておきたいから。もうひとつは、できれば自分の手ですっぱ抜きたいから。

顔を洗って居間にもどり、はっと立ちどまった。大枚はたいて買ったボーコンセプトのカウチに金髪の男がよこたわり、画面で踊る巨乳の女に見入っていた。ヘンリーの口はぱくぱく動くだけで、まるで息がつけずにいると、男は無造作にこちらに顔を向けて笑い、男同士がやるようにあごをしゃくった。

「いい女だな」アメリカ人のアクセント。

「きみは……」ヘンリーはいいよどんだ。

まだ笑みをうかべたまま、男は彼がよく見えるよう顔の位置を変えた。長身、ビジネススーツ、ノータイ。「ミスター・グレイか」

「どこからはいってきた」

「あの手この手を使って」そういって、かたわらのクッションをたたいた。「こないか。

話をしよう」

ヘンリーは動かなかった。動かないのか、動けないのか——きかれたら、どちらかわからなかった。

「さあ」男はうながした。

「きみはだれだ」

「おっと、悪かった」男は立った。「ジェイムズ・エイナーだ」大きな手を出して寄ってきた。ヘンリーが反射的にその手を取ると、ジェイムズ・エイナーはぎゅっとにぎりしめた。あいたほうの手がさっと真横に出て、ヘンリーの首の側面を強打した。激痛が頭を貫き、目が見えなくなり、胃の腑がひっくりかえった。第二撃がきて、光を消し去った。

一瞬、ジェイムズ・エイナーの手は、ヘンリーのからだを宙に浮かしてから、下に降ろした。ジャーナリストは、リフォームされた硬材の床にくずおれた。

エイナーはカウチにもどって、ヘンリーのショルダーバッグをさぐった。手紙をみつけて枚数をかぞえたあと、モレスキンの日記帳を取り出してポケットに入れた。アパートのなかをもう一度見てまわり——ゆうべのうちにやっているが、念のため最後の確認——グレイのノートパソコン、USBメモリ、書き込み済みのCD、ぜんぶもらっておいた。こちらへくる電車に乗る前にプラハで買った安物のかばんにまとめて放り込んで、入口のドアわきに置いた。それだけするのに約七分、その間《かん》テレビは、ハンガリーのポップスを流しつづけた。

居間にもどり、ベランダのドアをあけた。生暖かい風が部屋にすーっとはいってきた。身をのりだしてすばやく一瞥すると、下の通りに車はびっしりならんでいるが、歩行者はひとりもいなかった。彼はひと声うめいてヘンリー・グレイを持ちあげ、新郎が新婦を抱いて入口をまたぐように窓敷居をまたぎ、瞬時も迷わず、しくじりを考えず、下からハプスブルクの壮麗なファサードをなにげなく見あげる目があるとも思わずに、ぐったりしたからだをベランダのふちから外へかたむけた。墜落音につづいて、車の防犯アラームのけたたましいツートーンがきこえたときには、居間を抜けてキッチンにはいり、かばんを肩にしずかにアパートをあとにした。

2

四か月後、アメリカ人がドナウ川のブダ側にある聖ヤーノシュ病院を訪れると、英語のできる看護師たちが、五〇年代の寒々した廊下で彼を囲み、きかれたことにたどたどしくこたえた。それだけ看護師たちに騒がれるのだから、知らぬ人の目には、有名俳優が世にも場違いなところにあらわれたように見えただろう、とジュジャ・パップは思った。そのうちふたりは、彼のジョークに笑いながら、腕にさわりまでした。あとできくと、超一流外科医のような魅力があり、魅力的と思わぬ者も、質問にはできるだけ正確にこたえなくてはいけない気がしたという。

質問された看護師たちは、まず間違いを正すことからはじめた。いいえ、ミスター・グレイは八月には聖ヤーノシュにはきませんでした。八月にはペーテルフィ・シャーンドル病院へ運ばれたんです。肋骨が六本折れて、片肺が破裂、大腿骨が亀裂骨折、両腕骨折、脳挫傷でした。あちらのペスト側の病院で優秀な外科医（「ロンドンで修業」の折り紙つき）に整復してもらったけど、術後覚醒しませんでした。「ここに」と、ひとりが自分の頭をさしていった。「血腫ができてて」

血を抜かねばならず、医師たちはあまり希望を持たなかったが、グレイを経過観察と加療のため、九月に聖ヤーノシュに転院させた。ボリという縮れ毛の小柄な看護師が主として担当し、彼女がアメリカ人にこたえることを、小柄ではない同僚のヤナが逐一通訳した。

「望みがある——いえ、あったんです。頭部の怪我は重傷だけど、心臓が動いているので、自発呼吸はできます。だから脳には問題がありません。でも、血がいつ頭から流出するかは、様子を見ないと」

何週間かたった。血が完全に抜けたのは、十月になってからだった。その間の治療費は親元から支払われた。両親はアメリカから一度きただけだが、病院への送金は欠かさなかった。「アメリカへ連れて帰るというんだけど」ヤナはいった。「それはとても無理です。だって、あの容体では」

「それはそうだ」と、アメリカ人。

容体が安定しても、昏睡状態はつづいた。「そういうのって、わからないことが多いんです」べつの看護師が説明すると、アメリカ人は理解して沈痛にうなずいた。

そこでボリが、なにか口走って、うれしそうに両手をぱっとあげた。

「覚醒したんです」ヤナが通訳した。

「それがつい一週間前なんだね」アメリカ人が笑顔でいった。

「十二月五日だから、ミクラシュの前日に」

「ミクラシュ？」

「聖ニコラスの日です。子どもたちはニコラスから、長靴にお菓子を詰めてもらいます」

「いいねえ」

病院は両親に電話で朗報を伝え、口がきけるようになった当人には、だれか電話で話したい相手はいないかきいた――毎週きていた若いハンガリー美人はどうだ。

「ガールフレンドかね」アメリカ人がきいた。

「ジュジャ・パップ」べつの看護師がこたえた。

「ボリは妬いてるみたい」と、ヤナ。「彼女、あの人が好きなのよ」

ボリはいやそうな顔をして、うろたえぎみの質問をやつぎばやに放ったが、皆こたえるかわりにおかしそうに笑うだけだった。

「で、ジュジャはきたんだね」

「ええ」と、べつの看護師。「彼女、とてもよろこんでいました」

「でも、彼はちがいました」ヤナがいって、ちょっとボリのいうことに耳をかした。「彼女に会ってよろこんだけど、でもだめなんです。よろこんでいられなくて」

「え？」アメリカ人はのみこめなくて、ききかえした。「悲しむことでもあったのか。腹の立つことでも」

「おびえていたんです」と、ヤナ。

「そうか」

ヤナはまたボリの話すことをきいてから、先をつづけた。「両親にきてはいけないといったんですって。きては危険だ、自分が帰るからいいって」

「では帰ったのか。帰国したのか」

ヤナは肩をすくめた。ボリもすくめた。全員がすくめた。

だれも知らなかった。意識をとりもどして四日後、この魅力的なアメリカ人が友人をさがしにくるつい二日前に、ヘンリー・グレイは失踪した。だれにも声をかけず、ボリにさよならもいわず悲しませた。午後おそく、医師が全員帰宅して、ボリが休憩室で夕食中に、こっそり逃走した。

好意を寄せた患者に逃げられた記憶が目をうるませたので、ボリは手で隠した。アメリカ人は見おろして、彼女の肩に手を置き、すくなくともふたりの看護師にやっかむ気持ちを起こさせた。「頼みがある」と、彼はいった。「もしもヘンリーから連絡があったら、友人のミロ・ウィーヴァーがさがしてるといってくれないか」

ジュジャが事のしだいを知ったのは、ボリが地元の人気タブロイド紙《ブリック》の編集部に電話をかけてきたからだった。ジュジャは病院へ行き、ヤナたちに会って話をきいた。

ただ一度、病院にだけ姿を見せたのなら、彼女はそのミロ・ウィーヴァーをさがしただろう。だが、そうではなくて、あちこちにあらわれ、気になるのは、質問することは毎度おなじなのに、物腰と自身の触れ込みがそのつど変わることだった。

看護師たちには、ヘンリーの一家の友人で、ボストンの小児科医だった。ヘンリーの行きつけの酒場《ポートクルクス》では、店の女ふたりが語るミロ・ウィーヴァーは、ヘンリーのところへ押しかけてプラハでの取材基地がわりにする、チェーンスモーカーの小説家。ジャーナリストのテリーとラッセルとヨハン、ウィルとカウワルを、リスト・フェレンツ広場のそれぞれ行きつけのカフェに難なく突きとめ、彼らにたいしてはAP通信記者のミロ・ウィーヴァーで、昨夏ヘンリーが、ハンガリーとロシアの経済的緊張について書いた記事の続報を担当していた。彼女が六区の警察官からきいた話では、彼はヘンリーの両親の法律事務所からきたといって署長に面会し、子息の失踪についてわかったことを知りたいといった。

失踪前にヘンリーは、彼女にはっきりさせていた。ミロ・ウィーヴァー以外のだれも信じないこと。ただし、ウィーヴァーにはなにもいわないこと。まるで謎だ。なにもいわないのでは、なんのための信頼か。「じゃ、あなたは彼を信じないの」

「うんまあ。じつをいうと、わからないんだ。あの手紙を受け取った数時間後に、自宅のベランダから放り出されるようでは、だれに保護なんかしてもらえるだろう。いや、きみが口をきくのはいいが、おれの居所は教えないでくれ」

「教えようがないわ。どこへ行く気か、あたしにもいわないんだもの」

ヘンリーがどう思おうと、ジュジャは彼のいうとおりにする気はなかった。彼女はすぐれたジャーナリストだから――ダンスは二流でも――ヘンリーがいっとき名をあげたからといって、一流の記者にはなれないことを知っていた。つねに弱気が、彼を客観性から一歩引かせるのだ。

だから編集長から電話で、ミロ・ウィーヴァーを名乗るアメリカの映画プロデューサーが、彼女をさがして社を訪ねてきたときくと、ジュジャはあらためて自分の立場を考えた。

「どうすればあたしに会えるか教えたんですか」

「よしてくれ、ジュジャ。そこまで成り下がってはいないよ。むこうは電話番号をいって帰った」

ときけば、ひとつの接近手段にはなる。電話なら安全だから、いざとなれは、すばやく身を隠すには間に合う。ヘンリーも間に合った。

それでも電話はしなかった。ミロ・ウィーヴァーという男、職業がひととおりでない、素性がひととおりでない。ヘンリーは彼を信じろというが、ミロ・ウィーヴァーと、ミロ・ウィーヴァーを名乗る男とのあいだには、天地のひらきがある。どちらがどちらか、彼女には知りようがない。

いささかの情報は得ていた。彼女はヘンリー殺害未遂から数か月間のインターネット記事をあさった。CIA職員で、アナリストとしての所属先は財務管理部――トマス・グレインジャーが責任者だった〝ツーリズム〟という秘密部門のことだろう。ただ、ヘンリーが襲われたとき、ウィーヴァーはなにかしら経理問題にからんで――〈不正流用〉が彼女が突きとめたいちばん真相に近い表現だった――ニューヨーク州刑務所にはいっていた。顔写真はどこにもなかった。

彼女は沈黙することに決めた。どのみちなにもいうことはないから、それでよかった。数か月の昏睡から覚めたヘンリーは、筋肉は衰え、舌はよくまわらず、彼らはおっつけまた自分をねらうと信じて疑わなかった。それを彼女は知ることができたが、ヘンリーをさがす者なら、だれでもそれぐらいはすでに知っている。襲撃の詳細はどうだったか。ヘンリーは覚えていることを彼女にのこらず伝えておこうと、何度となく語りきかせた。自分のだめな点まで白状してかかり、彼女を取材には使いようもないのに、思わせぶりをしたことを泣いて謝った。

「あたしがそれを知らなかったと思うの」彼女はききかえし、ようやくそれで見苦しい涙が引っ込んだ。

彼女は十七区の友人のところに身を寄せ、その週いっぱい出社せず、週末の仕事先である《フォアプレイ・クラブ》にも顔を出さなかった。知っている店はぜんぶ避けた。ミロ

・ウィーヴァーがそこそこやれる男なら、すでにどこも知っているにちがいない。
そんなパラノイアはあっても、ようやく読書の時間を手に入れたから、流亡の日々に生き返る思いをした。ただし、せっかくの時間をイムレ・ケルテースなんかにあてたのが間違いだった。秘密情報部員に追われ、ヘンリーに失踪されては、ノーベル賞作家を読んでも、頭には自殺ぐらいしか思いうかばなかった。

人生そのものの休暇だと思いはじめて四日目、友人と朝のコーヒーを飲んだあと、彼が出勤するのを窓から見送った。ケルテースの小説をテレビのそばに置いてシャワーを浴び、近ごろはやりのスウェットスーツを着た。今日は出かけるつもりだった――近くのカフェへ二杯目のコーヒーを飲みに。携帯電話と煙草をバッグに入れ、コートをつかみ、入口ドアに差してあるハウス・キイをまわした。ウェルカム・マットに上背六フィートはある男が、黙って立っていた。金髪、青い目、笑顔。「エルネーゼーシュト」ハンガリー語の〝エクスキューズ・ミー〟の完璧な発音のせいで、男が看護師の活写したミロ・ウィーヴァーと合致することに、一瞬彼女は気づかなかった。

気づいたときにはおそかった。男は腕をのばして、彼女の口を手でふさぎ、壁ぎわまで押しもどした。ドアを後ろ蹴りでしめた。男が左右にちらっと視線を向けたとき、指に嚙みつこうとしたのも、バッグをたたきつけようとしたのも、むだな企てだった。口を覆う手のひらの内側で大声を出したが、意味のある音声にはならなかった。男はあいたほうの手でバッグを奪い取りざま、床に投げ出した。女ひとりをおとなしくさせるには、口にかぶせた片手で足りた。尋常な膂力《りょりょく》ではなかった。

男は英語でいった。「しずかにしろ。きみに乱暴したくてきたんじゃない。ヘンリーをさがしてるだけだ」

まばたきすると、涙が頬を伝うのがわかった。

「わたしの名はミロ・ウィーヴァー。味方だ。ヘンリーにとって、おそらく目下唯一の味方だ。だから大きな声を出さないでくれ。わかったか。わかったら、うなずけ」

容易ではなかったが、うなずいた。

「よし。では、はなす。もう世話を焼かすな」

彼はゆっくり手をはなし、それでもまだ指をいつでも使えるように、彼女の顔の前でひくひく動かした。彼女は痛む唇に血行がもどるのを感じた。

「悪かったな」彼はいって、両手をこすり合わせた。「わたしを見て騒がれたくなかったんだ」

「それであんな手荒なまねを」彼女は力なくいった。

「ほう――英語がやれるのか」

「やるわよ、英語ぐらい」

「大丈夫か」

肩をつかみにきた手をとどかせず、彼女は身をひねってキッチンへ向かった。

どこまでもぴったりついてきて、彼女がおぼつかない手でネスカフェの缶とミルクの箱を取り出すのを、ドア枠にもたれ、両腕を組んで見ていた。着ているものはいかにもあたらしく、見た目はビジネスマンだった。

「あたしには、なにを触れ込むの」彼女はきいた。「小児科医？　小説家？　弁護士？　わかった――映画のプロデューサー」

笑い声が出たので、彼女はふりむいた。作り笑いではなかった。彼はかぶりをふって、

「状況による。きみには正直になれそうな気がするが」といい、ちょっと間《ま》をおいた。

「どうだろう」

「さあね。なれる？」

「ヘンリーにどうきかされた」

「なにを」

「手紙のことを」

彼女は書面の語群《ブロック》を諳《そら》んじていた。病院で覚醒したヘンリーに頼まれて、二、三日、記憶の再生に付き合わされたのだ。彼の記憶の断裂部分に彼女の記憶を貼り合わせると、どうにか原型を組み立てることはできた。この男のような野獣に近い〝ツーリスト〟を使うツーリズムが、石油が因《もと》でスーダンでムッラーを殺害し、それが昨年の一連の暴動に火を

つけたのだった。そのために罪のない人間八十六人が死んだ。

もう彼女にも多くのことがわかったが、ミロ・ウィーヴァーについては、まだ安心できなかった。

「なにかの手紙があるとだけ」と、彼女はいった。「それに事件の内容が書かれているんですって。なにか大きな事件。あなた、知ってる？」

「見当はつく」

彼女はなにもいわなかった。

「手紙を書いた男は味方だった。わたしはその男が不法作戦の証拠を挙げるのを手伝っていたが、彼は殺された。そしてわたしはカンパニーを追われた」

「カンパニーって？」

「知らないとはいわさない」

相手ののしかかる視線を避けたくて、彼女は顔をそむけ、湯をわかす用意をしてから、ブラウン・シュガーの容器を取り出した。

「手紙はヘンリーに、このわたしを信用しろと書いてあった」

「ええ。そういってたわ」

「きみのことはなんと」

「あたしを問題にした手紙じゃないから」顆粒状ネスカフェに突っ込んだスプーンをみつ

めてこたえ、カウンターにすこしこぼした。彼がなにもいわないので、ひと呼吸おいて視線をもどしたとき、スプーンを取り落とした。タイルの床に音立てて落ちた。男の手にはピストルがにぎられていた。手のひらほどの大きさの小型拳銃は、彼女に向けられていた。

彼はものしずかにしゃべった。「ジュジャ、きみに教えておく。わたしの質問にこたえなかったら、容易ならぬことになる。この銃はきみの四肢を撃つ。手と足を。それでもしゃべらなければ撃ちつづけ、すこしずつねらいをずらしていく。きみは失神する。だが、死にはしない。わたしは医師ではないが、どうすれば心臓が停止しないかは知っている。意識をとりもどしたきみは、友人宅のバスタブで冷水につかっている。きみはおびえ、おびえは減じるどころか、さらにつのる。なぜなら、わたしはうしろのあの引き出しからナイフを出して、もっと痛い目にあわせるからだ。それが何日つづくかわからない。わたしは執拗だぞ。そして最後には、必要な返事がのこらずわたしのものになる。その返事だけがヘンリーを助ける」

男の顔にはまた気さくな笑みがうかんだが、ジュジャの膝の片方から、ついで他方から、力が抜けた。両方ともがっくり萎《な》えて、彼女は床にくずおれた。手も足もいうことをきかなかった。吐き気がきて、前のめりになり、朝食がもどるのを待つばかりだった。

間近に見るタイルは汚れ、いまはコーヒーもこぼれていたが、みつめているその床になにかが音立てて落ち、こするような硬い音が近づいた。ピストルが視界にすべりこんできて、手にあたってとまった。

「それを取れ」声がきこえた。

右手を銃にのせ、左手で半身を起こした。相手はまだドア口にいて、まだのんびりもたれ、まだ笑みを見せていた。

「きみに渡す」と、彼はいった。「わたしはなにもしない。ただ、わたしを信じていいことを知ってほしいだけだ。いまからどんな瞬間にでも、わたしがきみをからかっていると思ったら、それを構えて、この頭に弾《たま》をぶちこめ。胸ではだめだ。きみがもう一度引き金を引く前に、わたしが先に殺すかもしれない。頭をねらえ」指先がひたいのまんなかをたたいた。「ここなら確実だ」彼はドア枠から身をはなした。「居間にいる。あわてなくていい」

気を落ち着かせ、彼と向き合うのに二十分かかった。助けを呼ぼうかと思ったが、友人は固定電話を引いていないし、廊下をのぞいたら、ミロ・ウィーヴァーがハンドバッグを持って行ったことがわかった。表のドアの手前を通ると、錠のデッドボルトが締まり、キイが抜き取られているのが見えた。しかたなく、トレイにコーヒーをふたつと砂糖とミルク、それからピストルをのせて行った。彼はカウチにかけて、ケルテースをぱらぱら繰っていたが、「厄介だな」といった。

彼女はコーヒー・テーブルのハンドバッグとハウス・キイの横にトレイを置いた。それから気がついて、ピストルだけ取ると、スウェットシャツの前ポケットに突っ込んだ。

「ケルテースが？　あなた、知ってるの？」

「名前ぐらいは。わたしがいうのはハンガリー語のことだ」またページに目をやって、首をふった。「だいたいどこからきた言葉だ」

「ウラル山脈じゃないかしら。だれもはっきりとは知らないのよ。大いなる謎なの」

彼は本を閉じてテーブルにのせ、コーヒーに砂糖をひとつ入れた。そして口をつけた。時間などいくらもあるふうだった。

「ヘンリーのことを知りたいのね」

「どこにいるか知りたい」

「あたしは知らない」

彼は大きく息を継いでから、またコーヒーを飲んだ。「彼が逃げる前、きみが何度も病院へ行ったことはわかっている。四日つづけて、いつも何時間かいっしょだった。その彼が、どこへ行くともいわなかったのか」

「行くとはいったけど、どこへとはいわなかった」

「いわなくても、見当はつくにちがいない」

「だれかに電話していたみたい」

「それだ」と、ウィーヴァー。「だれにかけた」

「知らない」

「電話はどれを使った。きみの携帯か」

彼女はかぶりをふって、「看護師のを借りたのよ。あたしのは使わない」

「どうして」

「行き先をいわないのと理由はおなじよ。あたしを危険な目にあわせたくないから」

いわれてウィーヴァーは考え、なにがおかしいのか、にやりと笑った。

「なによ」彼女は気になっていった。

「特ダネの取材をひとりでどうやってつづける気だ。わたしの助けはほしくないのか」

彼女はずっと立ちっぱなしだから、小型とはいえポケットの銃の重みがこたえてきた――でなければ、銃にたいする不安が重くのしかかっているだけかもしれない。このミロ・ウィーヴァーというのは、いやな男だ。みんながうわさするような魅力もなければ、セクシーなところもない。CIAの人間はこうなのかもしれない。彼らは任務の命じるままに動くだけで、動きを鈍らせるもの、たとえばおびえた愛人なんか、必要なだけ小突きまわせばいいのだ。

それでも自分には銃がある。これは強みだ。CIA語では〈信頼できるもの〉だ。彼女は椅子に腰かけ、ポケットの銃を出して膝に置いた。

「もちろん彼は、あなたの助けはほしいわよ」彼女はいった。「でも、もうだれもおれを助けようはない、ＣＩＡ全体に命をねらわれるようでは――そういってたわ。だからあなたの助けもあてにしていない」

ウィーヴァーは戸惑った。「それはまたどういう意味だ」

「こっちがききたいわ。だいたいここへ助けを申し出にくるのに、なんで四か月もかかったの。それもきかせてもらえる？」

思案するウィーヴァーの顔が、うつろに目をこらして無表情になった。それからカップをトレイにのせた。立ちあがった。ジュジャも銃を両手で持って立った。

「ごちそうになった」と、ウィーヴァー。「彼から連絡があったら、わたしの電話番号はいったとおりだ」

彼女はうなずいた。

「わたしを見くびってはいけないし、彼にも見くびらせてはいけない。わたしはあの男が、事の真相を知るのを助け、彼を守ってやることもできる。それが信じられるか」

なんだかんだあっても、信じた。

「もう銃を返してくれないか」

いわれて迷った。

またあの笑みがもどり、彼女はそこに、うわさにきく魅力をいくらか見る気がした。

「弾はこめてない。どうした、撃つがいい」

装填されているかどうか、外から見ればわかるかのように、彼女はピストルを凝視した。それから銃口をおおよそ相手に向けたが、引き金を引くことはちらとも考えなかった。最後はウィーヴァーが前に出てきて、女の手から銃をさっとつかみ取った。そして銃口を自分のこめかみに押しあて、引き金をしぼった。一度、もう一度。乾いた大きな音がふたつ室内にひびき、そのつど彼女は首をすくめた。あとになって、その朝いちばん恐ろしかったのは、ミロ・ウィーヴァーがぜんぜんひるまなかったことだと思った。弾がはいっていないのを知ってはいても、それでも……ぴくりともしないのは、どこか人間ばなれして見えた。

彼はキイを手に取り、ドアをあけて出た。窓から見ていると、アパートの建物を出た彼は、枯れた芝生をよこぎった。携帯でしゃべっていたが、顔は無表情で、怒り肩にもきびきびした足どりにも逡巡《しゅんじゅん》はなかった。一個のマシーンのようだった。

第一部　第九の仕事

二〇〇八年二月十日　日曜日から
二月二十五日　月曜日まで

1

それに名称を付することができたら、自由にコントロールできる気がした。〝超域連想〟なんてどうだ。それらしくはあるが、臨床用語めいて使いこなせそうにない。まあいい、どうせ医学的名称なんか重要でない。重要なのは、それが自分と自分の仕事におよぼす影響だ。

楽曲の一節、人の顔、歩道の小さなスイス犬の糞《ふん》、あるいはぷんと鼻をつく排気ガス――およそなんでもないことが引き金になりうる。しかし、子どもが動機になることは決してなく、さしもの彼にもその経験はない。腹にそのパンチをみまうのは、以前の人生の間接的断片だけで、気がついたときには、冷えびえするチューリヒの電話ボックスからブルックリンにかけていたが、なにがその引き金になったのか、自分でもわからなかった。わかったのは、だれも電話に出なくて、運がよかったということだけだった。どこかではやい朝食でも食べているのだろう。と思ったとき、留守番電話に切り替わった。ふたつの声。けらけらはじける女の笑い声が、入り乱れて小さな喧噪になり、メッセージを入れてくださいといった。

彼は電話を切った。

どんな名称を付そうと、それは危険な衝動である。それ自体はなんでもない。ある灰色の日曜の午後に、もはや家庭ではなくなった家庭に電話をかける衝動、というか、強迫的行為は、一向にかまわない。だが、ボックスの傷だらけのガラスごしに、ベレリーフェシュトラーセでアイドリングしている白いヴァンをすかし見たら、危険が現実のものになった。車内で待つ三人の男は、いまから美術館に押し入ろうというときに、なぜこんなところでとめさせられたのか、いぶかっているだろう。

厄介な疑問を頭にうかべない者も、もちろんいるだろう。日々の動きはあまりにも速いから、あとになってふりかえっても、観念的決断の記録簿に首を突っ込んでめんくらうだけだ。答えの出方は居場所で異なる。たとえば、ブルックリンで日曜紙と折り込み広告に目を通しながら、妻がアート欄を要約し、娘が朝のテレビ番組についてあれこれいうのを、きくともなくきくこともある。だが、いまは、この三か月に何度持ったかしれない厄介な疑問が、またも頭をもたげた。〈おれはなんでこうなったんだ〉

ツーリズムの第一原則は、ツーリズムに身を滅ぼされないことだ。気をつけないと滅ぼされる。わけはない。複数の仕事を頭のなかに同時にならべ、仕事が共感をもとめぬかぎり共感をしめさず、そしてなにより、あのとめようのない前進という根無し草の生きかた。けれども、ツーリズムのそのがむしゃらな猛進性は、他面美点でもある。みずからの生存に直接かかわらぬ疑問にかまけているひまはない。いまこの瞬間も例外ではなかった。彼はボックスを出て、肌を噛む冷気を走り抜け、助手席に乗り込んだ。痩せたイタリア人のちんぴら、ジューゼッペは運転席でオービットを噛み、口中のガムは全員が吸う空気にいいにおいをまいていた。どちらも大男のラドヴァンとシュテファンは、からっぽの後部荷室で即製の木のベンチにかけて、じっとこちらを見ていた。

四人の共通語はドイツ語だから、彼は「出せ《ゲーエン》」といった。

ジューゼッペが発進させた。

ツーリストはだれも皆、惰性に溺れぬよう、独自のテクニックを身につける——詩を暗唱する、呼吸トレーニングをする、痛覚を刺激する、数学の問題を解く、音楽をきく。このツーリストは、以前はｉＰｏｄを護符のように肌身はなさなかったが、和解記念に妻にやってしまい、いまは記憶のなかの音楽しか持ち合わさなかった。チューリヒ湖にそって南へのびるゼーフェルトの住宅群と、落葉した冬の並木を過ぎるとき、彼は少年だった八〇年代の半分忘れた曲をハミングしながら、他のツーリストは、家族とはなれて暮らす不安をどうやってまぎらすのだろうと思った。なにをばかなことを。家族持ちのツーリストなんて、自分のほかにはいない。車がつぎのコーナーを曲がったとき、ラドヴァンのひとことが彼の不安をさえぎった。「母が癌なんだ」

ジューゼッペは彼なりの安全運転をつづけ、シュテファンは先週ハンブルクのマーケットで手に入れたベレッタの余分なオイルをウエスで拭き取っていた。助手席の、彼らがミスター・ウィンターとして知る男——パスポートの名義はセバスチャン・ホールだが、遠くにいる家族にはミロ・ウィーヴァーの名を使う——は、首をうしろにふってラドヴァンをちらと見た。大男は太い青白い腕を腹部で組み、手袋をはめた両のこぶしがあばらをもんでいた。「そいつは気の毒に。これはおれたち全員の気持ちだ」

「不吉なことを持ち出したくないが」ベオグラード訛《なま》りの強いドイツ語でラドヴァンがいった。「仕事の前にいっておきたかったんだ。だってほら、あとでいうチャンスはないかもしれんだろう」

「うん。わかるよ」

ジューゼッペとシュテファンも付き合って、同意の言葉をつぶやいた。

「治療は可能なのか」ミロ・ウィーヴァーがきいた。

ラドヴァンは、シュテファンと防水布の山のあいだに窮屈におさまって、困惑している様子だった。「胃なんだ。だいぶ広がってる。ウィーンへ検査に連れて行くが、医者にはわかってるみたいだ」

「とはきまっちゃいないさ」ジューゼッペがいって、べつの並木通りに車首を転じた。

「そうだよ」シュテファンも請け合い、へたなことをいわぬよう、また銃の手入れに専念した。

「この仕事、おれたちといっしょにやれるか」ミロはきいた。そういうことをきくのは、彼の責任だった。

「おれは気がたかぶってるほうが集中できるんだ」

　ミロはもう一度三人と細部を打ち合わせた。むずかしい計画ではなく、具体的な段取りよりは不意打ちの要素が決め手だった。めいめい自分の役割を心得ているが、しかしラドヴァンは——もしや自分の私情を美術館のあわれな館員にぶつけはしないだろうか。なんといっても、銃を持つのは彼なのだ。「いいな、死傷者を出す必要はないぞ」

　全員それはわかっていた。この一週間、彼はそれをいいどおしにいっているのだ。じきにそれはジョークになり、ミスター・ウィンターはいまや、自分たちを危険から守ってくれるヴィンターおばさん《タンテ・ヴィンター》であった。じつをいえば、彼はこの三か月近く、彼らの知らぬ仕事をたてつづけにこなし、そのどれひとつ、罪なき犠牲者を生んではいなかった。ここまでつづいた幸運を、この新規の助手三人に無にしてもらいたくなかった。

　これは第八の仕事である。ツーリズムに復帰してまだ日は浅いから、今度が何番目になるかは覚えているが、しかしすでにこれだけ度重なれば、どの仕事もなぜそこまで簡単だったのか、いぶかりもし、気にもなった。
第四の仕事、二〇〇七年十二月。ツーリズムの部長代行オーウェン・メンデルの情けない声が、ノキアの携帯電話に伝わった。〈すまんがイスタンブールに行って、インターバンクからチャールズ・リトルの名で一万五千ユーロを引き出してくれ。パスポートと口座番号はホテルに行けばわかる。引き出したらロンドンに飛び、ロンドン・ウォール一二五のチェイス・マンハッタン銀行に、その金で口座をひらけ。名義はおなじだ。税関に現金を発見されないようにしろ。どうだ、やれるか〉
なぜは問わない。なぜを知るのはツーリストの特権ではない。知らぬにかぎると心得て、電話の情けない声は神の声だと信じることだ。
第二の仕事、二〇〇七年十一月。〈ストックホルムに女がいる。ジークフリード・ラーソンという。ラーソンのsはふたつだ。ブラジーホルムスハムネンのグランド・ホテルできみを待っている。ふたり分のモスクワ行き航空券を買い、彼女を十八日までにトルーブナヤ通り一二に送りとどけること。いいな〉
大学で国際関係論を講じる六十歳のラーソン教授は、思いがけず騒がれて、びっくりこそすれ悪い気はしなかった。
どれも児戯《じぎ》に類する仕事、大使館の三級職員にやれる仕事だった。
第五の仕事、二〇〇八年一月。〈今回は容易でないぞ。名前はロレンツォ・ペローニ、ローマに本拠を置く大武器商人だ。詳細はメールで送る。モンテネグロでパク・ジン・ミュンという韓国のバイヤーと会うことになっている。八日にアパートを出たときから、十五日に帰るまで、べったり張りついてくれ。いや、マイクの心配は要らない。それはこちらで手配ずみだ。きみは視覚監視だけでいい。カメラワークに専念しろ〉

ふたをあけてみれば、パク・ジン・ミュンは武器バイヤーではなく、ペローニの何人もいる愛人のひとりだった。撮れた写真は、イギリスのタブロイド紙向きだった。

ほかにもあった。ウィーンでもうひとつ無意味におわった監視、ベルリンからミュンヘンのテオドール・ワルトミュラーとやらに、封印した書類封筒を届ける指令、パリで一日だけの監視活動、月のはじめに殺人一件。殺人命令はEメールではいった——。

L：ジョージ・ホワイトヘッド。危険人物。木曜から一週間マルセイユに。

ロンドンの犯罪一家の親玉、ジョージ・ホワイトヘッドは、七十歳ぐらいに見えたが、じっさいは八十間近だった。銃弾は不要で、ホテルのスチームバスでひと突きしたら事は足りた。頭が濡れた壁板に激しくあたると、脳震盪《のうしんとう》で昏倒したきり絶命した。

殺人という感じさえしなかった。

ほかの者なら、それらの任務のたやすさと、重要度の低さをよろこんだかもしれない。

だが、ミロ・ウィーヴァー、あるいはセバスチャン・ホール、あるいはミスター・ウィンターは、気を安んじることができなかった。なぜなら、たやすさと重要度の低さは、ただひとつのことを意味するからだ。すなわち、彼らにはわかっているのだ。彼の忠誠が、百パーセント彼らにあるわけではないことを。わからぬまでも疑っている。

今度はこれで、またもテストだ。〈すこし金をつくれ。二千万が理想だが、一千万か五百万しかできなくても了解しよう〉

〈ドルか〉

〈そう、ドルだ。だったら、なにか問題でも？〉

2

シュテファンが、不安をまぎらせたくてだろう、モンテカルロで知った美女の話をはじめた。獣姦ショーで派手に稼ぐダンサーで、シュテファンにいわせると、その種の実演はフランス人のひそかな悪徳なのだった。それがまたミロの記憶のサウンド・トラックを邪魔したから、ドイツ人に黙れといってやった。「銃をラドヴァンに渡せ」

シュテファンはすぐに渡した。

ジューゼッペがいった。「もうすぐだ」

ミロは時計を見た。かれこれ四時半、閉館まであと三十分。

ジューゼッペはあいているゲートに乗り入れ、砂利を鳴らして、スイス車三台が駐車する正面につけた。美術館は十九世紀に、ドイツ生まれの実業家エミール・ゲオルク・ビュールレが所有した別荘で、その巨富の一部は、ファシストのスペインと第三帝国に武器を売りつけて得たものだった。ジューゼッペはヴァンをアイドリングさせた。美術館から出てくる中年のカップルがひと組あって、ヴァンのうしろにある石垣の外の歩道には、何組かのカップルが日曜の散歩にくりだしていた。

「いいか、おれがいった四点だぞ。入口近くにある。ほかを鑑賞してまわってるひまはない」

「わかってるよ、おばさん《タンテ》」シュテファンがこたえ、めいめい黒い目出し帽をかぶった。ジューゼッペは運転席にのこり、あとの者は車外に出た。ラドヴァンはにぎったベレッタを太腿に押しあて、三人は砂利をざくざく踏んで入口に向かった。

前の週にミロは、ほかにも四か所の美術館を下見して、ここがいちばんセキュリティに欠けるのに気づいた。まるでE・G・ビュールレ美術館の運営者は、世の中に美術愛好過多症や、一攫千金をくわだてる人間がいようとは、考えもしないらしいのだ。正面に警備員がふたりいた。スイスの退職警察官で、拳銃も帯びていなかった。彼らの抵抗力を奪うのはラドヴァンの役割で、彼はその仕事をたのしんだ。床に伏せろ、と強い訛りでどなり、ピストルをふりうごかした。脅しではないと感じたらしく、ふたりは即座に従った。

シュテファンが受付の女をカウンターから引っぱり出し、警備員の横に伏せさせる間に、ミロは来館者を調べた。ふたり——最初の展示室に年配のカップルがいるだけで、どちらもただきょとんと見返した。

ラドヴァンは自分が屈服させたふたりから目をはなさず、ミロとシュテファンはワイヤー・カッターを取り出した。最初の切断はけたたましいアラームを鳴りひびかせたが、それは予期したとおりだった。所要時間は最小十分と見ていた。モネ、ゴッホ、セザンヌ、ドガ、各一点。

ガラスの覆いが重くて絵は簡単に動かず、ふたりがかりで一点ずつヴァンまで運ぶあいだ、ラドヴァンは室内を威嚇的に歩いた。七分たち、ミロがラドヴァンの肩をたたいた。全員引き上げた。

ジューゼッペはアクセルを踏み込んだ。

ここまでは容易だった。絵画四点、計一億六千万ドル以上の奪取に十分かからなかった。死体なし、怪我人なし、ミスなし。目出し帽、最低限の会話、町を出る白いヴァン一台。

ジューゼッペは制限速度を守り、後部ではラドヴァンとシュテファンが、絵に防水布の袋をかぶせながら、休暇旅行で知り合ったきれいな女の話でもするように、おわった仕事の細部を話していた。警備員の顔にうかんだ表情、受付の女のふるいつきたいような尻のかたち、強盗事件を目のあたりにしながら、妙に気楽そうな年配のカップル。そのうちシュテファンが、不意に前こごみになって吐いた。

彼は謝ったが、だれもみな場数は踏んでいるから、しばしばひとりが緊張に耐えられなくなって、胃のなかをからっぽにすることがあるのは承知していた。恥じることではなかった。

ジューゼッペはあらかじめ頭に入れておいた複雑な右左折をくりかえして、チューリヒの市街地をあとにした。車が東のトーベルホーフ方面への道に出ると、ようやく緊張がゆるみ、つかのま、森がチューリヒベルクの峰にせりあがるのどかな山景が広がった。まるでその平安が、自分らのものになるかと思う無邪気ないっときだった。トーベルホーフに散在する農場のあいだを通り、ゴックハウゼンの市街にはいると、そんな思いも消えた。

町を抜け出てまた森にはいり、なかで左に折れて未舗装路を二分の一マイル行ったとき、ワーゲンのヴァンが一台とベンツが一台、林間の空き地で待っていた。男たちは車を降りて手足をのばした。ラドヴァンが「やったぜ《イエブテ》!」と、セルビア語の歓声を発し、全員で絵画をワーゲンに移した。ジューゼッペが、乗ってきた白いヴァンの車内にガソリンひと缶をぶちまけた。

ミロはベンツのトランクから、ソフトレザーのブリーフケースを取り出した。なかには使用ずみの小額ユーロ紙幣で六十万ドル相当の現金が、テスコのレジ袋三つに分けて入れてあった。もしもきかれたら、ニースで麻薬ディーラーから横領したというつもりだったが、だれもきかなかった。彼は袋を三人に分配して、めいめいと握手した。よくやったと労をねぎらうと、どのひとりも、また仕事があれば声をかけてくれといった。ミロはラドヴァンに、母親の幸運を祈った。「だいぶ手間取ったけど」と、ラドヴァン。「これでやっと事の優先順がきまった。この金は母に必要なことに使う」

「親孝行なんだな」

「そうだよ」遠慮するふうもなくこたえた。「男が家族のことを考えなくなったら、自分の頭に一発撃ち込んだほうがいい」

ミロは理解をこめてほほえみかけ、もう一度握手したが、ラドヴァンはその手をはなさなかった。

「なあ、おばさん《タンテ》、おれは正直いってアメリカ人が好きじゃない。生まれ故郷を爆撃されては、好きになれない。けど、あんたはべつだ――あんたは好きだ」

ミロはどうこたえたものか迷った。「どうしておれがアメリカ人だと思うんだ」

ラドヴァンの顔いっぱいに笑みが広がった。見慣れた表情だった。バルカンの男たちが見せる、あのしたり顔の、どこか尊大なところのあるほほえみ。「ドイツ語訛りが嘘っぽいんだ」

「イギリス人かもしれんぞ。カナダ人かも」

ラドヴァンの口から笑い声がとびだし、ミロは腕をたたかれた。「いやいや、あんたはアメリカ人だ、間違いない。だからって、なにもあんたに含むところはない」彼はポケットに手を入れて、ミロの古びたパスポートを取り出した。そして片目をつむって見せた。

「悪かった。でも、どういう相手と仕事をするのか知っておきたかったからな。あばよ《チュス》」

セルビア人が車のそばに立つ仲間のところへ悠々と歩いて行くのを見て、ミロはおたがい幸運だったと思った。もしもこっそりくすねたのが、そのセバスチャン・ホール名義のパスポートではなくて、本名と結びつくものだったなら、ラドヴァンは森から出ることはなかっただろう。自分も今日はだれを殺す気にもならなかった。

三人が走り去るのを見とどけ、ワーゲンをもう数ヤード後退させた。それから白いヴァンへ行って、ジッポーでシートに火をつけ、ドアをぜんぶ開放した。ダヴィドフを一本出してつけ、すこし待っていると、赤い炎がひろがり、ダッシュボードが溶けだして青い色に変わり、車内に有毒の煙が充満した。煙草を靴のかかとにあててもみつぶし、強まる猛火のなかに投げると、ワーゲンにもどって走り出た。

最後はミラノにいたるA2を南下中、助手席に置いた携帯電話が振動した。画面の〈番号非通知〉を見なくても、相手がだれかはわかった。

だが、声はオーウェン・メンデルのものではなかった。深みはあるがどこか明るく、教養のある男が、いつまでもとどまってはいない若さにしがみつく印象だった。人定符丁《ゴー・コード》だけはおなじだった。

「川流れて」

「イヴ・アダム教会を過ぎ」彼は応じた。「だれだ」

「古顔ではない。アラン・ドラモンドという。きみはセバスチャン・ホールだな」

「メンデルはどうした」

「あれはわたしをみつけるまでの暫定人事だった。わたしはおいそれと動かないから安心しろ」

「わかった」ミロはこたえて、ひと呼吸おいた。「自己紹介の電話じゃないよな」

「よしてくれ。そんなことはしない。すぐ本題にはいる」

「じゃ、はいってくれ」

新〈神の声〉、アラン・ドラモンドは、ベルリンへ行け、ホテル・ハンザブリックへ、とつげた。「指示が待っている」

「いま仕事の最中なんだが」

「だろうな。二、三日割《さ》け」

「ヒントぐらいきかせろ」

「行けばわかる」

二時間後、ルガノの北郊外で、前の週に借りて組み合わせ錠をかけておいたガレージに、名画四点を運び入れた。重たいので時間がかかった。天井に蛍光灯が一本ともるだけの、そのシュールリアルな光の下で、袋から出した絵をざっと点検した。彼の計画では、四点中二点しか世にもどらないのだから、無残な話だ。またダヴィドフに火をつけて、さてどれをのこし、どれをのこさないか、決めようとしたが、決まらなかった。ルドヴィック・ルピック伯爵とふたりの娘が、咎《とが》めるまなざしで見返すのは、二度とだれの目にも触れぬと思っているからで、事実そうなるかもしれない。ドガは約一世紀半前に親子三人を油彩で不滅にし、それからいつのころにか、実業界の大物がそれを手に入れ、以後彼の居館はそれをかかげて万人のご覧に供することになった。来週には少量のガソリンとこのジッポーで、この一点が、あるいはべつの二点が、この世に存在しなかったみたいに消えるのだ。

ガレージをしめて車を出し、スイスの南アルプスをあとに、いまや工業地帯となったロンバルディア平野をめざした。窓外の空気は冷たくて新鮮だが、深夜のイタリアの闇では後方の峰々はぜんぜん見えなかった。タングステン灯で明るいミラノの濡れた市中にはいったのは、深更《しんこう》すぎだった。パピニアーノ大通りでワーゲンの指紋を拭いて乗りすてた。夜行列車に一時間乗ってベルガモに着き、シャトルバスでオリオ・アル・セリオ空港まで行くと、ベルリンまでいちばんはやい八時半という飛行機があった。最後にさげていたトートバッグは、仕事仲間と落ち合う前にチューリヒで市中ごみのなかにすてたから、いま所持するのは、錠剤、ダヴィドフ、パスポート、キャッシュとカード、携帯電話、それに小さなリモコンをつけた、キイなしのキイ・リングただひとつ、それだけだった。セバスチャン・ホール名義のパスポートで搭乗し、主翼を見おろす窓側の席に、くたびれた様子の十代の少年とならんでおさまった。眠気覚ましにデキセドリン二錠を口に放り込んだ。離陸すると、少年が「ヴァケイション」といった。

「なに？」

完璧な英語発音のイタリアの少年は、にやりと笑った。「ハミングしてるその曲。ゴーゴーズの《ヴァケイション》だね」少年は自分が生まれる前にだれもが忘れてしまった歌を知っているのが、いかにも得意そうだった。

「そうだな」ミロはこたえた。そのあと、薬物が神経を騒がせ、頭には留守番電話の笑い声がよみがえっても意に介さず、眠りに落ちた。

3

現場に復帰する気があるかないか、打診の電話があったのは十一月初旬だった。「きみには赫奕《かくやく》たる実績がある」電話をかけてきたのはオーウェン・メンデルで、当惑まじりの褒め言葉をふりまいた。当惑とは、それほど優秀なツーリストが、現場から管理職にあがって六年も勤めながら、なぜカンパニーを追われたのかがわからないからだった。メンデルの手元には、大幅に編集されたファイルがあるものと思われた。「むろんきみの意思しだいだが、なにぶん最近の予算配分の厳しさは知ってのとおりだ。現場にきみのようなベテランがいてくれたら、なんとかやっていけるんじゃないか」うまいことをいう。カンパニーは、彼のためを思ってやしない。彼のほうが救いの主なのだ。

オーウェン・メンデルの声をきいた瞬間、あとになにがつづくかわかった。エフゲニーにいわれていたのだ。「もちろんイエスとこたえろ。準備講習があって、そのあとじっさいの仕事ぶりで審査される。それが数週間。その試用期間中、すべてのコンタクトは断たれる」

〈数週間〉が三か月になった。国連の地獄耳、大エフゲニー・プリマコフも、そこまでは予想していなかった。そしてメンデルの後継者アラン・ドラモンドが、最終審査科目としてベルリンに用意した途方もない仕事も、まるで想定外だった。

チューリヒでの仕事から五日たった金曜朝の九時すこし前、彼はベルリン大聖堂正面の寒風吹きすさぶ広場に立った。酔ったあとのいやな不安にとらわれて、浮浪者には見られぬよう努めるのだが、それが容易でなかった。ゆうべはひと晩、ベーレンファングというウオツカ・ベースの蜂蜜入りリキュールに慰めをもとめたが、不快感がつのっただけだった。ラッシュアワーの騒音が近づいてきた。アウクスブルク・ナンバーのバスが、カール・リープクネヒトシュトラーセにはいってきて、すこしはなれたところにうめきを洩らし停車した。

白いクッション封筒が待っていたのを、ホテルのクラークからチップと引き換えに受け取ると、それを持って長距離歩き、地下鉄に乗り、またひと歩きして、かつて東ベルリンと呼ばれていた都市のボヘミアン地区、フリードリヒスハインのありきたりのくすんだペンションにはいった。

二枚の写真は、オリーブ色の肌をして髪をブロンドに染めた、きれいな女の子をアングルを変えて写していた。十五歳の少女。アドリアナ・スタネスク。モルドヴァ移民のスタネスク・アンドレイとラダのひとり娘。片方の写真の裏に指示があった——。

LO 2/15

〝子どもを殺し、死体を消せ。週末までに〟

指示書は月曜日に焼却し、以来スタネスク一家に張りついて、日常生活の細部を観察してきた。ラダ・スタネスクはインペリアル煙草工場に勤め、夫アンドレイはアリゲイター・タクシー会社の車に、もっぱら夜勤乗務している。住まいはミロのペンションから南へいくらも行かぬクロイツベルクの一画、トルコ人の所帯や、その界隈を中産化するドイツ人の居住地にあった。

死が予定されているアドリアナというのは、どういう女の子か。あとをつけてリーナ・モルゲンシュテルン高校まで行くと、生徒はドイツ人とトルコ人が半々だった。なにも変わったところは見いだせなかった。

問うなかれ——ツーリズムのいまひとつの鉄則。女の子は、殺されるものなら殺されるのだ。行動そのものが理由である。

大聖堂の切符売り場のほうへ歩きだすと、バスできたバイエルン人の団体客が、かぢかむ手をたたき、白い息を吐いて、窓口があくのを待っていた。

毎朝アンドレイ・スタネスクは、学校の一ブロック手前で娘を降ろす。なぜその距離をおくのか。それはきっと(娘の表情からも、父親の顔の悪びれようからも読み取れた)アドリアナには、父親がタクシー運転手なのがいやなのだ。グナイゼナウシュトラーセの車をとめる地点から学校までのあいだには、アパートの入口が六つあり、車のはいれる中庭への入口はいつもあいている。午後、娘はいつもおなじルートをたどり、いつもひとりで父親のところまでくる。したがって、事を起こすところは中庭だ。起こすとしたら。ツーリストにはだれしも過去があり、アラン・ドラモンドは、いまのような緊縮予算でなければ、ミロをツーリズムに復帰させるはずもなかったふたつの存在、すなわち妻と娘のことを知っていた。このなんでもなさそうな仕事が、ミロにはモスクワのイラン大使館に押し入るよりもむずかしいことを知っていた。

薄々感じていたことが、これではっきりした。ツーリズムはまだ彼に信をおかず、ここまでの仕事はどれも前準備でしかなく、再生してツーリズムに加わるまでの三か月の抱卵期間だったのだ。延長されたテストは、第九の仕事——封書一通、ベルリンの灰色の空、この小さな仕事よりも死を願う気持ち——をもって完了するのだ。

自分に娘がいなければ、事は容易だろうか。あえて考えぬよう思い決めたが、頭が無視してくれず、ばかな疑問がわいた。人間ひとりが悪人になるには、いくつ悪行を働けばいいのか。六つか。十八か。ひとつでもいいのか。おれはこれまでに、いくつしでかしただろう。

〈強い声はどういっているだろう〉

やめておけ。

なぜを知りたい。なぜアドリアナ・スタネスクは死なねばならないのか。

スタネスク家のごみをあさり、銀行口座の現金の出し入れを追い、時間をかけて一家の友人知己を尾け、いっときもじっとしていられなかった。身内の唯一の汚点は、ティアガルテンの近くのパン屋で働く伯父ミハイだった。彼はモルドヴァ人をドイツに不法入国させて二度逮捕されていた。人間密輸者、ただし小物。小物でなければ、どうして毎朝四時に起きて夕方の四時まで、髪の毛ばかりか、からだの洗いにくい隅々まで粉だらけにして働くだろう。

スタネスク夫妻はまさしく見かけどおりの人たち——十代のかわいい娘を持つ、働き者の移民だった。

だが、調査をしながらも準備を進めた。水曜にはアリゲイター・タクシーの営業所に近いバーにはいり、ギュンター・ウィッティンガーという、まだ勤務一年の若い運転手と口をきくきっかけをつくった。自分は業界で身を立てたいのだが、だれかにアドバイスしてもらいたいのだといった。ラドヴァンにはドイツ語訛りが嘘っぽいといわれたが、その話をそれらしくきかせるには事足りた。ビールを六杯飲むと、セバスチャンはギュンターの

IDを失敬し、彼がトイレに立った隙に店を出た。

木曜日——商店のショーウィンドーを飾る不似合いなピンクのハートで聖ヴァレンタインの日だと知った——には、用意はできた。どう接近し、どう離脱するかも、頭にはいった。処刑法、処理法ものみこんだ。道具もそろった——麻紐、絶縁テープ、ビニールシートの大きな筒巻き、のこぎり。店員がのこぎりを固い紙袋に入れたときには、その用途を思って卒倒しそうになった。

やるだけはやるが、じつはもう自分はだめなのだ。もうセバスチャン・ホールでもない、ツーリストでもない。ミロ・ウィーヴァーだ、父親だ。彼はあらゆる思慮分別に逆らって、自分の父親に電話した。

愚かを絵にかいたようなものだった。国連の上級職員に秘密をささやいていることが、万一〈神の声〉に知れたら、自分の命はない。当の老人さえ、電話の応答はにべもなかった。「おまえにわたしは必要じゃないよ、ミーシャ。必要だと思ってるだけだ」

「いや、必要なんだ。いまこそ」

「造作もあるまい。計画は整ったんだろう。実行するだけだ」

「わかってないんだな。ステファニーみたいな子だぞ」

「まるでちがう。としもステファニーの倍だ」

「もういい」ミロはいった。もうわかった。「いいんだ。おれたちの取り決めもおわりだ。

おれはあんたの情報源になるために、あの子を殺しはしない」

ミロは親の責任感が、いささかも老人を動かしはしないことに気づいた。だが、これは——CIA内の情報提供者を失う恐れは、エフゲニー・プリマコフから、ためいきまじりのひとことを引き出した。「明朝九時にベルリン大聖堂で会おう。人込みにまぎれて」

その朝出発する前に、ミロはフリードリヒスハインのペンションにつけた指紋を拭き取り、洗面用具とカーデーヴェー・デパートで買った二組の着替えをすてた。なにがあろうと、もうこの都市はまっぴらだと思った。ニューヨーク六番街のだれにも、反逆の道筋をたどられぬよう、携帯電話も分解した。

九時、バイエルン人団体客の列が動きだしていた。

切符売り場へ進んだ。窓口の係員は、ベルリンが三百五十平方マイルの瓦礫《がれき》の地だったころから住む老婆で、彼が寺院を見学したいというと、うさんくさげにすかし見た。どう見ても二日酔いだが、五ユーロ紙幣は本物のようだった。

4

ミロはバイエルン人団体客のすぐあとからはいったのに、どうしたことかエフゲニー・プリマコフは、それよりもはやく寒い寺院のなかにいた。老人は聖書由来の絵と、山上の垂訓〈心の清き者は幸いなり〉をかかげた窓の下にたたずんでいた。ミロのアルコールでぼやけた目には、その文句は明瞭には読み取れなかったが、前にもきているので知っていた。

父親はこちらを見ようともしなかった。長いふしくれだった指を背中で組んで、絵を見あげていた。最後に会ってから五か月になるが、エフゲニー・プリマコフは記憶するとおりで、ちっとも変わらなかった。薄い白髪、華奢《きゃしゃ》なからだつき、太い眉、左のひとさし指で頬を払う癖。あいかわらずの超高級スーツは、国連での職能にぜったいに欠かせないのだろう。父より長身でひげが濃く、まぶたはおなじようにぽってりしているミロだが、としを取ってそうなるとは思えなかった。

この前会ったときもこうで、非常な危険をおかしての対面だった。刑務所を出てまだ一週間にならぬミロは、ある晩、憂《う》さ晴らしに飲んだくれ、ニューアークのアパートの窓から出て、非常階段を這うようにして降り、二十四時間張り込みがおこなわれている向かいの建物に忍び込んだ。見知った顔だった。刑務所からのバスを降りたあとずっとついている若い監視員で、だれに命じられての仕事かもわかっていた。ドライバーと手製の開錠ピンでドアをあけてはいると、若造はひらいた窓の下の簡易ベッドでうたた寝していた。そばにビデオカメラとテープひと重ね、集音マイクが置いてあった。床にはファストフードのラップとカップが散らばっていた。ドライバーを首に突きつけて起こし、しずかにいった。「あのロシア人に、四十八時間以内におれと会えといえ」

「ロ……ロシア人?」

「おまえを操ってるやつ。国連の薄汚い仕事をしていることを当の国連も知らぬやつ。そいつにいえ、上院議員の資料をありったけ持ってこいと」

「だれだ、上院議員って」

「おれから妻子を奪ったやつだ」

三十五時間後、プリマコフはその薄汚れた部屋へ、いつもどおりりゅうとした身なりで会いにきて、問題の男の人物説明に文句をつけた。「ちがうぞ」と、ロシア語でいった。

「おまえは嘘をついたために、自分の妻子を失ったんだ」彼は上院議員ネイサン・アーウィンのファイルだけは持ってきた。

ミロがすでに知る以外のことはあまりなかった。アーウィンのような男は、公的側面以外の自分の世界の重要ディテールはすべて秘密にしているからだ。昨年のスーダンでの策動――ムスリムの指導者殺害と、それが暴動を呼んで八十人以上の死者を出し、そのなりふりかまわぬ隠蔽工作が生んださらなる犠牲者のなかには、ミロの親しい友二名がはいり、ミロ自身は刑務所行きになり、そうした事件の裏にはつねに上院議員がいた。「この男は、おまえの嫌厭《けんえん》リストのトップにくるかもしれんが」と、エフゲニー。「だからといって、おまえの人生のあらゆる失意挫折が彼に起因するわけではないぞ」

そして五か月後のいま、老人は興をそそられた絵を見あげ、画中の人物にやはりロシア語で語りかけた。「わたしはすこしさぐってみた。もしかすると、叔父にたいする報復かもしれない。あのパン職人――おまえは調べてはいまい」

「過去に法を犯しているから、監視はした。いまはきれいなものだ」

「わたしは監視だけではすまさなかった。ミハイ・スタネスクは移民にからんでいる。移住する東欧人を相手にして、彼らに仕事を世話する。女の子の一家も、そうやってこちらへきた。ときには不法に入国させる。彼はドニエストル川のむこうのロシア・マフィアとつながりがある――ということは、政府とつながりを持つということでもある。わたしの推測では、彼はそういう移民を使って、ヘロインをドイツに持ち込んでいる」

ミロには信じられなかった。「だからなんだ。どうしてその男の姪を殺さなきゃならないんだ」

「たぶん彼は警告されている。娘もあるいはひと役担《にな》っている」

「それはない」

「と、おまえは毎度いう」

「だって本当だ、エフゲニー」

父が即座にこたえなかったのは、すぐうしろにバイエルン人が三人あらわれ、心動かされた小声でささやきながら、絵に向けて手をふりたて、ひとりはカメラを右に左に動かしはじめたからだ。彼らが先へ行くと、老人はいった。「おまえの部門が、どこかの女の子を生かしておきたくない理由なんて、一週間やそこらで知りようもないことぐらい、おたがい承知だろう。ニューヨークがおまえに教えないからといって、理由がないわけじゃない」

ミロは返事をしなかった。もう事は議論の段階を過ぎていた。もうなにをいわれても、彼の考えは動かない。

プリマコフは息子に向きを変えた。目は最初彼を通り越して、寺院内いたるところでぞろぞろ歩いている観光客に焦点を合わせていた。その焦点がもどって、老いた顔がしかめられた。「ひどいなりじゃないか、ミーシャ。におうぞ」

「職業的必然だよ」

プリマコフは絵に向き直った。「わたしの考えをいおうか。おまえの見かたは、たぶん間違っていない。その女の子は、なににもかかわっていないし、死んでもだれの役にも立たない。おまえの直接の上司を除いてはな。上司はだれだ」

こんなときでもプリマコフは、引き出せるものはなんでも引き出そうとしている。

「アラン・ドラモンドだ」

「というと、新任か。メンデルじゃないのか」

「彼はもういない、ドラモンドの話では」

「では、そのドラモンドが……」

「ただの電話の声だよ」

こちらに顔を向けずに、プリマコフはいった。「年端もいかぬ女の子を殺せという電話の主を、おまえは調べてもいないのか」

ミロは父親の後頭部にじっと目をあてて、「イェール大。海兵隊——アフガニスタンに二年。二〇〇五年カンパニー入り。軍縮情報参謀部。翌年議会連絡部に転属願い。ツーリズムにはいったいきさつは知らない。伝《つて》は多いだろう」

「どういう伝だ」

「さあ。小物のはずはないな」

プリマコフが頬をはたいた。「それで腑に落ちる。メンデルはおまえをゆっくり試していた。ドラモンドというのに代わったら、そいつは自分の政治的後ろ盾に大物ぶりを見せたいから、ツーリズムを派手に動かしたがる。そこでおまえのファイルを見て、娘がいることに気づく。理想をいえば、七歳の子をみつけておまえに始末させたいところだが、いくらツーリストでも、そこまでやらせるのは酷だ。それで年齢を倍にして、名前をアトランダムにえらぶ」

「だからおれはいうんだ。もうおわりだと。ニューヨークにたいして汚名をそそぐために、どこかの子どもを殺すのはいやなことだ」

「いやがる前に考えることだ」

「考えたさ、エフゲニー、この一週間」いって、間《ま》をおいた。「母親なら許さないだろう」

老人はまた頬を手で払った。「また母親の声がきこえるのか」

「たまに」

息子が死んだ母親の声に耳をかたむけることを、エフゲニー・プリマコフは気にしなかった。「無理に殺さなくてもいい。おまえの話では、痕跡も死体も不要なんだろう。失踪さえすればいいんだ」

「どこかの地下室にでも監禁しておいてくれるか。そういう協力なら、ありがたい」

背を向けてはなれかけた彼の腕をプリマコフがとらえ、ふたりは南の通路をならんで歩きだした。「気が立ってるな。また錠剤か」

「量は知れてる」

「おまえには健康でいてもらいたいんだ、ミーシャ。まだ埋葬されてもらいたくない。ティーナもおなじ思いだろう。彼女とは話し合ったか」

　弾性のあるすばやい記憶が、するりとのびて頭のなかにはいりこんだ。妻とのあの最後の会見――あれは十一月、カンパニーから連絡があった翌日だった。毎度カウンセリングは、嚙み合わぬ議論の堂々めぐりで、すこしも前進しなかった。信頼――それがテーマだった。ティーナは夫について、あまりに多くを知ってしまった。彼女はセラピストの前で、だれも人間関係のなかで間抜け役を演じたくないといった。何週間経過しても、彼は許しの徴候をいささかも見ることがなかったから、カンパニーにイエスといい、つぎの日、職《しょく》掌《しょう》が〈フィールド・ワーク〉という、よくわからぬあたらしい仕事についたとつげた。セラピストは、不意に室内に冷気が走ったのに気づき、ティーナになにかいいたいことがあるのでは、とたずねた。ティーナは長い官能的な唇の端を指でなでた。〈じつはいま、あたしと娘のところへ帰ってくれれば、というところだったの。もうだめよね〉

　思いだすには最悪のタイミングだった。

「ミーシャ」

　老人が彼の肩をつかんで、暗がりに引き込もうとしていた。

「悲しむことはない。彼女はまだおまえの妻で、ステファニーはいつまでもおまえの娘だ。望みはたんとある」

ミロはもう体裁もかまわず、頰の涙をぬぐった。「そんなこと、あんたにわかりはしない」

老人はにやりと笑った。真っ白な歯だった。「わかるさ。おまえとちがい、わたしは嫁と孫娘に会いに行ってる」

これにはおどろいた。「会って、なんといったんだ」

「事実をいったにきまってるだろう。おまえの母親のこと、その母親がどうやって死んだか、なぜおまえが自分の幼時とわたしのことを秘密にしたか」

「彼女、理解したか」

「おいおい、ミーシャ。おまえは人をろくに信頼しない。とりわけ自分の妻を」老人はいって、息子の背をさすった。「いまおまえが連絡できないことは、彼女にはわかっている。だが、できるようになったら、訪ねてみるのも悪い考えじゃないぞ」

久方ぶりの朗報だった。一分近く、アドリアナ・スタネスクは存在しなくなり、彼は息をつくことができた。まだ二日酔いは醒めないが、足元はしっかりしていた。彼は咳払いして、また頰をぬぐった。「ありがとう、エフゲニー」

「なんの。さあ、行っておまえの小さな問題を解決しよう」

5

ふたりは五分の間隔をおいてべつべつの道順で、花弁型噴水のあるハウスフォクタイ広場に近いアパートへ行った。リフォームされた四階の二寝室住宅は、郵便受けにルーカス・シュタイナーの名がはいっているのを、ミロは階段をあがるときに見ていた。彼の質問にプリマコフはまともな返事をしなかった。「シュタイナーは友人だ――本人はそうとは知らなくてもな。いいあんばいに、いま休暇でエジプトへ行っている。おっと、だめだぞ」ミロの手にあるものを見て、ひとこといいそえた。「ここは禁煙だ」

使えそうな計画を煮詰めるのに、二時間とポット一杯のコーヒーを要した。父親は一度ならず話を中断していった。「おまえが気に入らんのはわかるが、殺すしか選択肢はなさそうだ」

「そんな選択肢はない」

プリマコフはわかっているらしいのだが、ときどきその理解が自分で気に入らず、おなじことを言葉を変えてまたいうのだった。しまいにミロは、子どもが癇癪《かんしゃく》を起こしたみたいに食卓をたたいた。「もういい！　あんたにはわからないのか」

「しかしなあ、ミーシャ――」

「そんなことをして、おれがどの面さげて家に帰れる」

それはそのときまで思いもしなかったことで、それ以上はつづけなかった。

老人はときどき息子の生活について、あれこれ質問をはさんだ。といっても、ツーリストの生活は職業そのものだから、実質、仕事に関する情報を要請しているのとおなじだった。ミロは疲れきっていて、偽るのも億劫《おっくう》だった。それに老人には昨年一命を救われたから、情報をはやくあたえれば、それだけはやく借りも返せると思った。「強盗を働いた。二、三日すれば結果が出る」

「強盗？　なにをせしめた。ダイヤでも？　だれか政治家の閨房《けいぼう》に押し入ったのか」

「美術館だ」

プリマコフはコーヒーをかきまぜながら、その語が喚起するイメージをたのしむかに見えたが、たのしんではいられなかった。不快を顔に出し、スプーンをカウンターに置いた。

「チューリヒか」

「ああ」

プリマコフはコーヒーをひとくちやった。「そうなるともう社会の問題だな」

「どうして」

「だれもう大きな絵図を考えない。自分の欲得だけだ。美術館の展示作品を奪うのも、図書館の本を奪うのもおなじで、これはという規範がない。美術館に偉大な作品をかかげるのは、社会のため、万人のためだ」

「プロレタリアートのためか」

「その顔の笑みを消せ。おまえは社会契約を破った。破っても平気で、六番街の男たちも意に介さない。だれの発案だったんだ」

それほど怒ったプリマコフをミロははじめて見た。「おれだよ。金をつくる必要があった。いちばん手っ取りばやい方法を考えたら、それだった」

「手っ取りばやい?」プリマコフがめずらしく声をあげて、だが苦々しく笑った。「ドガ、モネ、ゴッホ、セザンヌ——スイス史上最大の美術品強奪だぞ。どうやって金に替えるつもりだ。だれにも知られずにすむと思うのか」

「その心配はおれがする」

「むろんだ」と、老人。「心配するがいい。おまえにとって、そんな絵はひと山の金でしかないんだから」かぶりがふられた。「おまえを育てたのがわたしだったなら、もっと分別できる男だったろう」

「あんたに育てられたなら、エフゲニー、ふたりともいまこうしてはいないよ」

そこでまた犯行計画にもどった。最初の部分はぜんぜん問題視されなかった。アドリアナを学校と父親のタクシーの中間で、中庭に誘い込むというミロの考えには、プリマコフも同意した。問題はそのあとどうするか、プリマコフがどれほどすばやく自分の段取りをつけられるかだった。

じつにすばやかった。国連という奇怪な構造物の隙間に隠した自分の情報ユニットを動かすだけでなく、執務室があることすらほとんど知られていないため比較的自由に行動できるエフゲニー・プリマコフは、電話をふたつかけるだけで用を足した。

計画の決行は、その日の午後と決まった。

ミロはコーヒーで苦い胃の腑に、中華デリバリーのガーリック・チキンを詰め込んでから、ベルリン・ミッテ地区のくすんだオフィス・ビルの外に駐車している、十年前のトランクの大きいBMV3シリーズをえらんだ。キイ・リングにぶら下げたカンパニー支給のリモコンが、約四十秒で番号のコンビネーションをさぐりあて、車のブザー音が鳴ってロックが解けた。車内にすべりこんでドアをしめ、ルーカス・シュタイナーのアパートから持ってきたドライバーを使って、イグニッション・スイッチのそばのパネルをこじあけ、ケーブルを接続してから、ドライバーでイグニッションをまわした。発進してベルリンの交通に乗り入れた。うまくすると、だれも車がなくなったことに気づかぬうちに、仕事はおわっているだろう。

四時にはクロイツベルク地区にはいり、グナイゼナウシュトラーセに面した中庭に駐車した。彼のBMVを見おろすアパートの住人は、若い専門職ばかりで、大半はまだ仕事に出ている。運転席で十五分待った。年金生活者がごみをすてにあらわれたから、身を低くしてシートの下に落としたものをさがすふりをした。

生徒たちが束縛を解かれる四時半には、Tシャツを使って、シート、ステアリング・ホイール、シフトレバー、ドアハンドル、どこもかもきれいに拭きおえて、中庭の入口にたたずんだ。広い通りは、中央に落葉樹のつらなる分離帯、両側は商店がぎっしりならび、すぐ近くにはスリランカとインドの料理を出す小さなレストラン《チャンドラ・クマリ》があって、そのきついにおいがあたりに満ちていた。そのとき、通りの先、反対側に、ネイビーブルーのオペルが駐車しているのに気づいた。ベルリン・ナンバー、車内に退屈しきった様子のドイツ人がふたり。

彼の目を引いたのはそれだ。いかにも退屈を絵にかいたような、偽装でしかありえない外観。ついでどこか見覚えのある感覚。一分ほどでわかった。その週のはじめ、ラダ・スタネスクの勤める煙草工場をうかがっているとき、その車を見たのだ。乗っていたのもおなじふたりで、服装、髪型、眼鏡からして、見るからにドイツ人だ。ひとりは若く、二十代後半、もうひとりは五十すぎ。おなじ二人組。おなじ退屈のそぶり。

中庭の安全圏にすばやく引っ込む衝動をぐっとこらえた。そうはせず、腕時計をちらと見て、とっくり考えた。いま彼がどこにいるかを知るのは、エフゲニーと、あたらしいボス、アラン・ドラモンドだけだ。週のはじめにどこにいたかは、ドラモンドだけが知っていた。

アラン・ドラモンドは、まだ彼に信をおいていない。それで、このさいだれかべつのツーリストを使ったり、不審を抱く大使館から人を割《さ》いたりするよりは、ドイツ側にそれとない監視を依頼したのだ。〈いや、テロリストじゃない。ただ、問題を持つかもしれない人物だ。行動を報告してもらえたら、それでいい〉

むろんそれも、レベルこそちがえ審査のうちだ。もしもドイツ側が、彼が少女に無体《むたい》を働くのを、あるいは最悪殺すのを見たら、犯罪行為を看過するはずがない。ドラモンドは策動家の常で、最終試験の難度を上げている。ミロにその仕事をする度胸のあるなしだけでなく、遂行能力の有無も見たいのだ。

あらたな不安の波がきて、胃のなかの中華料理をかきまぜたが、それでなにも変わりはしない。計画が首尾よくはこべば、ふたりの監視者などは、ほんの気散じでしかない。アラン・ドラモンドくそくらえだ。

アドリアナ・スタネスクという女の子は、おばかさんではなかった。両親の職業を体裁悪がってはいても、そこは子どもだから、親のどんないいつけを守らなければならないかを知っていた。たとえば、知らぬ人に口をきいてはいけない——これは日ごろの教えだった。「ねえちょっと《エントシュルディグング》」ミロが呼びかけると、足どりにかすかな迷いが出ただけで、立ちどまりはしなかった。もう一度いってみた。「アドリアナだろう。お父さんのアンドレイに、きみを迎えに行ってくれと頼まれたんだ。お父さん、シャルロッテンブルクで動きが取れずにいる」

少女が足をとめると、漫画のスーパーヒーローの派手な絵入りの小さなバックパックが、痩せた背中ではずんだ。少女は彼に向き直り、「あなた、だれ」

すべすべの頰をしたきれいな子だった。自分の娘とはまるでべつのきれいさだが、それで事がやりやすくなりはしない。「ギュンターだ」といって、自分の写真を貼ったアリゲイター・タクシーのIDを見せた。「アンドレイにいわれたんだ、娘が安心するから、車を人目につかぬところにとめてくれって。タクシーでは体裁が悪いってことなのかな。まあそれはいい」彼はいって、親指を肩のうしろに突き出した。「うちまで送ってほしいなら、あそこにとめてある」

アドリアナはどうするか考えた。父親の同僚にまで知られていることの恥ずかしさが、うなずかせたらしかった。「そうする。ダンケ」

彼は気をつかって少女を先に歩かせた。そばを通るとき、子ども用の香水の甘いにおいが鼻孔を満たした。日本製漫画のキャラクターがはずむのを見ながら、中庭にはいり、ドイツ人コンビの視界の外に出た。そこで革手袋をはめた。コーヒーとランチで二日酔いは消えたが、まだ吐き気がみなまでおさまらず、その小さな動画の生き物——なんだろう、ハツカネズミか、犬か——には、いっそうむかつきを覚えた。

中庭にはいって、駐車している車三台と向き合うと、アドリアナはたちどまってふりむき、「どの車？」と、不安からではなく、ただ知りたくてきいた。

むずかしいのは、厄介なのは、ここだ。洗いざらい打ち明けようかとも思ったが、信じはしないだろう。信じるはずがない。抵抗し、大声をあげ、通りに走りだすだろう。ナターシャ・カンプッシュの話を思いだすにちがいない。十歳で誘拐され、八年間幽閉されてようやく脱出したのが、つい二年前のことだ。

力ずくでいくしかない。だから「どの車？」ときかれると、彼はにっこり笑い、片手をあげてさした。少女がそちらへ向き直ったとき、彼は一歩前に出て、口と鼻を手のひらでふさぎ、他方の腕を華奢な腹にまわして右肘をつかんだ。からだをかかえあげると、両足をばたばたさせ、手袋の指のあいだから声にならぬ声を洩らしたが、重くはない子どものからだだから、そのままBMWまで運びながら、肘から四インチ、〈コロン10〉と呼ばれる神経の圧点をさぐった。トランクのそばまで行くと力を加え、腹部をぎゅっと締め、腕のつぼを圧迫し、呼吸ができぬようにした。そのどれひとつ、強烈にやったら息の根をとめてしまうが、加害は望むところではないから、三つを同時にやると、それだけで足の蹴りが弱くなり、気を失った。

ぐったりしたからだを上向かせ、呼吸音をきいた。まぶたをひらいてみた——充血はしているが心配なかった。失神はせいぜい十分間だろう。

片腕に少女のからだをかぶせ、トランクをあけて、なかによこたえた。絶縁テープで手ばやく口をふさぎ、両足首をくくった。それをおえたところで、彼はミスをした。ちょっと手をとめて、もう一度見おろしたのがいけなかった。トランクのなかに行儀よく折り曲げてよこたわる全身を見たとたん、胃がはねおどった。あわててトランクをばたんと閉じ、運転席へ走った。ドアをあけ、シートに身を投げだした。嘔吐を待ったが、どうやら胃袋はシュテファンのより丈夫にできていた。

最初の「ねえちょっと《エントシュルディグング》」からそのときまで、二分が経過していた。

中庭を出て、つぎのコーナーでUターンし、南へ向かった。グナイゼナウシュトラーセとメーリングダムの交差点でアリゲイター・タクシーとすれちがい、運転するアンドレイ・スタネスクが腕時計に目をやるのが見えた。バックミラーのなかで、オペルのセダンがゆっくり通りに出てきて、BMWとのあいだにほどよい距離をおいて尾行を開始した。

十五分でテンペルホーフ空港の長期駐車場にはいった。もうそのとき、思ったとおりアドリアナは正気づいていたが、B96をとばしているあいだはなにもきこえなかった。駐車場入口で減速し、自動発券機からチケットを取るのにとまったとき、狭い密室の壁を蹴る音がきこえた。また胃がむかつくのをなんとか持ちこたえて駐車したら、暴れる物音が嘘のように大きくひびいた。彼は車を降りて、ドアロックをせず、ドライバーをすぐ使える位置に置いた。騒ぐ音を追ってトランクへ行った。財布を取り出し、現金をかぞえるふりをしながらドイツ語でいった。「アドリアナ、心配しなくていい。なにも起きはしない。じきに助けてくれる人がくる。その人といっしょに行くがいい。きみを保護してくれる」

絶縁テープがなければ、アドリアナはドイツ語で叫ぶか、モルドヴァ語の悪態をぶつけただろうが、彼の耳にはいるのは、言葉にならぬうめきと、くくられた両足でトランクの内側を三回、思いきり蹴った音だけだった。彼は近くの乗り場に着く空港シャトルバスをつかまえようと走った。バス乗り場のすぐむこうにオペルがはいって、アイドリングしていた。ミロがバスに向かって走るのを見ると、セダンはバックで出た。彼は半分座席のふさがった車両最後部まで行き、うしろからセダンが空港まで追ってくるのを見守った。

6

ミロは失敗をほとんど予測したが、どんなに優秀なツーリストの移動計画もしばしば頓《とん》挫《ざ》するのだから、失敗は気にしなかった。いやむしろ、頭のどこかで失敗を望んだ——たとえば空港のチケット・カウンターで（航空券を手渡す人間がいれば）、あるいは駐車場で（ドイツの尾行員が、バスを尾ける前に彼の車を調べることにしたら）。もしも事の途中で失敗に阻まれたら、こんな無意味なゲームをやめることができる。この仕事だけでなく、あらゆる仕事を、きれいさっぱり。

失敗はなかった。ドイツ人は、ほぼ終日閑散としている空港——年内に閉鎖の予定——まで尾けてきて、彼がつぎの出発便（ドルトムント行き）の航空券を買うのを目にとめた。セバスチャン・ホール名義に頼りすぎるのは危険だから、非常用書類を使った。英国政府発給、グロスター居住者、ジェラルド・スタンリーのパスポートである。

ふたりは彼が午後六時五十分発の便を待つのを監視した。いまごろ駐車場では、父がBMWのとなりに車をとめてBMWのトランクをひらき、仲間の手を借りて、暴れる女の子の命を救うために、べつの車に移しているはずだ。

搭乗開始前に監視者はしびれを切らした。おおかたBMWを調べに行くのだろうが、もう車内はからっぽだ。

だが、搭乗した機がテンペルホーフの古い滑走路にタキシングをはじめるころ、彼の確信はゆらいだ。エフゲニーは約束を守るだろうか。警察が捜索する一、二か月のあいだ少女をかくまう、これは大変な重荷だ。当初親は必死に騒ぎ立てるから、注目が薄れるのを待って、エフゲニーは彼らに接触する。子どもは元気だ、とつげる。ただし、とりもどす法はただひとつ、娘のことをだれにもしゃべらず、きみらのベルリン生活をそっくりすて、どこかよそへ行くもよし、モルドヴァに帰るもよし、全員名を変えて平和に暮らすことだ。パスポート、移動手段、必要ならヴィザも含めて、細かなことはまかせてもらうが、まずきみたちが沈黙を守ることを確信できなくてはならない。

ふたりで相談したなかでひとつひっかかったのは、アドリアナの親が娘のためにいまの生活をいさぎよくすてることに、エフゲニーが疑懼《ぎく》をしめしたことだった。「むろん当座は同意するだろうが、あとになって、西欧文明からぽつんとはなれた、どこか寂しい町にとりのこされたとき、心変わりするんじゃないか。昔の友人や身内に連絡を取ったりするんじゃないか」

その確信のなさはとりもなおさず、エフゲニーが自分のふたりの娘のどちらのためにも、自身の将来を犠牲にするなど考えられないということで、ましてや彼におそらく相応以上の悲しみをもたらした、庶出の息子のためになどなおさらだ。機が雲海の上に出るころ、ミロはもしかして老人が、いささか考えたすえ、この計画のわずらわしさに思いいたり、ただ一発の銃弾ですべての問題にけりをつける気になりはしないかと思った。

問題は自分で見きわめるしかない。二、三週間したら、少女に会うことを要求しようと思った。

心身ともに疲れきって、ドルトムント・ホテルにセバスチャン・ホールの名で一夜を過ごし、アリゲイターのIDとジェラルド・スタンリーのパスポートを焼却した。ばらした携帯電話を組み立てたが、だれもかけてこなかった。翌朝、ヴェステンヘルヴェークのショッピング・センターで着替え一式をそろえ、レンタカーを借りてルール地方を走り、ボーフムやエッセンなど工業都市や、かつての工業都市を通過した。やがて風景は農業地帯に変わり、走りつづけてオランダにはいった。土曜午後にはアムステルダムに着き、車を返してベルギー行きのバスに乗った。その晩、アントワープのホテル・ツーリストに投宿してはじめて、ドイツの新聞に目を通した。ミロ・ウィーヴァーの悪行の足跡《そくせき》を伝えるのは、アート欄のみじかい続報だけで、E・G・ビュールレ所蔵作品強奪事件の捜査が進んでいないことを教えていた。アドリアナ・スタネスクに関してなにも報じられていないのは、ベルリン警察が事件をすぐには公表せず、三日待とうというのだろう。

小玉葱《こたまねぎ》を赤ワインで煮込んだビーフシチュー、お定まりのフレンチ・フライドポテト、フォンデルのブラウン・エール二分の一リッター二杯を夕食とした。食事でまたぐったりしたので、粗末な部屋にあがった。眠りがくる前に、携帯のメロディにぎくりとさせられた。

「はい」不機嫌な返事になった。

「川流れて」

「イヴ・アダム教会を過ぎ」

「よくやった、ホール。ここまできこえてきた。親は警察をせきたてている」

「よろこんでもらえてよかった」

「当の娘をどこへやったのか、こちらではだれにも考えがつかん。クロイツベルクか」

「なにもきくな、アラン」

「わたしがきいてるんだ、セバスチャン」

嘘は稽古ずみだったから、すらすら出た。「中庭にもう一台、車を置いてあった。それに乗せた。あんたのドイツ人にテンペルホーフのゲートまでついてこられたが、そのあとおれはすぐに取って返した。車を出して田園まで行ったよ」

「なんだ、ドイツ人とは」

「おれの監視に使っただろう」

ドラモンドが沈黙をおいた。ここで皮肉を出すことの当否を思案しているのだろう。

「わからんな。わたしはだれも使っていない」

「まあいい。事はすんだ」

「よくない。だれかに尾けられているなら――」

「もうだれも尾けてはいない」

また沈黙。「いまどこだ」

ドラモンドのコンピュータは、ツーリスト全員の電話の位置をつねに把握しているのだから、無意味な質問だ。「アントワープだ」

「もうチューリヒへもどれるだろうな」

「ああ」

「着いたらすぐベスト・ウェスタン・ホテル・クローネへ行け。手紙が待っている」

目をこすった。「おいおい、準備ってものがある」

「手間は取らさんよ、ホール。ここは信じろ。指示に従いさえすれば、あっという間におわる」

電話は切れた。

7

ホテルからホテルへのドライブは九時間近くかかり、ベスト・ウェスタンの広々したロビーにはいったのは、日曜の午後六時前だった。途中大半は、アントワープの裏通りでキイ・リングを使って盗んだトヨタを駆り、スイス国境を越えてすぐのバーゼル市内で、トランクにあったタオルで指紋を拭き取って乗りすてた。そこから鉄道で一時間、チューリヒ中央駅に着くと、前夜の雪が黒い泥濘《でいねい》になっていた。

左右の間隔の狭い、疲れた目をしたフロント係にツーリズムでの通称をつげ、〈セバスチャン・ホール〉の表書きのある封筒を受け取った。玄関ドアへもどる途中、男女ふたりの見張りに気づいた。ロビー両端という戦略的位置にいて、申し合わせたようなダークスーツを着て、片方は《ヘラルド・トリビューン》、他方は《エコノミスト》を手に持っていた。ふたりに注視されながら、彼はドアロで立ちどまり、連絡文を読んだ。ただ一語。

〈外で〉

人通りが多く寒いシャフハウザーシュトラーセに出て、つぎの交差点の隠しカメラの圏外に立った。ロビーのふたりは出てこなかった。

五分と待たなかった。グレイのリンカン・タウンカーが、汚い雪をぴちゃぴちゃ鳴らして近づき、歩道のへりにとまった。後部ドアがあいて、彼といくらもとしのちがわぬ――四十がらみ――の男が顔をのぞかせた。もう耳に慣れた声が、「川流れて、ホール。乗れ」といった。

乗り込んだ車が発進すると、ドラモンドがいった。「ようやく善良な社会人同士として対面できたな」唇を結んだまま微笑したが、握手をもとめはしなかった。

ツーリズムの統括者にしては若く、黒い髪は、遠い海兵隊時代の名残だろう、耳のうしろになでつける長さがあった。胸ポケットにリーディング・グラスを突っ込み、全米代表選手みたいな、がっしりしたあごをしていた。

「たのしみにしていた」ミロはいって、過ぎ去るチューリヒの灯火を眺めた。「おれに会うためだけにこちらへ？」

「そう思いたいだろうが」こたえるドラモンドは、まだ笑みを消していなかった。「そうじゃない。コソヴォがまもなく独立を宣言する。ついてはわたしが、一部代表者と協議をすることになった」

「さぞ白熱するのでは」

「そう思うか」

「こちらが打ち出す方針による。セルビアは黙って受け入れはしない。すくなくともコソヴォは、セルビアの選挙がおわるまで待った。選挙前だったら、ナショナリストが圧勝しただろう」

笑みが消えた。「どうもきみのことは、いまひとつ得心しかねたんだ、ホール。去年大きな騒ぎを引き起こしてくれたそうじゃないか。知ってりゃ復職させなかっただろう。きみはあまりにも……」いいかけて指をぱちんとはじいたが、言葉が出なかった。「きみのツーリストのキャリアは七年前におわり、その因《いん》は——報告によれば——精神的崩壊だった。それで管理職に移ったが——ここは率直にいわせてもらう——六番街の内勤成績は格別めざましいものではなかった。そのおわりかただが……」そこで彼は首をふった。「きみはわたしの前任者、トム・グレインジャー殺害の罪を問われた」唇をぎゅっと結んでから、咳払いをした。「そうした事柄について、なにかいうことは」

あまりいうこともなかった。ドラモンドのしたり顔をじっと見ていると、この男にいい印象を持たれようという気持ちはなくなった。それでも一応いうだけはいった。「その嫌疑はきれいにはれた」

「うん、それは知っている。たまにファイルを見せられることもあるんでね。グレインジャーを殺したのは、べつのツーリストだった」

「そうだ」

「で、そのツーリスト——それを今度はきみが殺した」

「よくご存じだ」

「事実関係はな。事実は数多い。面白くないのは、そのとめどない異様さだ。ツーリズム部長が死ぬ。ツーリストが死ぬ。そのうえ上院リエゾンのテレンス・フィッツヒューまで……自殺だ、ファイルを信じるなら」

「アンジェラ・イェーツも」ミロはいい足した。

「そうだった。大使館職員。彼女が最初に死んだんじゃなかったか」

ミロはうなずいた。

「異様のきわみ。血なまぐさのきわみ。その中心にきみがいる」

ミロはふと、自分がチューリヒに呼ばれたのは、じつはまたぞろ殺人の咎《とが》めを受けるためかと思った。だから黙って待った。ドラモンドはものをいおうとしなかった。結局ミロがいった。「そのおれをメンデルが呼びもどしたわけは、当人にきいてもらわないと」

「きみはきいていないのか」

「予算がどうとかとだけ」

ドラモンドはじっとみつめかえして思案した。「異様にせよ、なんにせよ、きみもプロだから、多少のことは知っておいていい。昨年の予算問題は一段と悪化し、そのうえグレインジャーの死も、ワシントンではわれわれのためにならなかった。出る意見ことごとく、われわれの敵対者の言い分そのままだ。いわく、きみたちには責任観念がなく、財政的にも人命の点でも、とかく高くつくことを考慮しない」

「図星じゃないのか」

「ユーモアのつもりか。けっこうだよ。要するに、もうわれわれには、ツーリストをひとりでも失ったら補充要員がいないということだ。そこでメンデルは、きみはすくなくとも過去に訓練しているから、比較的安上がりな補習ですむと考えた」

「いかにも当方割引価格だ」

ドラモンドはにやりと笑った。

「何人失った」

「ツーリストをか。限度までだ。幸運かならずしもわれらに味方せずで」

人間の死をひどくあっさり説明すると思ったが、不快感をおもてには出さず、窓に目を向けると、車はハイウェイにはいって市外に向かうところだった。

「去年、きみにとって周囲の状況が不利になったとき」ドラモンドがいった。「なにがあったのかをだれか部外に詳しく知る者はいたのか」

「国土安全保障省《ホームランド・セキュリティ》のジャネット・シモンズ——彼女は多くを知っていた。一から十まではないと思うが、辻褄《つじつま》を合わせる頭のよさはあった」

「彼女のことは、われわれも調べた」と、ドラモンド。「ほかには」

エフゲニー・プリマコフはすべてを知っているが、それは国家への裏切りだから、ここでは出したくなかった。「生きているのは彼女だけだ。彼女と、ネイサン・アーウィン上院議員」

「上院議員はすべてを知っているのか」

「もちろん。彼はスーダン工作の策謀者だった」

「それをきみは知っていていうのか」

「具体的証拠はないが、知っている」間《ま》。「アーウィン議員だけだ、ツーリズムを存続できるのは。だから彼のことは心配しなくていい。われわれがまだ使える活動予算は、すべて彼の力に負うている」

ミロは、おそらく上院議員がドラモンドの政治的後ろ盾で、彼にツーリズム部長というあたらしいポストをあたえた政府のスポンサーだと知って、暗い気分になった。だが、口にしたのはただ、「いろいろきくのは、なにか意図があってのことか」だった。

ドラモンドは咳払いして、「おい、ホール。きみをここへ呼んだのは、ふたりでひまつぶしをするためじゃないぞ」といい、人間味のあるところを見せるつもりか、いっそう頰をゆるめた。「きみを呼んだのは、ベルリンですばらしい働きをして見せたからだ。そのきみに目をつけたんだ」

「ドイツ人の二人組にも目をつけられた」

「そればかりいうじゃないか。そのふたりが、ひたいにドイツの旗でも貼り付けていたのか」

「頭の刈りかたがドイツ人だった」

「後日役立つことに気づかれてはいまいな」

「それは大丈夫だ」

「ならいい」彼はいって、手元に視線を落とした。ミロはその手が異様に赤いのに気づいた。「むずかしい仕事になるとは思った。きみのような男にとってもな」

「むずかしい？　どういう意味だ」

「相手は女の子だ」

ミロはうんざりした表情をよそおった。「仕事自体は児戯に類した」

「安心したよ、そういう感想で。もうひとつの、金の工面のほうはどうなった」

「週末までにはけりがつくかと」

「そうか。いや、きみのあの六十万の要求には、マンハッタンではだいぶ眉をひそめる向きがあってね」

「ペンと紙はないか」

「アームレストに」

たがいをへだてるアームレストをひらくと、エビアン水が二本、ステレオのリモコン、ペンとメモ用紙があった。二十一桁のコードを書いて渡すとき、ドラモンドの手の赤さの原因は、おそらく循環器系だろうと思った。また医学的疑問。「これが振り込み口座のIBAN。木曜までに振り込まれるだろう。それをどうやって指紋をつけずに引き出すかは、ハリー・リンチが知っている。ハリーはまだいるのか」

ドラモンドは戸惑った様子だった。まだ六番街の部下の名をみなまで知らないのだ。

「まあそれはいい」ミロはいった。「ひとつだけきいておくことが」

「なんだ」

「E・G・ビュールレ事件を担当する保険会社の損害査定員の名と電話番号」

ドラモンドはミロの顔を注視した。「あ」ようやく理解して、うなずいた。「わかった。あとできみの電話にメールする」メモ用紙を一枚破ってシャツのポケットに入れ、ひと思案してからつぶやいた。「嘆かわしいな」

「なにが」

「ここまでしなくてはならんとは。することに事欠いて。にしても、アスコット長官はツーリズムをこき使いたがる。石油価格が航空運賃を高騰させている折りも折、われわれを飛びまわらせる」

「なるほど、そうだったか。ツーリズムをたえず動かしておくために」

「生きながらえるには、なんでもしなくてはならない」

ミロはきいてみたかった。余人ならぬCIA長官クウェンティン・アスコットがなくしたがる極秘部門を、生きながらえさせる意味があるのか。政府の部局はすべて、その存在自体がじゅうぶんな存続理由であるとの基本的了解にもとづいて動いている。車窓には田園の闇があった。

「どこへ行くのかいってくれないか」

ドラモンドは彼の視線を追いながら、「二週間前、パリの大使館に駆け込みがあった」

「フランス人か」

「ウクライナ人だ。名をマルコ・ズベンコという。国務大臣の随行員としてパリにきて三日目に駆け込んだ」

「所属先は」

「SSUだ」ウクライナ公安部。「それを隠しはしなかった。大使館職員に放り出されそうになると、なおのこと。自分が重要な離脱者であることを訴えた」

「そうなのか」

ドラモンドは芝居じみた肩のすくめかたをして、自分の側のドアにもたれた。「信頼できるならばな。いまのところ、わたしはなにをきかされても信じない。信じるのは、もっと人物を知ってからだ。いまわかっているのは、大ざっぱなことだけだ。四十六歳。キエフ大学で学び、専攻は外交関係。二十四歳で秘密警察にはいり、ソ連軍が引き上げてから情報部入りした。パリは大栄転で、それまではモスクワ、タリン、北京、そのあとがアシュガバート――トルクメニスタンの首都だ」

「知っている、アシュガバートぐらい」

「それはそうだ。わたしは知らなかった」

「階級は」

「少尉だ」

「そう下級でもないな。離脱理由をなんといってる」

「それだ、問題は」と、ドラモンド。「本人にいわせると個人的欲望だ。家庭では息が詰まり、昇進は飛ばされ、国の新資本家は巨万の富をこしらえる。資本主義にはだまされたといっている。話の様子では、すくなくとも自分を通り過ぎて行ったらしい」ドラモンドは唇を引き結んだ。「望むのはアメリカでの新生活だが、それをなにで買おうというのか。これまでマルコの外国行きは、もっぱら通商関連の仕事だったから、提供できるものは主としてそれだ。ウクライナの貿易上の秘密」そこで小さく笑って、「それでアメリカの生活が買えると本気で思ったんだな」といった。

アラン・ドラモンドの笑いは、予期したより数秒長くつづき、相手が乗ってこないと見ると、薄れて消えた。ミロはいった。「ここでこうしてそんな男の話をするには、わけがあるようだ。まさかウクライナの輸出問題ではないだろう」

「むろんだ」ドラモンドはぼそっとこたえた。「彼は役にも立たぬ情報をならべたて、そのほとんどは、われわれがすでにつかんでいるものだった。で、こちらの熱が急速に冷めるのを見た。それにはうろたえ、とんでもない切り札を出した。ツーリズムにもぐらがいるというんだ」

沈黙がきて、座席の下からエンジンの鼓動が伝わった。「具体的にそういう言葉を使ったのか」

「ツーリズムのことを知っていて、そこにもぐらがいるといった」

とかくツーリズムは、自分たちの世界が、絶対秘密という宇宙のパラレル・ワールドだと思いたがり、ミロはその世界を解き明かした人間を何人か知っているが、いずれも盟邦であり味方であった。「ウクライナが内部にだれかを送り込んでいるのか。のみこみがたいな」

ドラモンドは首をふって、「マルコは中国のもぐらだといっている」

「中国の？」

「国安だ」

ミロはじっと見返した。

「国家安全部の略だ」

「知ってる」ミロはいらだちを覚えた。「戸惑っただけだ」

ドラモンドは彼の戸惑いをとりあえず無視した。「ツーリズムの名が出たとき、尋問担当者がめんくらったことは想像できるだろう。マルコとやらが、なにをいいだしたのか、さっぱりわからない。そこで大使館の保安主任にききに行くと、めんくらったのは主任もおなじだ。マルコを異常者扱いして、どこかへ放り出そうとしたが、自分が責任を問われるのを恐れ、ラングレーに伺いを立てた。それが副長官のデスクに届いて、副長官が直接わたしのところへきた。喜々として、といっていい。もぐらは、長官がわれわれをつぶすのに使える、願ってもない材料だ。だからわたしは、身内の人間をひとり尋問係につけ、本人をこちらへ連れてきた」

「なぜアメリカへやらない」

「最終的にはやるが」と、ドラモンド。「まずはきみに、供述をきかせたい」

「どうしておれに」

「供述の対象は、きみと、この七月にたてつづけに起きたことのすべてだ。だのに、ファイルの当該個所はシングル・スペースのページ一枚で、ことさらのようになにもいっていない。だからこちらは無知蒙昧《もうまい》だ」

「本当に?」ドラモンドがそこまでなにも知らされていないとは信じかねつつ、ミロはきいた。

「嘘ではない」苦々しげにいった。「わたしが引き継いだとき知らされたのが、俳句の一句なら、ズベンコにきかされたことは長篇小説一冊だ」

「ちょっと待ってほしい」ミロは片手を立てた。「どうしてウクライナの一少尉に、CIAの極秘部門に中国のもぐらがいるとわかるんだ。ありうるのか、そんなことが」

「偶然だよ」ドラモンドはいった。「ここ数年、中国はウクライナに工作員を多数送り込み、マルコはその何人かと時を過ごしている。彼はあまり連中を快く思っていない」

「だのにそいつらが、もぐらのことを彼に教えたというのか。それはないだろう。だいたい中国が長期の二重スパイを使うことは、ぜったいといっていいほどない」

「それは知っている」彼は認めた。「が、そう頭から疑ってかかったものでもないぞ」

ミロはまた外の闇をすかし見てから、ドラモンドに目をもどした。「なんだかいやなデジャ・ヴュ感覚にとらわれる。去年は友人が、中国に機密を洩らした咎《とが》めを受けた。その事実はなかった。もしもおれが最初からそうと知っていれば、いまごろ彼女は死んではいない」

「アンジェラ・イェーツのことか」

ミロはうなずいた。

ちょっと考えてから、ドラモンドはいった。「とにかく供述をきいてやれ。わたしも信じたくはないが、万一話の辻褄が合うようなら、内部の浄化にかからなくてはならない。着任早々の日々をぞっとしない過ごしかただが、致しかたない」

ミロの手がぴくぴく動いた。ドラモンドの苛立ち症状が感染したらしい。「それで——いったいだれなんだ。まさかそれをいわなかったわけではないだろう」

「当人にもわからないんだ。ただ、話からすると、内勤のだれかららしい。おそらくトラヴェル・エージェントだな。ツーリストではない」

ミロは両膝をさすった。トラヴェル・エージェントは、ツーリストからの情報をあつめて分類し、彼らの動きを追う。トラヴェル・エージェントのなかにもぐらがいれば、なんでも外に洩らすことは可能だ。「ほかにはだれに知らせた」

「ツーリストだけだ。あとは運転手と、助っ人を数人——麻薬取締班から借りた。情報分析と背景調査のため、他部門の何人かにも声をかけた。きみを送り出す前に、全員の携帯番号を教える」

「おれはどこかへ行くのか」

「きみはつねにどこかへ行くさ、セバスチャン。供述聴取がうまくいけば、わたしがマルコからきいたウクライナの情報のなかに、きみに確認してもらいたいものがある。大したことではないかもしれないが、それはそれで彼をテストする手だてにもなり、無価値のものなら、もぐら物語を疑ういまひとつの根拠になる」

「おれは尋問は得手じゃない」ミロは正直にいった。「ジョンを呼ぶといい。手荒だが結果を出せるやつだ」

ドラモンドはその提案におどろいてか、一瞬彼をじっとみつめた。「われわれを頼ってきた男だ。ただ絶叫させるために、ジョンにそいつの胸に電極をつけさせるわけにはいかない」そういって、鼻を鳴らした。「きくが、わたしがくるまでのツーリズムはどんなだったんだ」

「知らないほうがいい」ミロはいって、ポケットから箱を取り出し、デキセドリンを二錠、唾だけでのみこんだ。

8

腹が出て、黒い髪は薄くなりつつあるが、マルコ・ズベンコは四十六という年齢より見た目は若かった。シルクまがいのシャツの腕をまくり、襟口から胸毛に埋もれた正教の十字架をのぞかせ、しきりに煙草を吹かしながら《ビッグ・ブラザー》のドイツ語版を見ていた。ただひとつ年齢を感じさせるのは、あごの線にそった白いものの混じる剃り跡だった。

ミロは片手をさしだしながら近づいた。「今晩は。少々ききたいことがある」

握手に応じた手は、熱く乾いていた。ズベンコはあいさつを返さず、煙をあげるマールボロをテレビに向けた。「いい番組だな」

テレビカメラはキッチンの隅の高いアングルから、なにかいいあう若いきれいな女ふたりをとらえていた。「落ち着いて見たことはないんだ」

「いい番組だよ」彼はもう一度いった。「おれはメリーがいい。彼女とならいつでもやるぞ」

「マルコ」

「なんだ」彼は画面に向かってこたえた。

ミロはリモコンをつかんでテレビを消した。ズベンコは掌底で目をこすった。「ええくそ。おれはもう、あんたらのくそばかばかしい質問にはこたえたぞ。くそばかばかしいのに二十ぺんも」

殴りつけたい衝動をこらえて、ミロはロシア語に切り替えた。「まだいろいろきくからこたえろ。それがいやなら、ぼかすか殴って、おかまを掘って、裸にして、モガディシオの最悪の場所に放り出す」

ひっぱたかれたみたいに、マルコの首がぎくりとふりむいた。そこでにやりと笑い、煙草をもみ消した。「やっとだ。やっと気取らぬロシア語をしゃべる男があらわれた。つけないか」煙草のパックを手に取っていった。

ミロはダヴィドフを吸いたかったが、スラヴ人のあいだでは、煙草が手軽に絆《きずな》を生むことを知っていた。だからライターを出して、マルコの一本に火をつけてから、自分のにつけた。

彼は自分が腰をおろした椅子が、ティーナとイケアの売り場めぐりをして知ったものだとわかった。ズベンコの椅子にも見覚えがあった。そう思って見ると、フラウエンフェルトを出はずれた、ハイウェイから遠くない二階建て農家の下の階に、スウェーデンの会社の機能的家具がなんでもそろっていた。家の外は、赤外線ゴーグルをつけたカンパニーの警備官四人を除き、ただただ広大平坦な冷たい田野だった。二階のクロゼットみたいな小部屋では、ドラモンドが自分たちふたりをビデオ・モニターで見ている。取り調べの録取書は、明朝には英訳されて手元に届くはずである。

「さて、マルコ、なんでも中国人に関する耳よりな話があるそうじゃないか」

ウクライナ人は暗いテレビ画面をにらんで、肩をすくめた。「キエフのホット情報はきいてないのか。中国人を心配するなら、好きなだけすればいいが、心配したほうがいいのは、キエフのロシア人のほうだぞ」

「大いに心配してるさ。だが、わたしは中国人のことできたんだ。きみのような男が、どうして中国の密謀を嗅ぎつけたのか教えてもらおうか」

ズベンコは、自分の言葉が疑われるのが心外みたいな目でにらみ返したが、目つきほどのことは口にしなかった。「地上最大の情報組織といえば、わかるか。中国の公安だよ。もうあいつらは、キエフじゅうにあふれてる。いまや町は、まるでチャイナタウンだ。おれたちがどんなに重要か、おれたちがどんな位置にあるか、よく知ってるんだ。一方にロシアのくそったれ、他方にEU——こすれてばかりだ」

「摩擦か」

「それ」と彼はいって、煙草をミロに向けて突き出した。「尊敬したくなる——いや誤解しないでくれ。中国は自国工作員には金をかけ、手の者を世界じゅうに散らす。やることが利口だ。だからって、やつらがおれの故郷を乗っ取り、おれの冷酷なボスたちが、まるでやつらの愛妾よろしくご機嫌とりをはじめるのを、おれはうれしがっちゃいないぞ。わかるだろう、いう意味は」

　そういわれても、ミロにはわからなかった。ウクライナには九〇年代以来行っていないし、当時まだ中国の国安部は地歩をきずいてはいなかった。しかし、想像はできた。「わたしには中国が、ウクライナの一介の少尉に秘密を明かしたのが意外だ」

「そんなんじゃないんだ」ズベンコはいった。「パーティがあった。グルシェフスコゴ通りで」

「中国大使館だな」

「そう」

「なんでまた」

「え？」

「なんのパーティだった」

「ああ。正月だよ、中国の。あの国だけのがある」

「ウクライナにもあるな。いつだ」

「月のはじめだ。二月七日」

「それに招待されたのか、SSUの少尉が」

ズベンコは煙草を見て目をしかめ、頬の裏側をすすった。「おれを怒らそうってのなら、むだだ。おれは自分の立場をよく知ってる」

「きみを理解したいんだ、マルコ」

「招待されたのはおれのボスだ。ルツェンコ。ボグダン・ルツェンコ。大佐だ——おたくのファイルにあたってくれ。招待されて、おれにいっしょに行くかというんだ。おれはこたえた。ああいいですよ。けど、知るわけないもんな」

「知る？　なにを」

「ああいう席に出るのが、あんなに不愉快だとは。それにあのシン・チュウが、ああまで会場の注目をかっさらうとは」

「シン・チュウ？」

「国安だよ」ズベンコが教えた。「階級は知らないが、だいぶ上のほうらしい。太っちょで、雌牛みたいなやつだ。王侯然としてやがる。取り巻きは半分が中国人、あとの半分が全員おれの上官で、やつの冗談にへらへら笑ってやがる」

「どんな冗談だ」

「ロシアの冗談だよ。きっとあんなのが、中国じゅうにあふれてるんだ。それをまた上手なロシア語でやるから受けるんだ。まあ言葉遊びみたいなものだけどな。皆笑いころげてやがる。おれの目にはどう映ったか」

「どう映ったんだ」

「負け組があたらしいご主人様に群がり取り入るの図。おれにはそうとしか見えなかった。おれははやく帰りたくてたまらず、テラスに出て煙草を吸いはじめた。二本目を吸いおえたとき、むこうも出てきていっしょになった」

「むこうとは」

「シン・ファッキング・チュウさ」

ミロは表情におどろきの色を交えた。「冗ファッキング談いうな」

「冗談なもんか。でかい尻《けつ》を外へ持ち出した。寒いのに汗なんかかいて。みんなに注目されてほてってるんだ。だから出てきたんだ――なかにいると溶けちまうから。彼が煙草をつけ、おれたちはしゃべりはじめた。そしたらなるほど、たしかにいうことが愉快なんだ。酔っていてもな――いやもう、へべれけだってのに。キエフの話になったら、あちこち行きつけの場所を教えてくれた。観光客向きのところじゃない――まさかな。なかにはさがすのがひと苦労な、最高級クラブなんてのもあったっけ」

「踊りに行くのか」ミロは疑わしげにきいた。

「はっ」雌牛が踊る図を想像して、ズベンコはぺっと唾を吐いた。「よしてくれ。女漁りにきまってるだろう。そこからは女をめぐる手柄話になった。いやあ、面白い男だったらない。なかにはいろうと無理やり誘われたあげくが、十二時すぎまで長居をきめこむ始末だ。愉快だったのなんの」

　ミロはじっとみつめて待ったが、ズベンコはその先をつづける気がないみたいだった。

「で？」

「ウオツカなしには、あとひとこともしゃべらない」

「わかった」ミロはいって、英語に切り替えた。「きこえたか。ウオツカを持ってきてくれ」

　二分ほどかかった。階段をいそぐ足音がきこえてから、ドアが肩幅ひらいて、ドラモンドがフィンランディアを一本とショットグラス二個を床に置いた。ドアが閉じた。ミロは両方についで、片方を手渡した。「乾杯」

「乾杯」ズベンコが、グラスをあげて応じてから、英語の表現を思いだした。「きみの濁《マッド・イン》った瞳に乾《サイド・ユア・アイ》杯」

　二杯ずつ飲んだところでミロがいった。「その大使館のパーティだったのか。耳よりな話をきいたのは」

「まさか。シン・チュウがそこまで阿呆だと思うか。話はつぎの週だ。むこうから連絡があって、《タク・タク》へ連れて行かれた。ふつうああいう男の行き着くところは、《ブダペスト・クラブ》か《ザイール》なんだが、《タク・タク》とはな。おれなんか一度も行ったことがない。だが、チュウのやつは、王様気取りではいって行った。店ではいい顔らしい。中国人は自分のほかにいないのに、堂々とはいって行ける店なんだ。隅のボックス席にすわった。そこからだと、女の品定めをしながら密談が交わせる。チュウが飲みはじめた。おれも酒は好きだよ、誤解のないようにいっとくが。しかし、あの中国人の飲みっぷりときたら、アンビリーヴァボーってやつだ。あの図体だから、底なしにはいる」

「では、まるで酔わずか」

「いや、酔った酔った。てもなく酔った。だが、正体をなくしはしない」

「きみはなくしたのか」

「なくした——数分間」

「そのあと彼がきみに話した」

「兄弟のように遠慮なく。おれは思うんだ。きっとあのでぶ、寂しいんだな。下のやつをじつはだれも信じられず、上の者にはびくびくしている。だから陰謀は自分だけの仕事になる」

「そんなことまできみにいったのか」

「おれの人を見る目はたしかだ」

「しかし、陰謀のことまで」

「うんまあ、すこしだけどな。しかし、あんたの仲間を興奮させたその話をはじめたのは、夜もおわるころで、もうしたたかに酔っていた。アメリカのツーリズムというファッキング・シークレット部門に、もぐらを潜入させてるって話だ」

「それについてきかせてくれないか」

「いいとも」ズベンコはいって、ショットグラスを目の高さにあげ、ぐっと流し込んだ。「おれの気を引きたくて、そんなでまかせをいってるんだろう——だいたいツーリズムなんて部局名があるか——そういってやると、すぐさま内訳をいった。ツーリズムという部門は、七つの担当地域に分かれていて、それぞれに監督一名とトラヴェル・エージェント九名がいる」いって、にやりと笑った。「おれはそこでさえぎって、ききかえした。トラヴェル・エージェントだと？　そしたら説明したよ。一種のアナリストで、ツーリズムの現場工作員からの情報をまとめるのが仕事だと。ツーリストは総勢六十三人で、それが世界各国に散らばっている」

六十三人——ミロもその数は知らなかった。あとでドラモンドが検証するだろう。

「彼にいわせると、ツーリズムはアメリカの薄汚い諜報マシーンのなかでも、いちばんダーティな部分だそうだ」

「その極秘部門にもぐらを送り込んでいる——そういったのか」

ズベンコはうなずいて、からのグラスをさしだした。ミロがおかわりをついでやった。

「なにかその証拠を出したか」

「おれもそういうことには、いささか年季がはいってる。なにが事実で、なにが事実でないかの見きわめはつくつもりだ」

「ならいいが」

「まかしといてくれ。おれは思ったね、このでぶ野郎の口を軽くするには、男の自尊心を煽るにかぎると。嘘も休み休みいってくれといってやった。極秘部門にそんな名をつける国がどこにある。どこがやっても、アメリカはやらない。アメリカなら、アルファ・ブラヴォーとでも呼ぶだろう。でなきゃ、フリー・ファッキング・イーグルとかなんとか。もうそのときは、女の子が何人かいっしょだったから英語でしゃべったが、ロシア語でなら、この男は大ぼら吹きでね、というところだ。わかるか、おれの作戦が。男のプライドを煽って確証を引き出そうというんだ」

「うまい手だ」と、ミロはほめた。「それには乗っただろう」

「乗ったね。まずおれに他言せぬことを誓わせて、ここだけの話だぞ、ときた。そして持ち出したのが、ツーリズムの作戦のひとつだ。スーダンで実施中のやつで、中国への石油供給を阻むのがねらいだ。それが七月のことで、その中心にいたのが──おどろくな──タイガーだ」

「タイガー？」ミロはとぼけて、ききかえした。

「よせよせ。知らないとはいわさない、あの有名な殺し屋を。すこし前にフランスの外相を殺したやつだ。そいつがＣＩＡに雇われた」ズベンコは首をふった。「で、チュウのやつ、のっけからその話をはじめたから、おれはすぐさま疑ってかかったが、やつはじっくりと、おれにその全容をきかせた」

「それを今度はきみが、わたしにきかせるというんだな」

つづく一時間、ズベンコは記憶を追って話した。それはこのところ何度もいったことをまたぞろいわねばならぬ人の話しかただが、レッド・ヘリングや脇役をつぎつぎに交えながら、肝心の要点はあいまいにならぬことをちゃんと心得ていた。最初にまず、殺し屋ベンジャミン・ハリス、別名タイガー、ミロ・ウィーヴァーというツーリストに屈して、〈おれをエイズ・ウィルスで殺したやつをさがしてくれ〉といいのこしたことが話に出た。

「しかし、それだけでは、かたきを取ってやる理由としては弱いよな。そんなことでカンパニーのだれも動きはしない。そんな極秘部門の男なら、なおさらだ」ズベンコのいうとおり、ミロを動かすにはそれでは不足で、もっと理由が必要だった。彼を動かしたのは、旧友アンジェラ・イェーツの不慮の死と、それとタイガーとのつながりだった。ズベンコはマールボロをひとふかしして、「人間皆おなじだな。腰をあげて動きだすには、なにか個人的理由が必要なんだ」

国土安全保障省《ホームランド・セキュリティ》のエージェントに、アンジェラ・イェーツを殺したのはミロだといいだしたのがいて、そのため彼が逃亡者になったいきさつも語った。「ディズニー・ワールドから逃げ出したんだ——信じられるか。妻子を連れての家庭サービスだった。ティーナてのが細君の名で、娘はステファニー。そのふたりを置いて、姿をくらまさなきゃならなかった」

ほかの登場人物のこともズベンコは知っていた。ツーリストのジェイムズ・エイナー、ロシア人実業家ローマン・ユグリモフ、フランス情報部のダイアン・モレル、ツーリストのミロが手にかけた、多数の変名を持つケヴィン・トリプルホーン。それらはすべて、一急進的聖職者の殺害を重大な石油権益を持つ中国の犯行とすることで、スーダン政府をゆるがせようとの企てにつながり、そのことも彼は知っていた。チュウはズベンコに、殺害自体はともかく——生前ムッラーはだれにとっても目の上のこぶだった——つづく暴動こそ真の犯罪だったと語った。〈八十六人とは公式の数字で〉と、チュウは彼にいった。〈じっさいにはもっと死んだ。無辜《むこ》の民ばかり。現場で働いてた中国人までが、何人か犠牲になった。あれはまるで不必要なことだった〉

チュウはそれのみか、陰謀は当時のツーリズム部長、いまは故人のトマス・グレインジャーと、おなじく故人のテレンス・フィッツヒューの指嗾《しそう》によるものだったことも知っていた。両人はミネソタのネイサン・アーウィンという上院議員の意にそって動いていた。

「まったくあのひと月は、殺伐をきわめた。誤解しないでくれ——おれたちにも殺伐たる月はめずらしくないが、CIAはもうすこし流血を控えてくれていい。だってそうだろう、あんたたちの予算があれば、もうすこし死体の数を減らせるはずだ」

「そうだな」ミロはこたえ、四肢の感覚が一挙に麻痺するのを覚えた。この男、なんでも知っている。

「だが、チュウにもひとつだけ、どうしてもわからぬことがあって、それが彼を苛立たせていた。ミロ・ウィーヴァーという男だ。そいつが謎を読み解いたはいいが、そのために、八方から追われる身になった。ホームランド・セキュリティは殺人容疑で行方を捜す。カンパニーは真実の露見を恐れるから生かしておけない。だが、チュウにいわせると、これほど不死身なやつもいない。まんまと生きのびたんだ。これぱかりは理解に苦しんだ。ウィーヴァーは、一、二か月の刑務所暮らしのすえ、家庭生活は破綻したが、なんと立ち直った。いまは生きて呼吸してるばかりか、また以前の雇用主に雇われてる。どうしてそんなことができたのかときかれた。それでおれ、なんとこたえたと思う」

「わからん」と、ミロ。「教えろ」

「そのウィーヴァーというやつは、きっと悪いやつらとぐるなんだといってやった。生きのびるのは悪《ワル》ときまってるからな。チュウはそれをおかしがった」

事実はエフゲニー・プリマコフに助けられて生きのびたのであり、その父がいいやつか悪いやつかは、考えてみれば、見かたの違いでしかなかった。

もうたくさんだった。中国人が去年の出来事の九割方知っているだけでも不快なのに、それをまた生々しく語りきかされ、ズベンコのその口調が、あの惑乱と怒りと絶望の入り交じった感情をどっとよみがえらせるのには辟易《へきえき》した。彼は立ちあがり、握手をもとめた。

「ありがとう、マルコ。大いに参考になった」

「で、おれをウィスコンシンへやってくれるだろうな」

「ウィスコンシン？」

「おれのいとこに、あそこで二年暮らしたのがいる。世界一美しいところで、女がまた最高だそうだ」

「それは知らなかった」と、ミロはいった。「可能かどうか調べてみよう。ほかになにか要るものは」

ズベンコは吸い殻で山盛りの灰皿と、ウオツカのびんを見た。「煙草をもうワン・カートン。それから、酒を割るトニック・ウォーター――胃がきりきりしはじめた」

「それよりなにか食べたほうがいいんじゃないのか」

「トニックでいい」そういって、テレビのリモコンをつかんだ。「達者なものだな」

「なにが」

「あんたのロシア語。おたくのカンパニーが使う、独習ロシア語なんてのとはわけがちがう」

「ありがとうよ」

ズベンコはテレビをつけて、ひとこといいそえた。「パカー」グッドバイのロシア語スラングだった。

「パカー、マルコ」ミロは応じた。部屋を出てドアをしめるとき、ドイツ語のトークショーのホステスが、真剣そのものの調子でたずねるのがきこえた。「するとあなたは、それだけの仕打ちを受けながら、また彼と寝たんですか」スタジオの聴衆は、一斉のブーイングで軽蔑をあらわにした。

9

ドラモンドが階段を降りてきた。「どうだった」

「辻褄は合う」

ふたりは暗いテラスに出た。風向きの一定しない、強い冷たい風があった。すこしはなれたところに、ハイウェイのヘッドライトの明るみをバックに、ひとり立って煙草をふかす警護官のシルエットが見えた。手前でリンカンがエンジンを始動したが、ドラモンドは庭に降りようとしなかった。彼がなにもいわないので、ミロがいった。「あの男、ツーリストは総員六十三人だといってる。そんなものか」

「きみは知らないのか」

「ヨーロッパに何人いるかは知ってたが、それはおれの守備範囲だった。グレインジャーはひとまわり大きな数字は、一度もいわなかった」

「頭数はそれでいいはずだ」彼は手のひらをまるめて咳払いした。「ききずてならぬ話だが、事を凍結する前に、あの男からもっと絞り出したい」

「凍結？」

「わがツーリストを中国人の射的の的にさせたくはない。本当にもぐらがいるなら、マー・コードを発動する」

マー・コードは総員召還令で、最終的救済手段だった。「もうひとつ情報源を待ったほうがいいのでは」

「ズベンコはふたつ目の情報源だ」

「え？」

ドラモンドは口中でなにかを、たぶん頬の裏側を噛んでいた。「この話をきくとすぐ、わたしはあちこちきいてまわった。二重スパイに関する中国の情報がないかと思ってね。いくつか手がかりはあったが、まあその種の風評はめずらしくもない。さも本当らしくきこえるんだが、具体的にどんな事実の漏洩があったのかときくと、たちまち口をつぐんでしまう。だが、アジア - 太平洋地域担当の友人が、中国国安部内につかんでいる情報源を教えてくれた。女子職員だ。第三局——香港、マカオ、台湾を担当し、彼女は二、三年前からそこにいた。それが十二月下旬の人事異動で、対情報工作を任務とする第六局に移った。北京郊外の小さなオフィスで、責任者はシン・チュウ」

「本当か」

ドラモンドは首をふりうごかして、「そう興奮するな。チュウの組織運用術は、末端の駒ごとに動かすというアル・カーイダ方式だ。個々人は全体の微小部分にかかわるだけで、隣席の同僚とは完全に絶縁されている。なぜそれが守られるかというと、自分たちのごく一部は、ボスのため同僚をスパイする目的でのみ存在するという知識が――うわさといってもいいが、あるからだ。ぞっとしない職場だな」

耳あたらしくもない、とはミロはいわなかった。「しかし、その女子職員はなんらかのアクセスを持つんだろう。彼女の手元にくる情報をたどればいいのでは」

また首がふられた。「当人がこれまでに扱ったなかで、西側の情報源を経由したものはひとつもない。チュウは彼女の専門技術を見込んで直属させたのであり、その彼女が入手するのは、マカオと台湾の政治家をめぐるたまさかの下世話な情報ぐらいのものだ。一度だけ、目下きみとわたしが関心を持つ事柄に逢着《ほうちゃく》している。ただ一度だけ。それもきっかけは、たんに幸運と、男の下心でしかなかった。彼女がそこで働くようになって二、三週間後、チュウの個人秘書アンリン・シェンが、色目を使いはじめた。ある晩、誘われるまま付き合った。肉体的にはさえない男で――太っちょの近眼――若い魅力的な女をベッドに誘う手段はひとつしかないことを知っていた。秘密をちらつかせることだ。そこで彼は、ボスのシン・チュウはCIA内に重要情報源を持つと教えた」

ミロは待ったが、ドラモンドは言葉を継がなかった。「それっきりか」

「残念ながら彼女は寝なかった。工作員運用者《コントローラー》は試してみろといったが、女には守りたい一線がある。まあしかたがない。いいテストになったかもしれない——とは、友人の想像だが、マルコ・ズベンコなんてのが出てこなければ、わたしもそう思ったにちがいない。

「しかし」といってためいきをつくと、吐いた息が白濁した。「マルコがあらわれたからには、わたしの見かたはまるでちがってくる。わたしは信じる」

「口が軽すぎないか」ミロはいった。「チュウも秘書も」

「だれしも欠点はある」

「シン・チュウについて、われわれがつかんでいる事実は」

「中国公安の情報をつかむのは容易でない。階級は大佐——それはわかっている。年齢は五十代後半。八〇年代初期にドイツに自宅を持っていたことは確認している。妻の存在が知られたことはないが、未確定のうわさによれば、息子がひとりいる。チュウの名が最後に出たのは一九九六年、国務院が組織再編計画を承認して、西側のビジネスマン、学者、ジャーナリストになりすました秘密工作員が多数呼びもどされたときだ。彼は召還に反抗したが、国家安全部長チア・チュンワンがなかば大っぴらに譴責《けんせき》した。以後チュウは、実質的に記録から消える。いまのポストは第六局の末端的外局で、われわれが抱き込んだ内部の女も、その機能と範囲を知らない。マルコ・ズベンコが出てこなければ、チュウの部門は地方政治の管掌機関とでも思うところだ」

「どうもまだ納得できない」と、ミロ。「シン・チュウを把握したのはいいとして、あの男、政治的にはどう見ても死に体だ。大酒飲みで、女に目がない。そればかりか、極秘中の極秘の情報を、なんでもない男、ウクライナの少尉ごときに洩らし、そいつが後日離反者になる。おまけに秘書は、男ぎらいではない口軽女ときている。そんな弱点ばかりの男が、どうして大佐に、それもわれわれの組織内でもぐらを動かせるほどの大佐になるというのか」

「その疑問を持ったのは、きみがはじめてではない」ひと呼吸おいて、ドラモンドがいった。「最初にズベンコと会ったツーリストもそういった。じつはそれで、またべつの推測が生まれ、わたしはそちらにかたむきかけている。きっとチュウは絶望したんだ。九〇年代なかばの屈辱以来、わが身をはかなんだ。もぐらは、したがって彼のものではない。だれかライバルの考えたことであり、これはおそらく、そいつの失脚をねらってのチュウのもぐらたたきだ」

「すると深酔いも芝居か。秘書の口の軽さも。ということは、彼女がわれわれに協力しているのも承知ということだろう」

「それはわからん」ドラモンドはいった。「知りようがない。すくなくともマルコには、見きわめがつかないだろう。いずれにせよ、はっきりいえるのはその中国人大佐が、ツーリズムとなんらかのつながりなしには入手できぬ情報を持っていたことだ。ツーリズムにとって最大の脅威はなんだと思う」

「もぐらのほかに？」

ドラモンドは首をふって、「間違えないでくれ。もぐらはたしかに大きな打撃になる。しかし、組織は再編することができる。マー・コードは思いきった措置だが、いちばん安全だ。全員呼びもどして、あたらしい名前と人定符丁《ゴー・コード》をあたえ、内勤職員も総入れ替えする。そのさいなにより大事なのは、それを内々にやってのけることだ。すでにアスコット長官には、当方マルコの話を割り引いてきいていると、はっきりいってあるから、そのわれわれが、じつはもぐら狩りをしていると知ったら、長官はただちにツーリズムを閉鎖するだろう」そういって、ドラモンドはミロに意味を含んだ視線をじっとあてた。「ここから先は、なにをやってもレーダー監視の下にあると思え」

「了解」

ドラモンドはまた頬の裏を噛んだ。「もぐらがしくじっても、ツーリズムは生きのこる。われわれの脅威はそこにはない。ツーリズムにとって最大の脅威は、存在を知られることだ」

「中国は知っている。ウクライナも」

「ほかにもある。フランスはうすうす感づいている。イギリスもだ。インターネットにも、われわれのことを推測するサイトが多数出ている。まあそれがふつうだろう。いまのところ、ツーリズムはまだ神話だ。おとぎばなしみたいなもので、人はばかにしてかかるか、信じるかのどちらかだ。信じる者は、われわれが存在するかもしれないことに恐怖を覚える。神話のこわさは現実の比ではないからな」

彼がようやくテラスを降りると、ミロはあとについて車へ向かった。むこうがのろくさした歩きかたなので、ミロはぶつからぬよう歩度を調節した。

「われわれの存在をしめす強力な証拠が、どこかでぽっと出たらどうなると思う。おっと、緊張しなくていい。こうだ。調査が開始される、公式調査が。上下両院で質疑応答となる。運営経費をきかれたら、返事にうろたえることは間違いない。最初はスパイが夜ふけに語り合うおぞましいストーリーが、最後はまたぞろカンパニーという過大予算部門の暴露になって、その挫折物語が連日新聞紙面をにぎわす。われわれはお笑い草になる――既知の部門がすべてお笑い草になっているように。人は――アメリカ市民は、われわれをブログで取り上げ、その存在に抗議をはじめる。〈われわれの税金がどう使われているのか教えてくれ〉と騒ぎだす。われわれの超特大予算や、財政逼迫《ひっぱく》したら美術館から巻き上げる手口に、いったいどんな言い訳がある。あればいってくれ」

そういって口をつぐんだ。その暗がりでもミロの目には、ボスの顔が手とおなじほど赤いのがわかった。

「弁明のチャンスをあたえられるよりはやく、われわれはつぶされる。いや、チャンスがあってもだ」

ふたりを包む静寂を乱すのは、夜風に丈高の草がさやぐ音と、リンカンの鈍いエンジン音ばかりだった。ミロはなにかいわなくてはと思うのだが、なにもいうことはなかった。そのいっとき、ドラモンドは今現在とすこし先に思いをはせ、しゃべりながら考えているようだった。

「ズベンコのそのほかの供述については、また連絡する」最後にそういった。「その信憑性は、きみと、ほかにも何人かのツーリストに検証してもらう。わからんぞ、本当のところは。ウクライナはわれわれのなかにもぐらを置いて、中国と対抗させようとしているのかもしれない」

「あるいは、もぐらなんてぜんぜんいないのかも」

「あるいはな」と、ドラモンド。「きみの偽装は、いまでもコンピュータ専門職か」

「あれはやめた、すこし前に。いまは海外居住者相手の保険屋だ」

「コンピュータの話はできないが、保険設計の話ならできるんだな」

「いざともなれば」

ドラモンドは面白がるうめきを洩らしたが、なにもいわなかった。ふたりは車まで行き、ミロは無意識にボスのためにドアをあけた。ドラモンドが乗り込み、車内から彼を見あげた。「このごろはなにかとやりかたがちがうんだ。もう以前のツーリズムではない」

「それは助かる」

「助かるか助からないか、それはわからんぞ。わたしは部員に嘘はつかぬ主義だ。きみになにかを頼みたいなら、直接そういう。きみに知らせたくないことがあれば、それはきみの関与資格外のことだという。大事なのは、きみはわたし相手にあまり推測予断だけで動かなくていいということだ。見た目どおりの男だと思ってくれていい」

そのいいかたが大まじめなものだから、ミロはいった。「ということは、あんたは理想主義者か、でなければ――」

「阿呆だ」ドラモンドが引き取った。「うん。それは前からいわれている。それから、例のモルドヴァ人の少女。外交政策上は感心しないが、どうしても必要だったんだ」

「そう確信している」

「確信はどうかな。ただ、新執行部のつねでね。前進する前に旧執行部の尻ぬぐいをしなくてはならない」

「なぜあそこまでしなければならなかったのか、教えてもらえるだろうか」

「あいにくだ」と、ドラモンドはいった。「それはきみの関与資格外だ」

ミロは車のドアをしめて反対側にまわり、ボスのとなりに乗り込んだ。運転席の男が車を出し、でこぼこの野面を幹線道路に向けて走らせた。

「じかに会えてよかった」ドラモンドがいった。「ファイルが語るよりは優秀な男だとわかった」

「うれしいことをいってくれる」

10

二日後、ミロはミラノ北郊のだれも通らぬ道にとめてある白いセダンに、ひそかに乗り込んだ。これといって目立つところのない車なのが、申し分なかった。ボディ左側の塗料がちょっぴり剝げ、リヤ・ウィンドーに細いきずが縦に走り、その古さなら安心していいが、彼の魔法のキイ・リングに忠実に反応するていどにはあたらしかった。ガソリンはたっぷりはいっていた。

その日はやく、OBIの大型店でポリウレタンのスプレー缶を買い、手に入れた車でフルヴィオ・テスティ通りの交差路にあるアドレスへ行った。そこはエッソの給油所とならぶ高層アパートだった。歩いて建物の横手にまわり、白い外壁のかたわらにしゃがんだ。缶のキャップをはずし、壁に《マリアンス・ジャズルーム》の文字をスプレーした。濡れているうちは読めるが、乾いたらよくさがさないと見えないだろう。

缶を屑かごに投げ入れ、北へ走った。火曜日の午後六時だった。

八時にはスイスのルガノのすぐ北、メリデのホテルにはいった。ビュールレ美術館の仕事の最終段階を迎える前に、ひと休みしておきたかった。テレビのチャンネルをまわし、CNNニュースが出たのでとめると、合衆国第四十三代大統領がタンザニアのダルエスサラームでつかまっていた。記者の質問を受けて、ブッシュは「いまやコソヴォは独立した」とこたえた。

ドラモンドの協議とやらはうまくいったらしい。

セルビア人のラドヴァンがどう思っているか気になり、きっとあの男とその仲間は、セルビア正教発祥の地コソヴォが不安定になっては、あるていどナショナリズムに屈するしかないのではと思ったが、いまそんなことはどうでもよかった。彼らの戦いはおわり、ミロには二千万ドルを集金する仕事があった。

午前一時、室内の指紋を拭き取ってから、着替え少々と洗面用具をホテルのごみ収容箱にすてた。ルーム・キイを返す前に、デキセドリン二錠を飲んだ。

ルガノ北地区のレンタル・ガレージで、その日最初のダヴィドフをつけた。絵をどうしたものか思案した。ドガの《ルピック伯爵と娘たち》、モネの《ヴェトゥイユの罌粟《けし》畑》、ゴッホの《花咲くマロニエの枝》、セザンヌの《赤いチョッキの少年》。

どの絵を生かし、どの絵を殺すかという自分の判断ではない。どの絵が美術館にはより大事かという判断だった。四点ともほぼ同価値の傑作だが、違いはある。二点は風景画、他の二点は人物画である。美術館のキュレーターや保険査定員は、一般の関心が人間の顔にあることを知っている。まあそれが、だれしもふつうだ。よし、風景をくれてやろう。そうすれば人物を救う方向に動くはずだ。

手袋をはめて、セダンにモネとゴッホを積み込んでから、もう一度引き返して、他の二点をとくと眺めた。チョッキの少年は、角度によっては化石のように見えた。そこでまたジッポーを取り出し、必要なことなんだ、と自分にいいきかせた。絵をのこしては自分を危険にさらすだけで、警察にいまひとつ捜査の手がかりをあたえてしまう。アドリアナを思い、彼女を生かしたために自分にまねいた危険を思うと、にわかにエフゲニーの言葉が想起された。老人にとって、少女をひとり殺すのは現実的必要悪だが、美術品強奪のことをきくと、道徳的核心のようなところに踏み込んだ。〈おまえは社会契約を破ったんだぞ、ミロ〉どこのだれが、絵を少女ひとりの命より大切にするか。

約二時間後の五時すこし前、E・G・ビュールレ美術館の角を曲がり、チューリヒ精神医科大学病院前に車をとめた。車内の指紋をきれいに拭いてから、キイをアクセル・ペダルのそばに投げてドアをしめた。フリューガッセを西へ、ティーフェンブルンネン通勤電車駅に向かって歩く途中、街頭監視カメラのとどかぬところに公衆電話をみつけた。まだ手袋をはめた手で、ドラモンドが携帯に入れてよこした名前と番号を出して、ダイアルした。

呼び出し音が七回鳴ってから、億劫そうなねぼけ声が出た。「ヤー？」

「ヨーヒェム・ヒルシュか」

「ヤー、ヤー」

「起きろ、ヨーヒェム。おれはビュールレ美術館の絵をもらった者だ」

沈黙。それからきいた。「どうしてこの番号がわかった」

「いいからきけ。美術館の先の精神病院へ行けば、イタリア・ナンバーの白い車がとめてある。車内にモネとゴッホがある」

「待て、きみは――」

「誠意のつもりだ、ヨーヒェム。二点をただで返す。そちらだけでさがせないことは、十日かけてわかっただろう。取りもどすには、こうしてもらうしかない。ドガとセザンヌを金で買うこと。両方で二千万米ドルだ」

「二千万？　いったい――」

「いいな、ヨーヒェム。その何倍もする代物だ」

ヨーヒェム・ヒルシュが選択肢を考え、背後で女の声がきいた。「だれなの《ヴェア・イスト・ダー》」

「しーっ」が、男の返事だった。

また口をきいたのは、当然のことをいうためだった。「二千万になんか、なりはしない。それは知ってるだろう。超有名な作品だ――危険を承知でそこまで出すやつはいない」

「こちらは売ることに興味はないんだ、ヨーヒェム。いまから二十四時間以内にそれだけの金を用意しなかったら、あとの二点は灰にする。それをあらためて保険加入者にも伝えて、反応を見るんだな。ペンを持ってるか」

「ちょっと待て」返事があってから、低い声でうなりながら室内を動くのが、ミロの耳にきこえた。「よし」

ミロはドラモンドに教えたＩＢＡＮコードをいった。「親切心までに――これは報道関係にはいわぬがいい。絵は歩行者により偶然発見されたとでもいっておけ。でないと、おたくの保険にはいっている美術館の半数が騒ぎだすと思え」

「親切なことだ」ヨーヒェム・ヒルシュはいった。

「二十四時間だぞ、いいな。もう連絡はしない。二度となにもいわない。だが、口座に振り込まれなかったら、ドガとセザンヌは灰になる」

電話を切った。

電車で市の中心部に出て朝食をとった。腹ぺこだった。だれかが置いて行った《クーリア》を読んだ。事件のことが一面に出ていたのは意外だった。学校でだろう、カメラにポーズする写真は、たしかにあの子だった。自分には何事も起こるはずがないという笑顔だった。

載るなら当然一面だと思い直し、食事をおえた。ドイツ人二人組は、いまになって思いだし、ほぞを噛んでいるだろう。この危険人物が、ほかならぬ行方不明になった少女に、話しかけるところを見ているのだ。疑わしいといえば、これほど疑わしいこともない。だが、《クーリア》の記事には、少女が学校を出るところは目撃されているが、父親が待つ校舎の裏にはあらわれなかった、とだけあった。セバスチャン・ホールやジェラルド・スタンリーの名は、ぜんぜん出ていない。

おそらくドイツ人二人組は、自分たちをミロにさしむけたカンパニーの管理官に問い合わせた。それにたいしてアラン・ドラモンドは、内聞にしてくれと頼んだ。

食べたものが腹にこたえた。勘定のためスイス・フランを置き、携帯を出してメッセージをタイプした。

明日のこの時間に口座をあたってくれ。土曜までオフラインにする。

メッセージを送り、すぐに応答がないよう携帯を切った。中央駅へ行く途中、傷心の両親、アンドレイとラダ・スタネスクが、カメラのライトをまぶしがる写真が目にはいったので、《ル・フィガロ》を買った。フランスの新聞は、ドイツのテレビで放送されたラダの訴えの翻訳を載せていた。

アドリアナを連れて行った人に。あなたは自分のことがわかっているでしょう。あの子と私たち夫婦にした間違いを正すには、あの子をどこか安全なところに連れて行ってください。危険をおかして警察や郵便局へ行く必要はありません。教会かどこか、公衆電話のあるところで、小銭を持たせて自由にしてやれば、自分で電話をかけます。そしたら私たちが迎えに行きます。それだけしてくれたら、こんなことはもうおわりです。

ミロはまたデキセドリンを二錠放り込むと、袖についた煙草の灰をはらって、十一時半発パリ行きの電車に乗った。

11

金曜日には彼の不安は、アドリアナ・スタネスクとも、ツーリズムにいるやもしれぬもぐらとも、ようやく完遂した美術品強奪（APの伝えるところでは、病院の職員が乗りすてられた乗用車の後部席に二点の名画を発見した）とも、おそらくアラン・ドラモンドが携帯のスイッチを切られて憤激していることとも、まるで関係なかった。それしきは、ナップザックと携帯電話を持った生徒らが、ひとりで、あるいは連れ立って、目の前を行くのを見ながら、雨のそぼ降るマンハッタンで待つことを思えば、なんでもない。いまにはじまったことでないそうした気がかりは、これにくらべたら、不安のうちにもはいらない。

何か月ぶりかで、ここに立つ理由をしかとわきまえて立った。〈ここ〉とは、小雨だが季節はずれの暖かい午後、コロンビア大学の構内、エイヴリー建築美術図書館の荘重な高い柱廊の真向かいである。その朝メイシーズで買ったトレンチコートで濡れはしないが、まだ身ぶるいはとまらなかった。デキセドリンに手を出す誘惑にだけは耐えた。朦朧《もうろう》とした頭では困る。

いま役に立つものがあるとすれば、それは妻に拒否された男だれしもが抱く感情、すなわち自分は間違っていないとの思いだろう。人によりそれは、迷惑電話や、午前四時の押しかけ訪問になったり、いまのミロのように、愛する人の職場の辺りの徘徊になったりする。だが、ミロ・ウィーヴァーのばあい、その種の独善だったためしは一度もなく、もしもいまティーナが出てきて、むこうへ行ってくれといったら、一も二もなくそうするだろう——それは確信できた。独善とは、だれかがなにかをしてくれて当然という思いから生じる。ミロはといえば、だれになにをしてもらえるとも思っていない。

彼の罪は秘密を持ったことだった。

なによりもまず両親——実の親の素性を、ずっと彼女に隠していた。エフゲニー・アレクサンドロヴィッチ・プリマコフと、エレン・パーキンス。父親はソ連のスパイで、彼は十代のころモスクワでいっしょに暮らした。一九七九年にドイツの刑務所で縊死《いし》した母親は、だれかにいわせると、マルクス主義テロリストで精神に異常をきたした放浪者でもあれば、彼自身の印象からすると、亡霊でもあった。

ミロの嘘（よくいえば言い忘れ）は、自分から白状していれば、あるいは許されたことかもしれないが、白状しなかった。ティーナは他人の口から真実を知らされ、その屈辱はあまりに大だった。

だから責めは彼にあり、和解は彼が要求できることではなかった。それは結婚カウンセラーに教えてもらうまでもなかった。

それでいて、五時半をまわったとき、彼女が携帯を耳に、正面の石段数段を足ばやに降りてくるのを見ると、飛び出して行って拉致する衝動をこらえるのが骨だった。そうやって欲するままに動くのは、彼のツーリストの側面だった。彼女が車に向かうあとを追って角を曲がると、電話を切って乗り込むところだった。彼は走って行き、運転席の窓の外に立った。彼女はエンジンをかけていて目をあげなかったから、顔の横のガラスをたたいた。それで気がついて、思わず叫んだ。

どちらも動かなかった。エンジンがうなり、車内でみはるグリーンの目が、驚愕で滑稽なほどまるくなり、ふっくらした唇が割れ、胸におかれた片手が忠誠の誓いの仕草になった。彼は自分が、見た目どこか変わっただろうか、この三か月が顔に変化をもたらしただろうかと思った。体重が減ったのはわかっているから、一瞬見栄がはたらいて、そのぶん魅力が増したのではと思った。窓の外の男が欲望をそそるのではと思い、あとでその想像がばかばかしくなった。自分は窓の内の女に欲望をそそられた。

彼女はドアをあけず、窓だけ下にさげた――まだ折れる気はないのだ。「やだもう。ミロったら」

「へーイ」

「なによ」と、彼女はきいた。「またこっちなの」

「そうじゃない。二、三時間きただけだ。きみに会いに」返事がないので、自分が出過ぎか、押しつけがましいかと思い、「都合がよければ」といいそえた。

「そうね。いいわよ」

「ステフを迎えに行くのか」

「それはいいの——ママがこっちにきてるから」そこで間《ま》をおいて、「あなたは、あの子に会いたくて待ってたの」ときいた。

なによりも娘には会いたく、それはグレイ一色の存在のなかにきらめく一点のテクニカラーだったが、彼はかぶりをふった。「それはやめとこう。おれはまた出発を控えてる。がっかりさせたくない」

いまはどれほど気配りのできる男になったかを知ってもらいたかった。いっしょに逃げろといった去年とはちがうのだ。

だからいった。「いや、無理に引きとめては悪い」

「乗って」ドアロックのボタンが押された。「どこかで降ろすわ」

気が変わらぬうちにと、いそいで助手席側にまわった。

以前なら運転するのはいつも自分だった。こちらは彼女の席で、うしろではステフが場違いな質問を連発する。ミロは妻の運転にほとんど付き合ったことがないのに気づき、二重駐車の窮地からすんなり出るのにはびっくりした。彼が横にいなくても、うまくやっているようだった。


「嬢ちゃん《リトル・ミス》はどうしてる」

「あいかわらず」ティーナはいいさして、首をふった。「でもないわ。指をぽきぽき鳴らしてばかり」

「そんなこと、だれのをまねたんだ」

「自分でも知らずにやってるみたい。神経性チック症状ね」

七歳でそれはないだろうと思いつつ、ミロはまた錠剤がほしくなった。「家のなかで不安を感じるんだな」

「あなたがいないから？　そうかもしれない。カウンセラーにいわせると、離婚家庭に通有の現象ですって」

「われわれは離婚してはいない」

「じゃ、原因はほかにあるのかも。あの子、年じゅう夢を見てうなされてるし」

「ほう」

ティーナが道路にあごをしゃくった。「ドイツの女の子のこと、きいた？　アドリアナなんとかって子。よくある少女誘拐だけど、こちらでも騒がれてるわ。ゆうべはその夢。誘拐される夢を見たんですって」

ミロはいよいよデキセドリンがほしくなってきた。

「そのうち平気になるでしょう。それに、いまはオリンピック熱と入れ替わりつつあるから」彼女は道路に向かってしゃべった。「学校でもその話でもちきりなの、ギリシア人や北京のことを教わったりして。ステフはいま槍投げに夢中なの。よくよくイマジネーションをそそられるらしくて。あの子の英雄はダナ・パウンズ」

「ダナ・パウンズ？」

「アメリカの槍投げ選手――というのかなんというのか、そのひとり。ステフは彼女が予選でどれだけ投げるか気が気じゃないの」そこでにやりと笑って、「パトリックはあたしたちを連れて行きそうな気配よ」

「北京へか」頭にうかんだ想像図にはぞっとした。

「そういってる」こたえながら、彼女はぐいとハンドルを切った。「でも、あの人を知ってるでしょう。自分の出番ともなれば、なんだってするわよ。出てくるからには、どこまでも出てくる人だもの」

あまりはやくなにかいうのも、軽々しく口をきくのもいやだから、すぐにはなにもいわなかった。彼は自分の恐怖の対象を再考してみた。ステファニーの実の父は、父親像としては到底理想的ではないが、ミロがオリンピックに連れて行けない事実に変わりはない。パトリックは彼女の北京行き唯一のチャンスである。では、中国人はどうか。もぐらはどうか。ズベンコによれば、彼らはミロ・ウィーヴァーの家族を知っていて、大群衆のなかからでも容易にえらび出せるが、だからといって自分たちに危険がおよぶわけではない。自分たちの世界では、家族は中立地帯なのだ。「いったとおり実行してもらいたいものだ」正直にそういった。「あの子にとって、忘れがたい思い出になる。いや、きみだって忘れはしない。口だけではすまないことを教えてやれ。きみは北京語の詰め込み勉強をしてるところを見せてやれ」

彼女はおかしそうに笑って、「それもいいわね」

「エフゲニーは、二、三度きたといってる。そうなのか」

彼女は前方の車列に向かってうなずいた。「ステフの顔を見たいからでしょう。あの子が可愛くてしょうがないの。自分の娘たちを思いだすんですって。小さいころの娘を」

「きみはどうなんだ。あの男がきらいじゃないだろう」

「あの人は、とてもほら……ヨーロッパ風でしょう」

「まあそうだな」

「あなたにも惚れ込んでるわ。あなたのいたらぬ点を毎度言い訳するところなんか、トムに似てる」

彼は後頭部のかゆい個所を掻いた。「言い訳の必要があるのか」

「あるときもあるのよ。きかされるあたしが、ほとほとうんざりするときも」そこで彼女はかぶりをふった。「もうあの話を蒸し返すのはいやよ」

「わかってる」

「あれはもうおしまい」まだそういい足すのが、じつのところはまたはじめたいかのようだった。「いまでも腹立たしいときがあるけど、理解できなくてじゃないの。理解ならできるわよ。あなた、ドクター・レイと話して、はっきりわかったでしょう。ずっとその秘密の面をかかえていながら、それをあたしに教えるなんて考えもしなかったんだわ」

「うん」否定しなかった。「そういうことかな」

「問題はそれでしょう」

彼がのみこめず、彼女が説明した。「意識的に秘密にしようと思ったわけじゃないんだわ。あたしにいうことなんて、まるで考えもしなかっただけで」ひと呼吸おかれた。「だからなおさらいけないのよ。行動様式に組み込まれてるのよ。ぜったい変わりようがないのね」

「人は変わる。忘れたのか。ドクター・レイもそういった」

「あなたがあたしに無断で現場にもどろうと決める前？　それとも、せっかくドクター・レイが相談に乗ってくれるのに、あなたが身を入れてきかないと彼女にいわれる前？」

不意に、大西洋を越えてのこの訪問は、間違いだったような気がした。彼女は受け入れ拒否の理由がほしくて、あたらしくつかんだ事実のなかからひねり出そうとしているのかと思われた。だが、じつのところ、ミロにはまだよくわからないのだった。「もっと時間が必要かい」と、彼はきいた。

「なんの時間が」ちらと横目が向けられた。「あなたの現場はまたヨーロッパでしょう。もう一度家庭生活をやりなおすとして、いったいどんな家庭にしようというの。いまでもあたしはよそへ行くのはいやよ、ご存じと思うけど。仕事が気に入って、ここの生活も気に入ってるわ。ステフの学校もいい学校だし」

彼は手で顔をこすった。このやりとりを何度も頭のなかで考えてはリハーサルしたのに、彼女のいいかたには苛立ちを覚えた。「どうしてなにもかも答えを出さなきゃいけないんだ。その時その時に合わせていけないのか」

「あたしたちには子どもがいるのよ、ミロ」

車内の空気がぜんぶ抜けていくような気がした。

彼女はすばやい一瞥をくれて、「ここでどうなると思ったの」ときいた。「ふたりで愛を確かめ合って、あなたは元へもどろう……とでも思ったの。だいたいあなたが家庭なんて持てるの」

彼はこたえなかった。もう手に負える段階ではなかった。

「遠距離でも満足できる関係は可能だ――なんて思ってるんじゃない？　だったらきくけど、だれかの誕生日のたび、休日のたびに、あなたがひょっこりあらわれることが、あてにできるというの。あなたは九時から五時までの勤め人じゃないのよ」信号でとまった。

「勤めを辞めるならべつだけど。辞めるの？」

「それはまだ」とこたえるのがやっとだった。

そのあと沈黙がきて、また走りだすと、彼女の口調はものやわらかになった。「時間がいっぱいあるからいろんなことを考えたけど、どうしてもわからないのが自分自身のことだった。なんであのとき七月に、あなたについて行かなかったのだろうって。夫がやってきて、命が危ない、一家がばらばらにならずにすむには国を出るしかないという。明瞭そのものといっていい説明だった。どんなばかでもわかるぐらい」

彼は先を待った。

「なんであんなに簡単に『いやよ』が出たのかしら。実際的な理由はいくらもあったけど、じゅうぶんというほどではなかった。決定したのはあたしの下意識で、あたしの下意識は、なにもあんな劇的なことがなくても、この結婚にはどこか間違ったところがあるとわかっていたのよ。そもそもあなたを信頼しきってはいなかったんだと思う。あたしの愛にはきっと限度があったのよ。わからない、いまでもわからない。わかってるのは、もしよりをもどしても、決して元どおりにはならなかったということだけ。努力が必要だったのよ。いっしょに努力して、どこがいけないのか見きわめ、そこが直せるかどうか考えなきゃいけなかったのよ。あのころみたいに片方だけが受けるセラピーでなく、いまふたりでやってるような、本式の、予約セラピーでなくては」

ミロが言い負かされたと思い込むにはどうすればいいか、彼女にはわかっていた。いまの一語、〈下意識〉を使えばいいだけだ。それが彼女をドクター・レイにならぶ大人にし、彼を小児にしてしまう。じっさい小児になったみたいに、あっけない幻想ができあがり、浅薄《せんぱく》な分析に結びついて、きっと彼女は惑乱している、自分で自分を惑わせていると思い込む。自分たちの結婚生活は六年間円満そのものだったのに、いま多少の問題があらわれたばっかりに、彼女は信念をなくしてしまった。パトリック——そう、彼女は前夫に惑わされているのだ。ならばミロが主導権を取ればいい。彼女を引き寄せ、力で圧倒すればいい。どこか自分が主導権を持つところ、彼女の悪しきロジックを説ききかせる時間と手段のあるところへ連れて行く。なぜなら、あるのは悪しきロジックだけだからだ。そこには愛がなく、どんなロジックも愛をないがしろにしては、最初から欠陥を持つしかないのだ。

幻想は頭にはいりこんだとおなじほどすばやく失せ、思えばこれが最初から問題だったのだとわかった。自分はツーリスト思考をしていたのだ。ツーリストにとっては、すべてがありうる。矛盾などは些細な不都合でしかない。ツーリストは子どもとおなじで、世界は自分のものだと思っている。彼は以前はこんなではなかった。仕事が彼を小児化したのだ。

彼女が口をひらいた。「あたし、あの人に、エフゲニーにきいたのよ。あなたがある日、ぽいと仕事を放り出して、うちに帰れないのかしらって。そしたらあなたとおなじように、

『まだだめだ』ですって。あなたにはもっと時間が必要だって」彼女はミロが反論するのを待った。彼はしなかった。「前にいったこと、覚えてる？　あたしたちが知り合ったとき、あなたは現場工作員《フィールド・エージェント》だったけど、もしもその仕事をつづけるなら、あたしは結婚できないって。あたしは夫がもう帰らないんじゃないかと心配しながら、長い不在に耐えていける女じゃないのよ。だからエフゲニーにいったの。いつかあなたが、世界をかけまわるのをやめて、生まれたときについた名を名乗れるときがきたら、あたしに会いにくればいいって。あの人からきいてない？」

「きいてない」ミロはこたえた。

「そう、きかせてほしかったわ。そしたらむだ足を踏まずにすんだのに」

12

彼女はブルックリンでA地下鉄のフランクリン・アヴェニュー駅の前に車をつけた。そこからハワード・ビーチまで乗って、そのあとはエアトレインでJFK空港に行ける。ふたりは車内で優に一分、別れぎわのあの気まずい沈黙をつづけた。彼はエフゲニーが自分に、絶望者の命綱である空頼みをもたらしたことを、いまになって恨んだ。

と、憐憫《れんびん》の情にかられてか、ティーナが彼の袖を引き、「いらっしゃい」とささやいた。そしてぐっと引き寄せると、口に強烈なキスをした。彼女の口はチューインガムの味がした。哀れみだとわかっていたが、いまはほかのなによりもそれを欲した。ふたりはすこしのあいだ動かなかったが、彼女が上体を引いた。「さっきいったことは本気よ。あなたが生きかたを考え直して帰ってくれば、あたしはもう一度やってみる。ただし、ここでよ。どこかよその国で、名前を変えてじゃなくて。生活を立て直すのよ、ドクター・レイに相談しながら」

「わかった」

「わかればいいの」

彼はにやりと笑った。彼女がひとつのプランを出してくれた。「ステフに愛してるといってくれ」

「それでいいの？」

「そうか」いわれてみれば、よくはなかった。「もうすこしゆっくりできるときに自分でいう」

小さな笑みが、たがいを結びつけた。そこでティーナが、はっとなった。「そうそう。これを持って行って」彼女はグラヴ・コンパートメントをあけて、ずいぶん前に彼が渡したｉＰｏｄを取り出した。ヘッドフォンとカーライターからの充電器がいっしょだった。

「いいんだ。きみにあげたんだ」

「いいから」彼女は頑なだった。「こんなのぜんぜん使わないし、このあいだ落っことしたの。壊れたわ。パットが直してくれたけど……あなたの入れた曲がぜんぶ消えてしまった」

「パットが直したあとでか」

「は、は。また入れて返してくれたけど、いいの、もうきかないから。だからあなたが持って行って。七〇年代の曲がいっぱいはいってる――あなたの好きそうなのばかり。だいいちそれを持たずに世界をかけまわるあなたなんて、考えられないわ」

彼は手に持っていた。「ありがとう。いやほんとに。それから、オリンピックをあきらめないこと。つらつら考えると、たしかにグッド・アイデアだ。パットにいっといてくれ、はやく切符を手に入れないと売り切れるぞって」

「いっとくわ」彼女はこたえて、いま一度キスを受け入れた。彼が歩道に降り立つと、彼女は窓を下げた。「最後にもうひとつ」

「なんだ」

「煙草をやめてくれない。まるで灰皿の味がする」ウィンクがあり、窓があがり、車は走り去った。

時間を気にしなくていいので各駅停車に乗った。清涼な希望の雲——彼女から発した一段と明るい希望——に包まれて、さしあたりいそいですることはなにもなかった。チャンスはある。こんなだめな男にも、かならずある。ツーリストのパスポートで外国行きのフライトに乗り、願わくはドラモンドが行動を監視していてほしい。妻と会ったこの予定外の行動が怒りをかえば、たちまちお払い箱にならぬものでもない。そうなると、父にあずけたアドリアナ・スタネスクの立場は弱くなるが、とりあえずそれは気にしない。彼はツーリズムが部員にたたきこむあの心情の欠落を、ふたたびとりもどしていた。

わからぬもので、一夜明ければ自由の身であるかもしれない。

ハワード・ビーチで乗り換えるとき、ダヴィドフののこりを物乞いにくれてやり、セバスチャン・ホールのクレジットカードでパリ行きの航空券を買った。セキュリティ・チェックの列にならぶと、彼の前後で不安な旅客が、ためいきや低いうめきを洩らしながら、靴を脱いだり、ノートパソコンのケースをひらいたり、ベルトを抜いたりしていた。ミロはなにも手荷物はないが、みんなに倣《なら》った。

左のほうに太い円柱があり、テレビがCNNニュースをやっていた。都会の夜の場面。見覚えのある建物が煙を吐いている。スクリーン下部に流れるテロップを読む。前夜のベオグラード米国大使館だった。抗議集団が押し入り放火したという。

行列が動いて距離が近くなると、アナウンサーの声がきこえ、暴動はダルエスサラームにおけるブッシュ大統領のコソヴォ独立承認への抗議だといっていた。プラカードが見えた。〝KOCOBO JE CPБJA. KOSOVO JE SRBIJA（コソヴォはセルビアだ）〟。デモ隊のひとりは、放火の煙にまかれて死んでいた。ミロはラドヴァンと母親が、無事であってほしいと思った。

金属探知機を通過して、靴と分解された携帯電話（X線係の格別ていねいな検査を受けた）を受け取ると、国際線ターミナルへ行って、気分転換にコーヒーを飲んだ。携帯を組み立てたが、どこからもかかってこないので、iPodの曲目リストをスクロールしてみた。それはティーナが思っているような七〇年代のランダム・セレクションではなく、デヴィッド・ボウイのディスコグラフィーで、一九六七年の自分の名を冠した『デヴィッド・ボウイ』から、二〇〇三年の『リアリティ』という妙なタイトルまで、全アルバムがはいっていた。なにからきいたものかわからず、シャッフル再生にすると、すぐに小声で口ずさんでいた。

ゲートまで行ってはじめて、なにかがおかしいと思った。それはふたつの顔を通じてやってきた。男のほうはフランス人らしい……でなければアルバニア人か。人種の不一致が、こちらをふりむいた顔の無関心をよそおう表情のなかでは、血統をおなじくするように見えた。そして女――彼女は円柱のわきに立って、携帯でしゃべりながら、目はミロがかけている席のそばの窓を見ていた。顔はどう見てもアメリカ人のものだった。ふたりともなにも荷物を持っていない。

顔がふたつだけだが、どちらもその場にそぐわない。それはゲートに近づく飛行機になんの関心もないかのような、両人の周囲とのかかわりのなかに見てとれた。それがはっきりしたのは三十分後、ミロが乗客の列にはいって、パスポートと航空券を確認するフライト・アテンダントの前まで進んだときだった。ミロの係員が彼の航空券をスキャナーに入れると、装置は不満そうな音を発した。もう一度やっておなじ結果になると、カウンターへ行ってくれといわれたので行くと、あいにくこの便はオーバーブッキングですとつげられた。つぎの便は二時間後に出ます。お待ちになりますか。

文句をいおうと思ったが、さっきの男と女が、いまはあいた席にかけて待っているのを見たら、どうでもよくなった。人間希望を持つと、そうしたものだ。

「そうする」彼はこたえた。「二時間ぐらい待てる」

カウンターから放たれた笑みは、ご理解いただけてうれしいといっていた。

あたらしい旅程表がつくられるあいだに、ちらとうしろを見ると、女が男に肩を寄せて話しかけるところだった。ジャケットの前がひらいて、ショルダー・ホルスターのピストルの銃把《じゅうは》が見えた。男は椅子でぐいと向きを変え、ミロを正面から見すえた。そして立ちあがった。偽装作戦はおわった。

ドラモンドはよくよく怒っているな、とミロは思った。

「次便の予約はいい」彼はカウンターの係員にいった。「またあとにする」

きょとんとする表情が返った。「は？」

彼はすでにカップルのほうへ歩きだしていたが、ふたりは途中まで出てきた。女がしゃべった。

「ミスター・ホール、いっしょにきてください」

フランス人‐アルバニア人も、低いうめきで同意してついてきた。女が先に立って、NYC《ニューヨーク市》のロゴ入りキャップとTシャツをとりそろえた店の横の閉じたドアをくぐり、JFK空港の秘密の通路にはいって行った。

そういう特設通路を通る旅客の大半とちがい、彼は頭巾をかぶされることもなく、それにはほっとした。何度も曲がったから、ようやく窓のない、隅にアルミの監房用便器が置かれた部屋にはいったとき、そこがどこなのかまるでわからなかった。ふたりはよからぬ点を反省させようというのか、そこに彼を置いて去った。よからぬ点ばかりで、どこからはじめればいいのか見当もつかない。それでティーナのことを考えると、それが彼を必然的に自分の欠点と、いまやふたりの結婚生活が依存するドクター・レイへ引きもどした。ティーナは知るはずもないが、事実をいうなら、いまのセッションはミロが不正直であることをやめるまでは、決して効果があがらないのだった。

彼の不正直は、あからさまな嘘ではなく沈黙というかたちをとり、どうかするとドクター・レイが感づいて、「どうなの、ミロ。なにかそれに付け加えることは」とたずね、ミロはたいてい「いや、ティーナが余さずいってくれたと思う」とこたえた。彼女が言葉足らずのときでも、そうこたえた。

好例が、六年以上前のふたりの出会いと、愛し合ったいきさつを語る、彼女の口ぶりだった。そのストーリーは、手の込んだメロドラマのあらゆる要素をそなえていた。ティーナは婚前妊娠八か月の身で、ヴェネチアで独身最後の休暇を過ごしていた。そこで年上の男と出会い、その一見紳士が、じつはアメリカ合衆国の公金数百万ドルの拐帯《かいたい》者とあとでわかる。男が彼女を連れて人に会いに行ったのが、とんだ破局的結末になる。現地にはミロと、パートナーのアンジェラ・イェーツが、男を逮捕しにきている。十代の少女が高いバルコニーから投げられて死ぬ。銃が発射され、ミロが二発被弾し、ショックがティーナの陣痛をまねく。

そうした出来事を一本にまとめると、まるで信じがたい物語になるのだが、ミロはティーナのそれらの事実の再現に異を唱えなかった。どれもたしかにあったことなのだ。ふたりのヴァージョンが異なるのは、話の現実的な個所、エピローグの部分だった。ティーナはイタリアの病院で覚醒すると、となりのベッドにミロが眠っていて、テレビは世界貿易センターに飛行機二機が突っ込んだところを映していた。ミロが目を覚ましたので、ふたりで画面に見入り……。

「あの事件、あれはあたしたちを、ほかのことでは考えられぬほどに結びつけたの。縁もゆかりもない人間がふたり。おぞましい一時をいっしょにくぐり抜けたと思ったら、今度はもっと戦慄《せんりつ》すべき、桁《けた》違いに大がかりな出来事を見せられることになって。それがふたりを永久に結びつけた――といえばセンチメンタルにきこえるけど、本当のことよ。あの瞬間、あたしたちは愛し合ったの」

「ミロ。なにか付け加えることはないの」

「それになにを付け加えようがある」彼はいったが、そのとき思ったことを、以後彼女が話をくりかえすのをきくたびにいつも思った。〈前代未聞のお笑い草だ〉

ミロは裸の壁をみつめるうちに欲望を感じた。ティーナを欲したのでも、脱出を望んだのですらもない。ハワード・ビーチで気前よくくれてやったあの煙草に、いまになって未練を覚えた。

13

私服の二人組があらわれ、彼が食事をさせろというのを無視して、部屋から連れ出した。また秘密の通路をいくつも抜けて外に出ると、飛行機のかんだかい爆音が湿った冷気をゆるがしていた。黒塗りのフォード・エクスプローラが待っていて、彼は後部席に身を入れた。二人組がそれぞれ左右にすわるのを待って、べつのひとりがSUVのギヤを入れて発進した。

質問が有益なのは、相手の返事が何事かにつながるときだけである。このばあいなんの意味もなかった。彼はツーリズムという電車から飛び降りたのだから、その報いは受けなくてはならない。

国内線ターミナルのそばにきて車がとまると、しわの寄ったタキシードを着たドラモンドが、助手席に乗り込んだ。オペラ座から引っぱり出されたのかと思ったが、もう午前二時だった。彼はミロに目もくれず、フロントガラスに指を向けた。それで運転手はまた走りだした。

「ひどいへまをやってくれたじゃないか、ホール」

　ミロは返事をしなかった。落ち着き払っていた。

「知られずにすむと思ったのか。われわれにはわからないとでも」

　ミロは咳払いした。空腹はおさまっていた。「入金はあったか」

　間《ま》があってから、ドラモンドはいった。「あった。あの仕事はよくやったと褒めておく」また間、今度の無言はやや長く、口をひらいたときはミロに顔を向けていた。「きみはなにになったつもりだ。仕事上の肩書でいい気になってはいけない。きみがチューリヒであの最後のメッセージを打った瞬間から、どこにいるかはわかっていた。パリ行きの電車に乗るのも、パリでパスポートを盗むのも、それからドゴール空港で飛行機を待って動きまわるのも、ぜんぶ見ていた。ビデオカメラというやつだ。ムシュウ・クロード・ジラールなる男のパスポートを使ったな——じゅうぶん替え玉になる写真だ。JFKだったな。簡単だ。きみはコロンビア大までずっと尾けられていた」

「家族に会いに行くのが罪になるとは知らなかった」

　そのとき、航空機のエンジンが轟然とうなり、ゴム車輪がタールマカダム舗装面を踏み進む音がした。運転席のむこうの暗闇に、いつまでもタキシングする航空機の着色灯が見えた。

　妙な笑みがドラモンドの顔いっぱいに広がった。「きみがだれに会おうとしているかわかったとき、わたしは尾行をやめさせた。これでも血も涙もあるんだ。部下が一日割《さ》いて妻に会いに行きたいと思うのは、なにも問題じゃない。きみはひと仕事おえて、つぎの指示はまだ出ていなかった。もちろん怒ったさ、かげにまわってやられたから。しかし、きみらは皆パラノイアだ。予想はつく。いいんだ。妻に会いに行ったのは問題じゃない。それよりも」と、膝からグレイのフォルダーを手に取っていった。「問題なのはこれだ。アドリアナ・スタネスク」

「あ」

「きみはだれとやっていた。だれがこの子を拘束している」

ミロは右側の警護官を見た。ミリタリー・カットに刈り上げ、あごのきれいな剃り跡は幅が太い。その男も左側の男も銃を持たず、それでいくぶん劇的要素が薄れる。それぞれの横にあるドアは、ロックされていなかった。逃げるつもりはないが、可能な脱出ルートを頭にえがき、どこへどの順にパンチをふるって車外にのがれ、そこからどの方向へ走るかを考えたが、そんな逃走路は理論にすぎず、当面の問題から気をそらす手段でしかなかった。

「だれなんだ」

「男が二、三人。美術館の仕事で知り合った」

「名前は」

「名前なんかどうでもいい」

「よくはない、わたしには」

ミロは名をふたつ教え——ドイツ人シュテファンと、イタリア人ジューゼッペ——そこで話題を転じた。「あの子をどこで発見した」

「知らないのか」

「隠れが《セーフハウス》を用意する時間がなくて、そのふたりにまかせた。どこで発見した」

「フランスだ。山中で」

「どこの山だ」

「そんなことはどうでもいい」

よくない、おれには。そうミロはいってやりたかったが、ドラモンドに一理ある。そんな細部は本題からはずれている。父親代理を務める気苦労に嫌気がさしたら、プリマコフは手を引いて逃げ出す。少女を解放し、結果がどうなろうと、それはミロの問題だ。たとえ伜《せがれ》の頼みでも、ミロがたまにもたらす情報は、それだけの労に値しない。

ミロはまたしても一瞬、〈どうしてこんな目にあうのか〉という疑問にとらわれた。なぜなら彼の世界でも、父親が裏切るというのは、そうそうあることではないからだ。

老人の名をいおうかと思った。それで貸し借りは棒引きになり、仕事はそれだけやりやすくなる。なんならもっとしゃべってもいい。〈おれの父親エフゲニー・プリマコフは、国連内で陰の組織をうごかしてるんだ〉と。それがエフゲニーの破滅をまねくことは間違いない。

だが、ミロにはまだそこまでやり返す用意はなかった。いまはまだ。三重スパイになって、エフゲニーをちくるつもりはなく、ドラモンドもそこまで要求するはずもない。

「帰してやってもらえないか」と、ミロはいった。

「なにを」

「アドリアナを。おれはあのテストにしくじったが、あの子にその代償を負わせる必要はない。ベルリンのどこかで車から降ろし、あとは成り行きでいい」

もうターミナル・ビルから遠くはなれ、タールマカダムの端まできていたから、運転手はエクスプローラを大きな円で反転させた。ドラモンドの顔に笑みがもどっていて、彼は運転手に「きいたか、この男のいったことを」とたずねた。

それが返事なのか、首が小さく動いた。

ついでミロに、「テストだと？　なんの話だ」といった。

「よしてくれ、アラン。信頼できぬツーリストをかかえていて、そのツーリストにまっとうな仕事をさせる前に、もう一度テストをしたいというのならともかく、でなければあの子を殺す必要はなかった」

「はっは」無理に吐き出された笑いだったから、ドラモンドは唇の唾を手でぬぐいとった。

「いやもう、どうだ、この男の自意識は。きみの忠誠度を試すだけのために、ティーンエイジャーを殺すと思うのか。本当にそう思っているのか」

ミロはただにらみ返した。

「ジーザス、ウィーヴァー」ロがすべって、つい本名がとびだした。「全世界が自分を中心に動いているんだろう」いってから、かぶりをふった。「ちがう。きみには容易ならぬことだと思ったが、あの子を殺したかったのは、もっと最高級に高度な理由があったからだ」

「なんだ、最高級に高度な理由とは」

ドラモンドはちょっと彼を見返してから肩をすくめた。「どうしても知りたいならいうが、われわれとドイツ情報局の関係の将来だ。あの子が生きていては、われわれの出る幕はない。死ねば出番だ」

逃走路の地図が頭から消え、かわりになにやらおぞましい因果関係の数式がはいりこんだ。「よくわからない」

「いいんだ、きみがわかる必要はない。わたしはなにも、きみがわかるように、点と点を結びつけにきたんじゃない。きみはただ、自分のしたことが、大西洋をへだてた関係をそっくり危険にさらしたことを知ればいい」

「では、どのみちあの子を殺すんだ」

「新聞を読んでいないのか」と、ドラモンド。「アドリアナ・スタネスクの死体は、つい数時間前、木曜の深夜に発見された。ヨーロッパじゅうが悼《いた》んでいる——というか、新聞がそう信じさせようとしている。わたしにいわせれば、ヨーロッパの大部分はモルドヴァの小娘の死を意に介しはしないが、なに、わたしだって似たようなものだ。たいていのやつ、わけても海をへだてたあの人種差別の田舎では皆そうだ」

のみこむのが容易でなかった。いまきいたことの諸方への影響を順序立てて考えることができない。だから最初に頭にうかんだことを口にした。「だれがやったんだ」

「それをわれわれも知りたい」

ターミナル・ビルのひとつ——もうどれがどれやらわからない——に車は近づき、ヘッドライトに一瞬照らされた長身の人影のそばにとまった。帽子、丈長のオーバーコート。ドラモンドが「きみのベビーシッターに会うがいい」というと、ミロの左右の男がエクスプローラを降りた。右の男がしめずにおいたドアから、長身の人影が彼の横に乗り込んだ。

「ミスター・エイナーを知ってるな」

最後に会ったのは、前年の七月、ジュネーヴでだった。ミロがホテルのバスルームで襲い、絶縁テープでくくって、シャワー・カーテンで簀《す》巻きにした。憎しみや怒りにかられてではない。ただそれが手っ取りばやかったのだ。そもそも彼はジェイムズ・エイナーが好きだった。

「ジェイムズ」と、笑顔で呼びかけた。

だが、エイナーの記憶のなかで、あの七月の屈辱はすべてを変色させたから、ミロが握手の手をさしだすと、エイナーはミロの顔のどまんなかにすばやいパンチを見舞い、彼を反対側のドアにたたきつけた。衝撃が、ついで苦痛が、ミロの顔に充満した。

ドラモンドが穏やかにいった。「よさないか、ジェイムズ」

エイナーが両手をあげた。長い手指がひらひら踊り、明るいブルーの目が輝いた。「もうすみました」

もう苦痛はミロの鼻の奥にはいりこんだ。目に涙があふれ、口中に血の味がした。「くそやおう」まともな発音にならなかった。「鼻を折ってくえたな」

エイナーはまだ笑いながら、絹のハンカチを出して、ミロに手渡した。

「きみのベビーシッターだ、セバスチャン。きみがマルコ・ズベンコの供述を検証するあいだ、パートナーになる。エイナーはわたしなどとちがい、きみのような不出来なのにも容赦はしない。背信のかけらなりとも見せたら、ただではすまぬと思え。そうだな、ジェイムズ」

「そのとおり」

血の出る鼻にハンカチを押しあて、ミロはふたりの男を見やり、その目を運転席の男に転じると、そいつは懸命に笑いをこらえていた。あまり汚れたくないので首をのけぞらせると、全身に憎しみがしみわたった。ドラモンドにたいしてではなく、ジェイムズ・エイナーにたいしてでさえない。またしてもエフゲニー・プリマコフにたいしてだった。父親の責任が煩《わずら》わしくなるとすぐに、エフゲニーはそれをふりすてたのだ。いまにはじまったことではないが、度重なってもショックが薄れはしなかった。

14

　ふたりの席は七列へだたっていた。ツーリズムのそれまた緊縮予算のあらわれであるエコノミー・クラスだが、ジェイムズ・エイナーは安くないスーツ、トム・フォードのピンストライプを着て（ツーリストはたいてい二、三度袖を通したらすててしまうのだから、ばかばかしく高いものにつく）、ミロのほうは寸法の合わぬ、糊のぱりぱりきいたイタリアン・スーツに身を押し込めていた。ミロがチューリヒで買った上下では、JFKに着いたときは人目をはばかると正しく予測して――血痕にはどこの国のパスポート・コントロールも目をつむってくれない――ドラモンドが持参したスーツだった。バッガリーニの脚輪付きトートバッグは、必需品がぎっしり詰まった公式の〝ツーリズム・キット〟だが、ほとんどのツーリストには、じきに邪魔になってしまう。

　そのアメリカン・エアラインズのロンドン行きに搭乗するとすぐ、ミロはiPodのヘッドフォンを耳に入れ、機内サービスのナプキンをまるめて鼻の穴に突っ込んで、首を後方にかしげられるだけかしげた。目をつむり、デヴィッド・ボウイの一九七二年ごろの歌声にききいった。

あのパンチに腹は立たなかった。当然の報いなのだ。去年のエイナーとの闘争は、年下の男にはことのほか屈辱的だった。用便中にトイレから引きずり出されたあげく、ズボンを足首に巻きつけたまま、糞便だらけのからだをシャワー・カーテンにくるまれたのだ。

真のショックは、自分がまだこうしてここにいることだった。ドラモンドは彼をツーリズムから解放しなかった。一夜明けてもまだ、これだけがんじがらめだ。それどころか、不届きをしでかさぬよう、いまや張り番までついている。

大西洋上のどこかで、ふたりはトイレの外で顔を合わせた。エイナーがいった。「おれが謝るのを待ってるなら、やめておけ」

ミロは鷹揚に笑ってから、ナプキンにこびりついた血を見た。鼻の出血はとまっていた。

「なぜおれが、まだお払い箱にならないのか不思議だ。ドラモンドはおれを信用してはいないのにな」

エイナーは首を左右にふって、フライト・アテンダントが通る道をあけた。そして声をひそめた。「いまヨーロッパにツーリストが何人いるか知ってるか」

内勤当時の定数は十二人だったが、あれから人員削減があった。「八人か」

「五人だ」エイナーはこたえた。「おれとあんたを入れて。この二、三か月に三人いなくなり、のこる五人中ひとりはストックホルムの病院で寝てる」

「彼がそれをぜんぶきみに教えたのか」

「あの男はグレインジャーとはちがう。老人とあんたが友人だったことは知ってるが、情報をあたえることにかけては、あれは秘密のかたまりみたいな男だった。それからメンデル——彼ともかかわりはあったんだろう」

ミロはうなずいた。

「あの男からはいくらか情報も引き出せたが、いつも肝心の具体的事実だけは隠すというふうだった。その点ドラモンドは……」ちょっといいよどんだ。「きかせる相手を自分のパートナーにしようとする。あれはいい。ニュー・ツーリズムだ」

「ほかになにをきかされた」

エイナーはひとさし指を立ててふりうごかした。「そうやすやすと乗せられてたまるか。あんたは状況に救われたんだと覚えておけ。われわれはこれ以上ツーリストを失うわけにはいかない」

「われわれ？」

「なにが」

「いまいっただろう——われわれはこれ以上ツーリストを失うわけには、と。なるほどドラモンドは、すっかりきみにパートナー意識を持たせてるんだな。感服するよ」

その皮肉を手でふりはらって、エイナーは歩き去った。ミロは彼のニュー・ツーリズム、

〝われわれ〟のツーリズムへの信頼を、羨ましく思った。

着陸便混雑のためヒースロー空港上空で三十分旋回させられ、着陸したのは土曜日の午後九時だった。ミロはぜんぜん眠れなくて、機がようやくゲートまできたときにはくたくたで、ひきかえエイナーは、足取り重く降りる疲れた乗客のなかでは目立って若く、生き生きして見えた。ふたりは迷路のような通路をべつべつに通り、込み合う出入国コントロールにたどりつくと、二十分待たされてから、ばかに愛想のいい係官が、「事故にでもあいましたか」ときいた。

「え？」

係官は鼻の片側を指でたたいた。

「アメリカでね。命はとりとめそうだ」

「ではごゆっくり、ミスター・ホール。ここでは事故にあわないでください」

糊《のり》のきいたスーツが肌にくっつくようなくすぐったさを感じながら、現実世界のツーリストの人込みを歩いたが、ツーリズムには旅行のさいのルールがあって、だれが見てもビジネスマン然とし、うなるほど資金を持ってこの国に投資にきたが、税関手続きののろさには我慢がならず、ゴールド・クレジットカードをよそへ使いに行くぞというそぶりをしなくてはならない。現実世界の旅行者《ツーリスト》たちは、イギリス税関の厳しい質問に老若《ろうにゃく》の別なく色をなしたが、ミロはなにもいわれることなく、バッガリーニを転がして悠々と通過した。

翌日にそなえて、第三ターミナルの店をまわり、ロンドンの全体図がシルエットではいったTシャツ、スポーツソックス、サングラスを買った。下りエスカレーターで到着便レベルにもどり、二十分待ちのタクシーの列にならんだ。

ようやくのことに赤煉瓦の都心部にはいり、ピカデリー、メイフェアまでくると、自分がおかれている状況を考えた。あたらしいボスには猜疑の目で見られ、ジェイムズ・エイナーは、過去の仲間意識はどうあれ、いまは一歩ごとに威圧感をあたえにきている。なぜこんなことに耐えなくてはならないのか。それよりもタクシーの運転手に、ヒースローまで引き返してくれというか。携帯なんか屑入れにすてて、家庭に帰る切符を買えばいい。

アドリアナはいなくなった。だが、それで一切すべてから解放されて、のこるは罪悪感だけ——とは、どんなばかでも思いはしないし、じじつそうはいかないのだ。

彼がまだ組織にとどめおかれている理由、ドラモンドがお払い箱にしない理由は、モルドヴァの小娘の安否などにくらべれば、はるかに実際的だった。離脱審査面接。それに最後まで対処できるかどうか、彼にはわからないのだ。

その面接は、自分がやったこと、目で見たことをのこらず話し、コンタクトしたわけ、しなかったわけをぜんぶ説明し、使った金の会計報告をするのに、延々何週間もかける。ツーカンパニーはそれだけの費用をかけたツーリストをおいそれと出て行かせはしない。ツーリストを解放する前に、どのひとりからも最後の一ドルまで絞り出さずにはいない。それはミロ自身、一度離脱面接を監督したから知っていた。面接官は辻褄の合わぬ個所を、落ち葉の下を鼻でほじくるトリュフ狩りの犬よろしく嗅ぎつけることを知っていた。

で、首尾よく審査に通ったらどうなる。何週間もの尋問に耐え抜いて、どういう幸運でか、彼を聴聞僧である父親と結びつけ、国家反逆の罪に問われずにすんだら、そのときはどうなる。ドラモンドは仕事に関しては彼を信じて、本当に他言しないと思うだろうか。ドトム・グレインジャーなら思うだろう。しかし、グレインジャーは昔からの仲だった。ドラモンドはミロにまだ二度しか会っていない。一度は労をねぎらうため、一度は叱責するためだった。ニュー・ツーリズムにも限度はあるが、それがどの辺にあるのか、ミロにはまるでわからなかった。

モダンなキャヴェンディッシュ・ホテルにはいる前に、ブーツの薬局をみつけた。ダヴィドフがほしいのだが、なんとか頑張り抜こうと思ったら、先行きの希望にすがるしかない。飛行機のなかで、もうデキセドリンとは縁を絶とうと思ったことでもあり、薬局で禁煙を助けるニコレット・ガムのフレッシュ・ミント・フレイバーをもらい、ホテルに引き返す途中、箱を破った。二個口に入れて嚙むと、フロントまできたとき、ニコチン八ミリグラムの刺激がしゃっくりを連発させた。だが、本物とは似ても似つかぬ代物であることは、予想したとおりだった。

15

六時に目が覚めたとき、鼻のぐあいを見た。折れてはいなかった。呼吸もできるが、薄紫色になって、すこし腫れていた。そのぶん目配りはしにくくなる。

スーツとタイの下にはロンドン市街図のTシャツを着て、ポケットには白いソックスを入れていた。日曜朝のすいた地下鉄でハンプステッドに出て、そこからイースト・ヒース・ロードまで歩いた。公園のむこうに多数見えるファサードのなかにひとつ、あまり目立たぬジョージ王朝風の建物があり、そこにはエドワード・ライアンという男が住んでいた。ズベンコの供述のなかにロンドンの寸景がふたつあって、ミロはそのひとつの住人の検証を命じられた。それは新聞各紙が一様に、〝外国人をきらう人種差別主義のナショナリスト〟と呼ぶ男で、その形容は彼が率いる政党にもそっくりあてはまった。《ガーディアン》の暴露記事に取り上げられ、BBCの《パノラマ》では政党と党首を親ナチ運動に結びつけたにもかかわらず、いちばん最近の地方選では四・六パーセントの投票率を得ていた。

ドラモンドが要略説明したのは、ＪＦＫ駐車場のエクスプローラのなかで、そばではまだエイナーが黙ってきいていた。彼はすでに話をきかされているらしかった。ドラモンドはまずミロに、山高帽をかぶった白髪まじりの端整なイギリス人の写真を見せた。「エドワード・ライアン、英国国民連盟《ＵＢＮ》総裁だ。ズベンコによれば、この男はＳＳＵ経由ではいるロシア・マネーの受け取り手だという。つまりモスクワは、資金援助によりＵＢＮを活性化させようというんだ。党が党員をひとりでも議会に送り込んだら、モスクワはイギリスに人種差別が進んでいることを指摘できる。それがイギリスのイスラム教徒の怒りを煽り、人種間の軋轢《あつれき》を深めることになる。まあそれは長期的観測だ。さしあたってモスクワとキエフは、ＵＢＮがたえず労働党の内情をさぐっているので、その内部情報が手にはいる」

かたわらでエイナーが、わけ知り顔にいった。「外国人ぎらいの一党がやってくれるのに、無理して自分の部下を送り込むことはないからな」

問題はそれが事実であることをどうやって確認するかだった。その点については、ドラモンドはズベンコの示唆を持ち出した。「毎月最終週の一週前の日曜に、ライアンは労働党情報をＳＳＵの連絡員に渡すが、ズベンコの見るところ、連絡員というのはウクライナのビジネスマンで、純粋人種という思想をライアンと共有するらしい。きみはライアンを尾けて、接触する現場を見たら、そいつの身分を確認してもらいたい」

「政党の党首が、自分でそこまでするのか」ミロは疑いをこめてきいた。
「UBNでは信頼が払底している、とマルコはいう。自分でもそうするだろうと」
ライアンの日曜の行動は秘密ではなかった。十二月に彼を持ちあげる密着番組があり、党首がどんなに多忙で重要な政治家であるかを見せつけていた。午前八時、ヒース・ストリートをジョギング。十時半には聖公会スント・ジョン・アット・ハンプステッドの教区聖体式に出て、最前列にすわっている。そこへくるまでに、人出の多いヒース・ストリートを歩いて、数すくない支持者（リベラルとムスリムとユダヤ人の地区だから数えるほどしかいない）と握手を交わしている。あとでインタビュアーに、どうしてあなたのような志操堅固な人が、多重文化と宗教間融合を説く教会の礼拝式に参列できるのかときかれると、ライアンは莞爾《かんじ》と笑って、「わたしのコミュニティは、わたしのコミュニティだ。イギリスを純白にする努力は、まず自分たちの街角からはじめなくてはならない」とこたえた。

帰宅後、善良な家庭人であるライアンは、まずお茶を飲んで新聞を読み、そのあと六歳と九歳、ふたりの息子を連れて、その日曜日の予定に組まれた活動におもむいている。

前夜ミロはその予定を見て、ライアンが情報を伝えるにはどこがいちばんいいかと考えた。どこを取っても申し分ない気がした。ハンプステッド・ヒースというところは、古典的な情報受け渡しの場《デッドレター・ドロップ・テリトリー》だ。ヒース・ストリートのどこででもできるし、教会という環境の一部を使えば、教会員がうまく溶け込んでささやきを交わすにもいい。子どもの行事は、ミロは知っているが、子どもの側と親の側、すぐ二手に分かれて、親同士は難なく時間をかけた話ができる。ライアンがなにか情報を伝えるとしたら、伝えようはいくらでもあった。

ミロは公園にいい場所をみつけて、携帯を耳にあてた。どう見てもスーツで教会にきた男が、朝からビジネスにかかわるの図だ。彼は茂みの近くへ移動して、携帯のカメラを館の正面に向けた。ツーリズムはとうに、盗難にあいやすい高級機種の使用をやめ、通常機種に独自の修正をほどこして、その市販のノキアの撮影距離や解像力をあげるなどしていた。

八時すぎ、ライアンがジョギング・パンツとスウェットシャツで出てきた。膝を高くあげ、きびきびした足どりで歩きだし、公園にはいって朝のジョギングを開始した。あとを追う警護の人影はなかった。

その環境はミロの有利にはたらいた。冬は視界をふさぐ木々の葉を落とし、ヒース・ストリートの自然に起伏する地形は、無数の撮影ポイントを提供した。ライアンが動いているあいだは、受け渡しの可能性はまずない。なにを地上にすてても、すぐに通行人の邪魔がはいる。ミロがカメラを目元に持ち上げ、人物の手にズームするのは、したがってライアンが立ちどまったときで、アスリートの見かけによらず、その回数はすくなくなかった。

立ち木のそばでとまって幹によりかかること二度、そのつど手で足首をつかんで、うしろに高く引っぱりあげ、ベンチの前でも三度とまり、三度目にはジョギング・パンツのポケットに手を入れたが、取り出したのは煙草のパックで、それはすぐまたポケットにもどった。煙草を吸うあいだに、もっといいアングルをみつけたミロは、吸い殻が屑入れの缶にすてられるのを注視した。ある地点でライアンは、ジョギング仲間に出会った。まだランニング・シューズで足踏みをつづける相手と握手して、二、三分の会話があった。その遭遇の最初から最後までを、ミロはカメラにおさめた。

ライアンは九時半には帰路についた。ミロは手近の屑入れにジャケットとネクタイを放り込み、サングラスを出してかけたから、ライアンが教会に出かけるときは、さっきとはいささか別人の印象だった。

ふたたびあらわれたライアンは、チャーコールのスーツに着かえて、痩せた鳥のような細君と、清潔感があって身だしなみのいいふたりの息子といっしょだった。ヒース・ストリートはようやく起き出して、あちこちで店がひらきはじめていた。ロンドンの大部分では、法律が日曜の営業時間を最低限に規制しているが、ハンプステッドのような観光客の多いところはべつで、さまざまな人種による商店が、近隣のしずかな地区からの日曜の買い物客にそなえて、ブラインドを上げにかかっていた。

ライアン一家は歩道で三度足をとめ、どれもミロはカメラにおさめた。最初はおなじ方向に歩く老婆だった。ミセス・ライアンがそばまで行き、道路の横断を助けた。ちょっと家族で相談してから、全員が老婆といっしょに、そのおぼつかない足どりに合わせて歩いた。つぎは太った白髪の男で、ライアンの片手を両手でにぎり、ピンクの頬をほてらせて、ばかかと思うほどににこにこしていた。ライアンがなにか冗談をいったらしく、男はおおげさに笑いこけてから、彼の肩をたたいて歩かせた。三人目の出会いは、戒律にかなった肉屋の前で、坊主頭の年下の男がライアンをとめ、握手をしてから耳元になにかささやいた。ライアンはにこにこしたが、笑いを声には出さなかった。話の最中に店の入口ドアがあいて、宗教的護身衣《タキーヤ》を着てひげをのばした男があらわれると、ふたりは口をつぐんで店主の顔に見入った。坊主頭がはなれて行き、一家は老婆と歩きつづけ、地下鉄のハンプステッド駅を過ぎてチャーチ・ロウにはいった。そこにも多いジョージ王朝風の建物がつづく先には、スント・ジョン・アット・ハンプステッドにはいる教区民の人垣があった。

教会内にはメッセージを渡すのに理想的な場所はいくらもあるが、ライアンはきまって最前列、どんな耳打ち話もできぬ席にかけた。機会があるとすれば、礼拝の前か直後、たがいにあいさつを交わすときだけである。ミロは通りの反対側から、ライアンのさまざまな握手の場面をカメラにおさめてから、礼拝がすまぬうちにヒース・ストリートへ引き返した。開店時の店にはいって、ジーパン、ジャケット、スニーカーを買い、真っ赤なショッピングバッグに入れて下げた。チャーチ・ロウのなかほどにヒュンダイが一台、運転席に五十代の男を乗せて駐車しているのが目にとまった。ミロはその顔をちらと見て、教会へ歩きつづけた。どこか見覚えのある顔だが、すぐにはわからなかった。思いだしたのは、また教会員の写真を撮っているときで、おどろいた拍子に危うく携帯を取り落としそうになった。

目をあげたが、もうヒュンダイはいなかった。運転席の男は、ベルリンで彼を尾けまわしたふたりの〝ドイツ人〟の片割れだった。

16

追尾者の存在は、そのあと一日の監視活動に暗い影を投げかけた。二人組ドイツ人はロンドンまで追ってきたのか。それは考えにくい。それよりも、そもそも彼らはドイツ人ではなく、となると、きっと彼の人物ファイルは、〈ミロは思いのほか利口ではない〉というドラモンドの知識よりも正確なのだ。

ミロは緊張と疲労を感じつつ午後四時を迎え、ライアンは一日をおえて自宅に帰った。それでも写真は必要なだけ撮れたから、パブでうまくないステーキとキドニー・パイを食べながら、ドラモンドに教えられた電話番号に送りつけた。そこは〈麻薬戦争〉の協力者をあつめて構成された画像解析班のようだった。

もうそれまでに彼は、ここ数か月の仕事を思い返して、頭のなかの顔をくりかえし再生し、なんらかのつながりを見いだそうとした。ツーリズムの安泰は、ドラモンドのいうとおり、その匿名性があるかぎりのものである。それは個々のツーリストにもあてはまる。真の身の安全は素性不詳のなかにのみあり、それがなくなれば、世界はそれまでよりはるかに危険になる。

危険なだけではなく……。

彼は皿をみつめ、追尾者の存在は、自分の迂闊さを意味するだけではないと思った。ドラモンドをコールした。音声メールが応答したから、「もはや推測ではない」とつげて、電話を切った。五分とたたず、着信音がひびいた。

「なんだ、ホール、よくわからん。彼は秘密を売ってるのか、売ってないのか」

「まだその気配はない。いや、もっと大きな話という意味だ。推測ではなくて」

ドラモンドが咳払いした。「わかるようにいってくれ」

ミロは試みた。すべては追尾者についてだった。ベルリン、そしていまはロンドン。

「所属する部だけだろうな、おれの日々の所在を知るのは」

「そうだ」

「すると、だれかにおれを追尾させてるのでなければ──させてはいないんだろう」

ドラモンドはこたえるかわりに、ひと声低くうめいた。

「つまり部内のだれかが、おれの所在をリークしてるんだ、すくなくともベルリンからずっと」

「それが中国人か」

「考えることが単純だよ、アラン。おれにはただ、それ以外に説明のしようがないだけだ」


いわれて考え、口ごもった。「じゃ、もしも今度見かけたら……」

「わかってる。きっと見かける」

映像分析官がライアンの接触者について、文字情報を入れてきた。赤信号はなかったが、ひとりだけ同定不能なのがあった。一家で教会まで送った老婆だ。もしかするとズベンコが、情報受け渡しの曜日を間違えたか、彼の離脱後に接触時間が変更になったのかもしれない。しかし、ミロは確認したいから、もう一度ハンプステッド・ヒースまで行ったが、日はすでに低く、いまにも消えるところで、おまけに雨まで降りだした。彼はライアンの通り道にそって濡れた地面に目をこらし、さっきもたれて背筋をのばした二本の木の幹を調べたが、ついに発見したのは、濡れた草のなかにしゃがんで、三つのベンチのふたつ目の下をさぐったときだった。その発見には、ドイツ人を発見したとおなじほどおどろかされた。


それは小さなUSBメモリで、二インチほどの木片のあいだにうまくはさんで、ベンチの裏側にボンドでくっつけてあった。観察力の足りない目にははいりそうもなく、薄れる明かりにミロも危うく見落とすところだったが、彼は目よりも指先に頼っていたから、木片の端に触れたとき、ちょっと引っ張ると簡単にはずれて、手のひらにのこった。

カンパニーのUSB接続部《ポート》がついている携帯を取り出した。さーっと降り出すなか、メモリの内容――ワード三文書――をコピーして、元のところにもどした。なだらかな傾斜を下り、高い茂みにはいってうずくまったときには、もうずぶ濡れだった。

文書は暗号化されていて読解できないから、ミロは分析係に転送し、ドラモンドに宛て〈監視対象からの受領者はまだ〉のメモを付した。携帯をポケットに入れ、その位置からベンチが視界内にはっきり見えるのを確認し（ベンチを照らす街灯があった）、腕時計を見た。七時。冷たい雨は本降りになり、メモリの回収までどれだけ待たされるのかはわからない。長い夜になりそうだった。

予測ははずれた。八時をまわったころ、長身でエレガントな人影がヒースをよこぎって、ベンチのほうへ行った。ミロは携帯を目にあててズームインした。人影はベンチのそばで立ちどまり、まわりを見まわした。ミロは携帯を降ろして立ちあがった。「なにをしてるんだ」

エイナーは首をふりふりやってきた。「尻《けつ》の穴まで凍ってるんじゃないか」

「くるんじゃない」

「ドラモンドに手伝ってやれといわれた。一時間近く動いてないから、死んでないか見てこいというんだ」

「電話をかければいいものを」

エイナーはなにもいわなかった。ドラモンドはミロが電話をすてて動いたのではないことを確認したいだけで、それはふたりともわかっていた。

「首尾はどうだった」ミロはきいた。

「あんたをみつけたじゃないか」

「いや、そっちの検証だよ。マルコの話は符節が合ったか」

「まあな。雨に濡れてすわってるのは、そっちもうまくいってるってことか」

「あとは回収を待つだけだ」

エイナーはにやりと笑って向きを変え、坂上の無人のベンチを見た。そしてベンチのそばの街灯のポールをゆびさした。「あれがわかるか」

「街灯か」

「うん。てっぺんを見ろ」

目がまぶしい光に慣れると、ポールのてっぺんに、人目に立たぬカメラが三台ついているのが見えた。彼はふーっと息を吐いて、「どういうねらいか想像はつく」

「そりゃそうだ」エイナーはいって、自分の電話を取り出した。すこし間《ま》をおいてから、彼はいった。「監視カメラの映像を見られないか。そうだよ、ベイビー。いまおれのいるところを見てくれ。三つのなかからえらべるはずだ。ベンチのはいってるやつ」

返事を待つ間に、彼はミロに肩をすくめて見せた。

「映りぐあいはどうだ。よーし。だれでもそこにすわるやつ、あるいはそこをいじるやつのＩＤが必要になる。とくにいじるやつだな」彼は送話口を手でふさいで、「ベンチの下側だな」と、ミロにいった。

「ああ」

「きこえたろう。見とどけたいのはそれだ。報告は直接ホールに。番号はわかってるな。うれしいね、助かる」エイナーは電話を切り、両手を広げた。「出来のちがう相手をほめてもらいたいね」

ミロはあちこちポケットをたたいて、ニコレットのパックを取り出した。この若いテクノロジーの秀才のそばにいると、つくづく自分の無能を思い知る。

エイナーがいった。「さあ、女をさがしに行こうぜ」

17

緑地公園をべつべつに出て、地下鉄で市中にもどった。連れ立って人前に出るのは、ツーリズムのどんなルールにも反するから、室内パーティで我慢することにした。ミロはスーツを新調し、エイナーは〝面白いもの〟を持って行くといっていたが、ミロはフィンランディアのウオツカと、ノイリー・プラットのヴェルモットを買った。シャワーを浴びて、また服を着たところでドアにノックがあった。エイナーは彼の横をすばやく抜けて、室内を見まわし、バスルームの蒸気を鼻で嗅いだ。

「パーティの景品はどこだ」と、ミロはきいた。

「おれでは不足か」エイナーはいって、上着を脱いだ。外は雨なのに濡れていないのは、きっとおなじホテルに部屋を取ったのだ。「あんたは飲み物を受け持ってくれたらいい」

「ウオツカ・マティーニでいいか」

「だんぜんいいね」

バスルームのグラスで酒をつくってもどると、エイナーがブラインドを引いた窓ぎわで、テーブルの上に背をまるめていた。クレジットカードを使って、卓上に均《なら》したコカインの粉末を十六本の筋に分けていた。

エイナーが顔をあげて、目を細めた。「鼻だぞ。やれるか」

「最高の一服をやってやる」

ふたりはテーブルをはさんですわり、ここまでの存命を祝って乾杯した。エイナーは最初のひとくちをちびりとやって、顔をしかめた。「うわ」

「もっとヴェルモットを入れるか」

「オリーブがあるといいんだが」

「品切れだった」

エイナーはまたひとくち飲んでから、管状にまるめた十ポンド札をさしだした。「これでやれ」

ミロは片方の小鼻を導管吸引で膨らませてから、紙幣を返した。ひりひりする鼻を無意識に手で拭いてから、酒を飲みながら、エイナーがまるで毎朝の日課のように二筋の粉末を吸い込むのを見ていた。

「最後にやったのはいつだ」

ミロの記憶は、のろいようでもあれば、すばやいようでもあった。「なんと、六年前だよ。待て、七年か」

「ははあ。あんたが大チャールズ・アレグザンダーだったころだな」

その話は前にも出た。ミロはいった。「うわさが生む印象ほど優秀だったわけじゃない。伝説だよ、ブラック・ブックとおなじだ。そういうのがあると、ツーリストには励みになるんだ」

もう二本ずつ吸引した。ミロは酒のおかわりをつくった。バスルームを出るとき、携帯がふるえた。分析係からのメッセージだった。


回収された。回収者はパヴロ・ロマネンコ、ロンドンのウクライナ大使館政治部第三書記官。


「こちらは上首尾だ」

「あと二本ずつ」エイナーがいい、ミロがニコレットをさしだすのを断って、のこる四本にあごをしゃくった。「やるか」

「おれはひと休みだ」

「休むのもいいが、鼻をぬぐうのをやめたらどうだ」

水洟を垂らしているのに気づかなかった。ふたりは笑い声をあげた。エイナーがすわりなおし、真顔になっていった。「ほんとにおれたち、危険な状況にあると思うか」

「もぐらのことか」ミロはグラスに眉をしかめた。「もしかするとな。そんな感じだ」

沈黙がきた。そのうちエイナーが、二、三か月前にローマでイラン人をふたり殺した話をした。「現地でアル・カーイダと接触しに、テヘランから直接送り込まれたやつらで、典型的な組み合わせだった。片方は落ち着きのない金銭担当。他方は革命防衛隊からきて、荒仕事と金づるの維持を受け持つ。おれはまず手ごわいほう——ホテルの窓に平気で身をさらすやつ——をかたづけ、それからおとなしいほうをねらった。それがとんだ誤算だった。金庫番のタフなこと、荒業師といい勝負だった。素手でおれを殺しそうになった」エイナーはいって、両手を鉤爪のように前に出してかまえた。「やつはおれが撃ち殺す前に、自分たちが最後に勝利するのはなぜかわかるか、とききやがった。『わからんな、モハメッド。なぜだ』やつはこたえた。自分たちには信仰という味方がついてる。ひきかえ、おまえさんたちにはなにもない」

「きみはそれにどうこたえた」われにもなく好奇心が起きて、ミロはきいた。

「どうこたえた？　殺したのさ」エイナーは酒を飲みほした。「ブラック・ブックの講釈をする気はなかった」

ミロはいまの話の眼目を考えながら、また酒をつぎにバスルームへ行った。もどると、エイナーはベッドにうつぶせに寝て、手の甲にあごをのせていた。マティーニを受け取って礼をいった。

「あんたはどうして舞いもどった」エイナーがきいた。「カンパニーを出たんだろう。グレインジャーが死んで、その殺害の罪で刑務所にはいった。だのにまたもどってきた」

「きっともう一度、アドベンチャーをしてみたかったんだろう。面白半分に」

その返事は、かぶりをふらせた。「まさか、まさか。あんたはいちばん面白がっていないツーリストだよ」

「われながら、ほかには芸がないと悟ったんだろう」

エイナーはそれを信じるかに見えて、信じなかった。「そんな芸さえあるもんか。いまやないね」

「正直、自分でもわからん。たぶんしくじったんだ。ドラモンドの言い草をきいただろう。彼がどんな理由を持ち出そうと、おれはあの女の子を殺さなかったことを後悔はしない」

「どうせもう死んだんだ」

「この手で死なせたんじゃない」

エイナーは大きなためいきをついた。「どうやらモハメッドは間違った。すくなくともあんたは、真っ向から信仰に突っ込んだ」

ミロは気がかりが、高揚感のなかをすり抜けていくのを感じた。「かもしれない。しかし、あんなヒットを命じるどんな組織も存続するに値しない」

「昨日今日スパイ業界に迷い込んだようなことをいう」

「おいおい、ジェイムズ。きみにだって限界はあるだろう。あんな仕事を命じられたら——自分ならやる、とはいわさないぞ」

エイナーはちょっと思案したが、返事をしなかった。ベッドから身を起こし、マティーニのグラスをつかんで口元へはこんだ。「いつなにをするか知る日のくることを祈って」

ふたりは乾杯し、エイナーがいった。「例のことはわかったか」

「例のこと？」

「最後に会ったとき、おれが自分の糞にまみれてるあいだに、あんたはすっとんで行った。だれがスーダンのムッラーを暗殺させてるのかをさぐりに」

「うん。そうだった」

「それがグレインジャーだったのか」

ミロはうなずいて、「だが、指令はネイサン・アーウィン上院議員からきていた。彼はアンジェラ殺害を命じ、危険要素になったグレインジャー殺害も命じた」

「上院議員なんてのはどうしようもない」エイナーがつぶやき、ミロは彼がすでになにもかも承知なのだと知った。きっとドラモンドもだろう。ドラモンドはただ、ミロがどこまで知っているかを知りたいのだ。ややあって、エイナーがいった。「そういうやつは、あんたの憎悪リストにはいってるんだろう」

それにはこたえる必要がなかった。

エイナーが咳払いした。「これをやっちまおうぜ」

かわるがわる吸引して、のこった分は歯茎になすりつけた。ミロは酒をつくりに行ったが、部屋にもどると、またテーブルに白い筋が四本できていた。エイナーは椅子にかけて、鼻を拭いていた。「おれは〈ブック〉に近づいたぞ、ミロ」

「おれはセバスチャンだ、セバスチャン・ホール。その話は信じがたい」

「どうして。あんたは一部発見したんだろう。スペインで」

「あれは嘘だ、ジェイムズ。〈ツーリズムのブラック・ブック〉なんてものはないんだ」

エイナーは首をふりふり、いわれたことを考えた。「そのうちわかる。とにかくおれは手がかりをつかんだ。たぶんベルンにある」

「どんな手がかりを」

「信じないやつにいうと思うか」

伝えられるところ、〈ツーリズムのブラック・ブック〉はぜんぶで二十一部、引退したさるツーリストにより世界各地の秘密の場所に隠されたという。ツーリストはだれも皆、サバイバルと正気、そしておそらくは、そんなものを奨励するはずもない職業における、倫理感にさえいたる道を知りたがり、ツーリズムのバイブルの神話はその望みをつないでいる。じっさい昨年八月まで、それは神話でしかなかった。

獄中でミロは、なにかしら打ち消しがたい欲望にかられ、机についてそれを自分で書いた。長いものではなく、せいぜい三十ページぐらいだが、そういう本にいわせたいことを要約した。のちにそれを子どもの教科書二十一冊に筆写し、ツーリズム復帰後一か月のあいだに、ヨーロッパとロシアのあちこちに置いてきた。その後時間をかけてすこしずつ、それらの所在の手がかりをのこした。

だからエイナーが、ベルンの一冊に近づいたといったとき、ミロは彼をそこまで導いた手がかりを順にたどることができた。スウェーデンのマルメー市外の墓地で、墓碑の裏側に彫られたひとつの名。その名を冠した記録のなかにあるひとつの住所、それはトゥールーズの教育実習病院である大学医療センターに入院してはいない入院患者の住所である。ミラノ北部にあるその住所の白い外壁の一か所に、ポリウレタンのスプレー塗料で書かれた、からくも読み取れる〈マリアンス・ジャズルーム〉の文字。エイナーはいいところまでいっている。彼は点から点へつながれた知恵のルートをどこまで解くだろうと考え、ちょっぴり気落ちを覚えた。

ドアにノックがあったとき、エイナーはトイレだった。時刻は午後十一時。

「出てくれ！」まるで自分の部屋みたいに、大声でどなった。「あんたの面倒を見ていないとはいわさんぞ！」

のぞき穴に目をくっつけたミロは、模造のファーコートにショートスカート、小さなハンドバッグを持って、ワイド・アングルで写ったふたりの女を見いだした。服装もおなじなら、見た目もそっくりで、ドアをあけたら双生児だとわかった。

労働者階級のしゃべりかたで片方がいった。「ジェイムズいる？」

「いま出る！」洗浄の音に消されぬ声がとんだ。「なにか酒をつくってやってくれ、セバスチャン」

ミロはふたりをなかに入れて、携帯電話をつかんだ。女たちはホテルなんてはじめてみたいに——本当にそう思えた——室内を見まわした。片方がコカインの筋に気づいた。

「あたし好みのパーティみたい」

「氷を取ってくる」ミロはいった。部屋を出てドアをしめるとき、ふたりはすでにテーブルで十ポンド札の管を細く巻き固めにかかっていた。廊下を階段口に向かう途中で、エイナーの声がきこえた。「どこへ失せやがった」

ミロは足をとめずにホテルのバーへ行った。急に気持ちが悪くなり、どうしたことか、喉をかっ切られたジェイムズ・エイナーの姿が何度も目にうかんだ。そのイメージを洗い流したく、ギムレットを何杯も飲んだ。二時間たってもどると、からっぽの部屋ににおいがこもっていた。

18

六時に電話で目が覚めた。「はい」

「川流れて」

「イヴ・アダム教会を過ぎ」

ドラモンドは咳払いして、「間違いなさそうだ」

「よくない知らせ《バッド・ニュース》だ」

ミロの耳に書類を繰る気配が伝わった――ニューヨークからなら、むこうは午前一時だ。

「つぎの仕事はワルシャワへ飛んでもらう。今度はすこし手間どる」

「わかった」

「エイナーとの仲はどうだ」

「旧友同士だ。もちろんそれは知ってるだろう」

「旧友ね」彼はいって、ためいきを洩らした。「おい、ドイツの友人から知らされたが――

――」

「友人？　これがなんの関係あって——」

「きみに関係があるんだ、ホール。きみの異人種レーダー、そうすてたものでもなさそうだ。ドイツ情報局にきみをさがしてるやつがいたが、そのほうはかたがつきそうだ」

「なんでおれをさがすんだ」

「いいんだ。もう疑問ははれたと思う。また見かけたら、わたしに知らせろ。いいな」

「了解。それはグッド・ニュースだ」

「グッド？」

「ドイツ人がおれを尾けるとしたら、中国のもぐらの信憑性が一昨日と変わらないということだ」

「われわれはまだ決めかねてるんだ、ホール。だからきみには、ひきつづき調べてもらっている」

ミロはアスピリンと総合ビタミン剤を口に放り込んでから、ニコレットをふたつ嚙みながら——デキセドリンはホテルの屑入れにすてた——チェックアウトした。タクシーをとめてくれたドアマンにチップをはずみ、空港までの走行をうとうとしつづけ、ジェイムズ・エイナーとふたりの女の夢を見るともなく見た。

ミロは十月以来、一度も女と寝たことがなく、十月のそれは、妻とのぎごちない、なりふりかまわぬくわだてだった。ゆうべ一夜の手軽なセックスは、なにも気遣いを要しなかったたけでも、失敗だったのではという気持ちが、頭のどこかにあった。オーガズムへの一直線——単純そのものだ。十月のあの努力とちがい、面白かったかもしれない。

面白かった、か。

あんたはいちばん面白がっていないツーリストだよ。

M４走行中携帯がふるえ、ワルシャワでの行動指示を読んだ。

ブリティッシュ・エアウェイズ八時二十分のフライトにぎりぎり間に合い、昼すこし前にフレデリック・ショパン空港に着いたときは、空腹で気分が悪くなりそうだった。そのシェンゲン協定国入国地点を守る係員は、セバスチャン・ホールのパスポートを、彼がふだん慣れているよりいささか綿密に調べたが、結局なんでもなかった。「ビジネスですか、観光ですか」

なにも考えることなく、返事は舌先から転がり出た。

コークを一本とチーズ・サンドイッチを買い、エイヴィスのレンタカー・カウンターへ行くまでに喉へ流し込んだ。車で込む市街地への長い道路にはいり、コークをあわてて飲んだから、喉の奥が焼けた。すくなくともそれが目覚ましになった。

この前ワルシャワにきたのは二〇〇〇年、そのころはチャールズ・アレグザンダーの名で知られていた。ジェイムズ・エイナーやほかの者がどう思おうと、当時の彼は、決断と辣腕の男ではなく、不安と自殺願望のかたまりだった。あのころは、それでふんばれるものなら、どんなドラッグでもやった。錠剤、粉末、ときには注射にも頼った。痛めつけているのは、だれか他人の肉体のような気がしていた。

二〇〇〇年にワルシャワへなにをしにきたのかを思いだし、ゆうべホテルの部屋をとびだしたわけがわかった。マリッジ・カウンセラーのドクター・レイが、彼の自覚に感心するだろうと思うと、子どもみたいな誇らしさを感じた。

ワルシャワのブリストル・ホテルへきたのは、レバノンの売国奴から情報を買うためだった。イスラエルの南レバノン占領がおわったばかりで、あとにつづく国内改革でその男は自分の地位が不安になった。そこで秘密資料の浩瀚《こうかん》な書庫から情報を小出しに、アメリカ、イギリス、イスラエルに売って、引退に備えていた。

取引は順調に進んで、受け渡しがおわると、続き部屋《スイート》のドアがぱっとあいて、ポーランドの娼婦がふたり、シャンパンのボトルを持って踊りながらはいってきた。レバノン人はにたりと笑った——あらたな協力の達成を祝してパーティを用意していたのだ。

ミロは抵抗しなかったし、それなりにたのしくはあったが、それは自分自身に一線を設けた男にとってのたのしさでしかなかった。だが、翌年早々に知らされたのは、あの出会いから半年後にレバノンの売国奴は、ベカー高原の大麻畑で喉を裂かれ、舌を切り取られて発見されたということだった。ゆうべはそのイメージがふたりの女によって喚起され、もしも自分が部屋にのこったら、なぜかエイナーが切断死体になると想像したのだ。

どう思う、ドクター・レイ。

しだいに市中にはいり、ひらけた農地や煤《すす》けたビルにかわって、すこしずつモダンな戦後の建築が見えてきた。マリオット高層ホテルにチェックインしたのは――もう一度ブリストルに泊まる気はしなかった――二時すぎで、すぐにもズベンコのワルシャワの話の検証にかかるのがいいと承知しつつ、その日ののこりは休暇にした。ホテルの《パノラマ・バー》でウオツカ・マティーニを一杯やってから、《トリビューン》を一部もらって、芸術家のたむろするバー、《CDQ》でゆっくり飲みながら、美人バーテンダーがシャルロット・ゲンズブールの最新アルバムだという『5：55』のメロディをきいた。セルジュ・ゲンズブールの娘は、痛快なる偶然だった。というのは去年まで、彼は父親セルジュの歌集が気分転換にはいちばんいいので、それればかりきいていた。しかし、なにもかもだめになってしまっては、そんな救済の音楽も汚染したので、以後一度もきいてなかった。それがいま、こうしてワルシャワの若い芸術家のなかで、ほっそりした女の子や醜悪な絵画に目をみはり、かつてあれほどたのしませてくれた男の娘の歌声に、耳をかたむけている。

酒をおかわりして、《トリビューン》を読む明るさのあるコーナーをみつけた。

目にはいった最初の記事は、アドリアナ・スタネスクの死体が、マルセイユにいたる道路で発見されたというロイター電を大きく引いていた。細部が省かれていることにミロは気づいた。ベルリン警察の新聞発表は、アドリアナはロシア・コネクションを持つ人身売買組織に拉致され殺されたとしていた。ミロはまたニコレットを口に放り込み、咀嚼《そしやく》で身ぶるいをとめようとした。

と、三ページ目に、ミネソタ州選出上院議員ネイサン・アーウィンの写真があった。

上院議員の見かけにこれといって気づくことはなく、彼は議員仲間といっしょに、数か月来問題になっている不動産市場の停滞を検討していたが、そのしたりげな顔を見てはいい気持ちがしなかった。マティーニをもう一杯注文して、それでなくても空虚な人生が、この男のためにどれほど空虚を広げたかを思った。トマス・グレインジャーは、彼のボスで友人というだけではなかった。ステファニーのゴッドファーザーでもあったから、たまに思いがけずアパートにあらわれて、土産や磊落《らいらく》な笑みをさしだした。

たがいに長距離をへだてた友人関係ながら、ミロはアンジェラ・イェーツとは、格別ぬくもりのあるつながりを感じていた。彼女は結婚式にも出てくれ、ふたりの過去は、どちらもまだ若さと熱意にあふれるＣＩＡの新人時代にさかのぼる。ミロとティーナが出会ったヴェネチアのあの惨憺《さんたん》たる朝にも、彼女は居合わせた。あれはステファニーが生まれた日。二〇〇一年九月十一日。アンジェラもトムも、彼の人生の重大な折々に接点があったのに、ふたりともネイサン・アーウィンのために死んでしまった。

じつのところ去年の波乱に生きのこったのは、アーウィンとミロのふたりだけだった。たがいに面識はないが、どちらも相手がいることだけは知っていた。

〈小さい声は殺しなさい〉

また母の声。彼は母を、幼時にときたま訪れる人として知るだけだった。彼が九歳の年、母やドイツのマルキシスト同志がヨーロッパ全土を戦慄させていたころ、彼女は逮捕を恐れて夜間にやってきた。息子の前に亡霊のようにあらわれては、まだ幼くて理解できず、後年にもなかなかついていけなかった教えを、口ばやにささやくのだった。

〈強い声をおきき。その声だけよ、おまえにまっすぐとどくのは〉

強い声は、いま、なんというだろう。

その声に屈して、テレコムニカジャ・ポルスカの電話ボックスをさがしに出たのは、後刻、マティーニを何杯飲んだかわからなくなってからだった。もう怒りがもどってきていた。酔った頭で不正義を考えすぎ、ズウォティ硬貨をつぎつぎに突っ込むうちに、親指の腹が痛くなってきた。しゃにむにダイアルした。二度鳴っただけで、老人のためらう声が出た。「ダー？」

ロシア語でミロはいった。「約束を守れなかったんだな」

「いつかけてくるかと思っていた。おまえが思うのとはちがうんだ。あの子は逃げ出したんだ」

「子どももひとりとどめておくのが、そんなにむずかしいか」ミロは詰問した。「子どもが逃げるのは、あんたが逃がしたいと思うからだ」

「自分で逃げたんだ」

「嘘つけ。逃げたから、あとを追って殺したんだ」

「酔ってるな、ミロ」

「ああ。あんたもおれも、もうおしまいだ」

「いいからきけ」と、老人はいった。「わたしがみつけたときは、もう死んでいた」

「だれが殺したというんだ」

「おまえの仲間にきまってる」

「彼らはだれがやったか知らない」

「そういうのか」

ミロはいくつか返事を考えたが、どれも粗笨《そほん》で子どもじみていた。エフゲニー相手に子どものまねはしたくなかった。だから電話を切った。

もう一杯飲んだが、ニコレットが切れたので、派手なマスカラをつけて似合いのプラチナ・ブロンドの頭をした、きれいな女たちのテーブルから煙草をくすねた。彼女らは政治論議をしていた。最初の好奇心の波が引くと、また酔っ払いのアメリカ人とわかって追い立てた。

「イラクへ行けば」いちばんセクシーなのがいい、みんながどっと笑った。

十一時にはへべれけに酔ってベッドにはいった。テレビがつけっぱなしで、ぐるぐるまわる部屋には、ホテルへの帰りに買った煙草のにおいがこもっていた。BBCの〈ワールド・ニュース〉にちょっとチャンネルをまわすと、フィデル・カストロの引退と、キューバ国家評議会の満場一致による弟ラウルの後継者当選のニュースでもちきりだった。〝一時代のおわり〟の表現が再現なくくりかえされた。そんな重たい問題から瞬時、前夜のアカデミー賞の発表が気分を切り替えてくれた。

〈でも、そんなのはどれも小さな声よ〉と、母はいった。

うとうと寝入ったと思ったら、まぶたがあいて、画面に見覚えのあるBBCのリポーターが、中国人とならんで庭園を歩いていた。中国の国連大使チャン・イェスイだった。例によって穏やかな身のこなしとしゃべりかたは、知らぬ人には弱さに感じられるが、言葉は辛辣だった。「コソヴォと一部安保理事国とのあいだで、独立に先立つ協議がなされたと知っては、それらの国は他の国にたいする一方的態度を取り下げるべきだといいたい」

「それは合衆国のことと思いますが」リポーターはいった。

「そうだ。独立国に容喙《ようかい》する現行の方針は、世界平和に逆行するものだ。われわれはそれを、イラク、コソヴォ、スーダンにおいて、つぶさに見てきた」

「スーダン？」

ミロはまばたきし、目をこすった。

「アメリカ政府内のある分子が昨年の騒乱に加担し、それが百人近い無辜《むこ》の市民を殺した事実は、われわれの注意を引くところとなった。中国は加盟国全体とともに、あの地域の安定を最重要と考えており、一理事国がわれわれの平和への努力をないがしろにしていたかと思うと嘆かわしい」

意外にも、その非難にたいして突っ込んだ質問はなされなかったが、もっと意外なのはその非難がテレビに流されたことだった。ミロはいましばらく見て、大使の発言についてなにか論評が出るのを待ったが、まるで何事もなかったみたいにおわってしまった。

ドラモンドに電話しようかと思ったが、ドラモンドのことだから、不測の出来事にはすでに対処しているにちがいない。マルコ・ズベンコの話のいまひとつの証左になることでもあり、だれか政治家、とりわけネイサン・アーウィンから電話があって、回答を強要しているだろう。とりあえずミロは、もはや内勤でないことを感謝した。

疲労が追いついてくるのと入れ替わりに不安が遠のき、彼はポーランド語に吹き替えたスリラーにチャンネルを合わせて、音量を落とした。

猛烈ないびきには、ときどき自分でも目が覚めたが、三時を少々まわったとき、ドアが音もなくあいて三人の来訪者がはいってき、すさまじいいびきに無言のほくそ笑みを交わした。いまは音なしのソフトコア・ポルノをやっているテレビの明かりを頼りに、三人は彼をかこんでそれぞれの位置についた。

ひとりが両足首をつかみ、もうひとりが頭をヘッドロックできめた。ミロがはっと目覚めると、男たちは彼をちょっとベッドから持ちあげ、たたきつけるように下へ降ろした。彼は首をかかえた男につかみかかろうとしたが、頭が混乱してなにもできなかった。腕にちくりと針が刺さるのを感じた。抗《あらが》いつづけたが力が弱り、まず両腕が、ついで両足が萎《な》えた。男たちは影法師で、その背後で明るいテレビ画面がぼやけた人体を映し、白い乳房にピンクの乳首がにじんで見えた。

男たちがミロを包み込みにかかると、てっきりビニールかと思い、全身をかぼそい戦慄が走ったが、ベッドシーツだった。もうぐったり力をなくしていた。まぶたがふさがりそうだった。片目に生傷があり鼻ひげを生やした男が、アクセントの強い英語で話しかけた。

「安心しろ。まだ殺しはしない」

ミロは目をしばたたいたが、視野が急速に薄れ、舌が重くなった。「ドイツ人か」

「そうだ」

「やはりな」もうひとこといおうとしたが、もう舌が協力しなかった。

第二部　きらいな人たちが着るような服

三日前
二〇〇八年二月二十二日 金曜日から
三月十二日 水曜日まで

1

ハサド・アルアキールは、太った年配の女性客に、ていねいなうなずきであいさつした。いつものこととて彼女は応じる気もなく、のっそりカウンターを過ぎて、奥の冷蔵庫のガラスドアへ行った。彼が名前も背景も知って話を交わす客は大勢おり、なかにはむこうから「ヘル・アルアキール」と呼びかけて、家族に変わりがないかたずねる者もいた。その女はちがった。週日の毎晩七時きっかりにあらわれ、ラインラント・リースリング一本とスニッカーズのチョコレート・バーを買うが、そのきまったパターンから会話が生まれることはなかった。

「グーテン・アーベント、フラウ」

返事は意味不明のうめきひとつ。

「十ユーロ六十です」

なにもこたえず、にこりともせず、目の前に男が立っていることをそぶりにも見せない。カウンターに正確な金額の代金を置くが、それは十ユーロ一枚に五十セントと十セントのこともあれば、あらかじめあつめた硬貨を置くこともあり、金額は毎度正確だった。置いたらチョコレートをポケットに入れ、ボトルの首をにぎり、彼のあいさつを無視して、ドアの外へ肥満体を運ぶ。

しかし、今夜はそうはいかない。

菓子問屋のエクハルト・ユンカーが、スニッカーズを五セント値上げしたのだ。だから今夜は、六か月目にして、彼女はそのふしくれだった太い指で足りない金額を置き、ハサドは不足を指摘するたのしみを味わうことになる。

それぐらいのたのしみはあっていい。

彼は八〇年代なかば、トルコ人労働者の大波にのまれてミュンヘンにきてから、ずっとこちらに住んで、西独人が下等とみなす仕事をしてきた。建設、鉱山、リサイクル品回収、コンビニ店員。長年ハサドは、アンカラを出たことを後悔しつづけた。バイエルン人はみみっちくて、頑固者で、血色のよくない閉鎖的人種である。だが、妻と両親に送る金は些少ではないので、頑張ってようやく一九九二年、一家を呼び寄せた。もうそのころには、東からのドイツ人がそれまでトルコ人のものだった仕事を奪い――東独人《オシス》には下等なものはなにもない――友人たちのなかには、国へ帰ることを真剣に考えている者も多かった。

ハサドはちがった。彼は友人とちがい、稼ぎを酒やナイトクラブでむだに使いはしなかった。貯金をして、《ズュートドイッチェ・ツァイトゥング》で不動産を物色しにかかった。自分の商売をはじめるつもりだった。

ようやくミュンヘン南郊の工業地帯プルラッハのその店に決めたとき、そこは一年前から空き家だった。オーナーはサービス業を見くだす小ざかしいバイエルン人で、ハサドから搾れるだけ搾ってやろうとしたが、それには相手が悪かった。交渉術はトルコ人の天賦《てんぷ》の才だったのだ。

だが、甘味芳香ばかりではなかった。二年たった二〇〇一年のおわりごろ、通りのすぐ先に本部のあるBND（ドイツ連邦情報局）から、長身の冷たい男たちが訪れるようになった。彼らは移民証明書、営業許可書、経理簿を再三再四調べた。交友関係をたずね、ときにはむっつりしたアラブ人の写真を見せた。彼、あるいはだれか彼の知人のなかに、急進的なムスリム聖職者の影響下にある人間がいないかきいた。

年々商売は繁盛し（昨年はミュンヘン東端に支店をひらき、息子のアーメッドにやらせていた）、そのうち男たちの来訪は間遠《まどお》になり、顔もだんだん遠慮の表情になってきた。「なにぶんその」なかのひとり、穏やかなものいいのドイツ人ムスリムが認めた。「われわれの活動の中心のこれほど近くに住んでいるのだから、多少我慢してもらわないと」

しかし、この半年はまるで無干渉だった。ようやく彼の忠誠心がどこにあるのか得心したか、でなければもうどうでもよくなったかだ。そのおなじ半年間、彼は毎晩その太ったものいわぬ女と顔を合わせたが、彼女はいま、片手に冷えたリースリングを、片手にスニッカーズのチョコレート・バーを持って、こちらへ重いからだを運んできた。彼は毎晩と変わらぬ歓迎の笑みを向け、彼女はいつものようにそれを無視した。

じつのところ彼女には、情報組織のタフガイ連中よりも不安を覚えた。疲労と不機嫌のあらわな表情、産毛に覆われた男のような頬を見ていると、若いときには魅力もあったとは想像しかねた。そこへもってきて、意味不明のうめきと遺伝的微笑不能という特質——とてもだめだ。かつてこの女を愛した男がいたとは、想像しろというほうが無理だ。耳の辺で刈り込んだ少年のようなヘアスタイル、ぜんぜん手入れのされていない貧相な眉。きっと猫と猫の毛だらけの汚い家で、白ワインを飲んで、チョコレート・バーと爪をしゃぶり、面白くもないドイツのソープ・オペラだけがたのしみという女なのだ。

ワインとチョコレートをカウンターに置くと、安物のビニール製らしいバッグに手を入れて金をさぐった。

「グーテン・アーベント、フラウ」ハサドは笑顔でいって、レジに売り上げを打ち込んだ。

小銭をばらばらと出し、例によってなにもつげぬうめきを洩らした。ハサドは指をひらひら舞わせて勘定した。彼女が買い物に手をのばしたとき、彼は咳払いをし、注意する片手を立てた。

「モメント、フラウ。見てください」といって、レジのディスプレイをゆびさした。「ぜんぶで六十五セントになります。スニッカーズです。値上げになりまして」

女はまぶたの厚ぼったい目をディスプレイに向けてから、店主に向きを転じた。「いつからなの」

意外にも高い心地よい声だった。やってやった！　大声でそういいたいのを我慢して、彼はいった。「今朝です、問屋が値上げしたんです。だからこちらもそうしなくては」

「そう」うろたえながらだろう、うなずいて、それからまたバッグに手を入れた。

そこまでは予想したハサドも、そのあとは想定していなかった。

入口の自動ドアがするするとあいて、幅広い胸板をスーツに包んだ若い男が、息せききってかけこんだ。以前事情聴取で何度もいじめられた覚えのある男だ。高圧的な尋問者で、権威を笠に着て、謙虚なることアンカラの警察官なみだった——とはつまり、謙虚さはこれっぽっちもないということだ。

本能的にハサドは両手をあげたが、むこうは彼に目もくれなかった。まっすぐ女のところへ行った。

「ディレクトール・シュワルツ。お邪魔してすみませんが、緊急事態です」

汗をかいた闖入者《ちんにゅうしゃ》とちがい、フラウ・シュワルツは——じゃなかった、ディ、、、ディレクトール・シュワルツは、すこしもあわてなかった。ハサドに払う五セントをまださがしていた。

「どんな緊急事態」バッグのなかに顔を向けていった。

「ガップ（フランス南西部山中の町）です」

彼女は頭ひとつ高い相手を見あげて、まばたきした。ハサドがあとで想起する女は、怒った顔をしていたが、そのときは衝撃と折り合いをつけるのに精一杯でわからなかった。この太っちょの、猫にかこまれた飲んだくれ女は、その若いタフな男たちのボスなのだ。

彼女はいった。「あなた、五セント持ってない？」

男はどぎまぎして顔を赤らめ、ポケットをさぐった。

彼女はハサドのほうを向いて、すまながる笑みを見せた。その妙に人をおびやかす笑いかたが、面立ちをゆがめなかったら、ハサドはどんなにうれしかっただろう。「ごめんなさい、ヘル・アルアキール。あたしもう行かなくては。でも、不足分はこの人が払います」そういってワインとスニッカーズを手に取ると、まっすぐ駐車場へ歩いて行って、待たせてあるＢＭＷの後部席に身を入れた。

不意にぱちんと音がして、五セント玉がカウンターに置かれた。その瞬間、車は轟然と走り出たから、男は唖然として見送った。自分は置いて行かれたのだ。

ハサドは硬貨が目にもはいらなかった。頭はただひとつの思いにふさがれていた。あの女、おれの名を知っている。

「どうした」と、男がいった。「レシートをくれ」

2

BMWが折り返してハイルマンシュトラーセにはいると、エリカ・シュワルツはならんで後部席にすわる口ひげの小男をじっと見た。「で、どうしたの」

オスカー・ラインツは、膝の上に印刷された紙をのせていて、ひっきりなしにたたんだりひらいたりするものだから、ほとんどぼろぼろだった。「死にました」

「いつ」

「死体が発見されたのが三十分前です」

「ガップで？」

「市外でした。空港へ行く道路の途中で。フランスの工作員も死にました」

「報道規制は」

「間に合いませんでした。もうびっしり張りついてます」

オスカーと運転席のゲルハルトが、鉄筋コンクリートのいかめしいゲートで警備員に身分証明書を提示する間に、彼女は携帯電話を出してかけ、車が状況情報センターと呼ばれるモダンなビルまできたときには、ベルリン刑事警察のハンス・クーン警部と通話をおえていた。「どういうのだ」警部は何度もいった。「理にかなわぬ話だ」

「かなわなくはないわ」彼女はぴしっといいかえした。長い付き合いながら、ベルリンの刑事は頼もしさに欠けて、いらいらさせられることが多い。「まだどんな理があるのかわからないだけで」

「しかし、女の子だぞ。十五かそこらの……」

「それで範囲が狭まるんだから、われわれにとっては好都合じゃないの」

電話があったのはその朝だった。フランス、オート‐ザルプ県、ガップの北の山小屋に捕らわれていたアドリアナは、なんとか脱出した。ふらつく足どりで町にはいったら、農家の夫婦者に出会い、電話を借りることができた。少女が自宅にかけてきた電話にことのほかおどろいたのは、ベルリンのベテラン刑事、望みをすてかけていたクーン警部だった。身代金要求の電話もなく、だいいちモルドヴァを無一文で出てきた労働者一家から、取れるものなどなにもないから、教科書に従い、望みはないと判断したのだった。アドリアナ・スタネスクを誘拐したのは性犯罪者で、もういまごろ彼女は麻薬と暴力で無力化され、どこかへ売りとばされたか、でなければ生きてはいない。彼がスタネスク一家に密着しているのは、ひとえに騒がれたくないからだった。移民の子の誘拐事件を中途で投げだしたら、マスコミの袋だたきにあうのは必定だ。

だからスタネスク家を出ずにいたら、そこへ当のアドリアナから電話があった。少女は意外にもしっかりしていて、事の顚末を要領よく話した。ベルリンで父親の同僚をよそおう男――三十代後半、黒い髪――に拉致されて、白いヴァン――ベンツだと思う――に移されて、ドイツ人、スペイン人、ロシア人の三人の男にフランスへ連れて行かれた。山中に監禁されたが、割れた窓から逃げ出した。

彼は夫婦に少女をガップの警察へ連れて行くよう指示してから、エリカに、フランス国土監視局（DST）に連絡して、身柄を空路ベルリンへ護送してほしいといった。

「その費用はどちらが持つの」エリカはきいた。

「われわれが持ってもいい――必要なら」

「そうなるんじゃないかしら」彼女はこたえて、自分がかかわらずにすむ口実をさがした。「空港まではガップの警察が、女の子の手を引かなくても連れて行けるでしょう。どうしてそんなに大げさにするの」

「どうもよくない予感があってね」クーンはいったが、そうとでもこたえるしかなくて困っているようだった。だが、彼女は了解した。アドリアナの電話では、レイプもレイプのくわだてもなされず、フランスで三人の男は、ただ彼女を見張っていただけだった。でも、フランス人はひとりもいなかったという。モルドヴァ人でもなかった。

なぜか。

エリカはいわれたとおりDSTのコンタクトに電話をかけ、夜明けまでにアドリアナを自宅まで護送するとの確約を得た。

朝からもっと重要な仕事にも手がまわらぬほど多忙だったから、はやく帰ってリースリングとスニッカーズにありつきたかったのだ。だのに、これだ。

彼女の歩きかたがのろいので、オスカーが前に出て階段を上がり、金属探知機をくぐると、ひと足先に長い廊下の奥のディレクトール・シュワルツの部屋にはいった。彼女がワインとチョコレート・バーをにぎってたどりついたときには、彼はもう電灯をつけ、パソコンを立ち上げていた。彼女は自席におさまり、机上にたまった余分な書類を片寄せた。大半はベオグラードからの必死のEメールで、ドイツ大使館の安全を心配していた。前夜の暴動で焼かれてくすぶるアメリカ大使館の残骸を見ては気が気でなく、いまのうちに自分たちも閉鎖したいというのを、彼女はとりなだめたのだった。過去の歴史は歴史として、セルビアはいまのドイツとはなんの問題もかかえていない。彼らがきらうのはアメリカで、それはちょうど貧乏人の子が、金持ちの親類の子になにかを取り上げられて、憎んだり羨んだりするようなものだ。彼らの憎しみの裏には、積年の憧れが隠されていた。現在悪い対独感情はないから、心配することはなにもない。彼女のその説明に、大使館は得心しなかった。

机のいちばん上の引き出しをひらいて、ペン、ペーパークリップ、輪ゴムなど、雑多なものをかきまわしたがみつからず、オスカーに栓抜きとグラスを持ってきてといった。

「あなたも飲むなら、グラスをふたつ」

「いや、けっこうです」

「ご随意に」

オスカーが出て行くと、スニッカーズの包装をはがしてから、ブラウザのロイター情報をチェックした。DSTのエージェント、ルイーズ・デュポンが、交通事故を起こした車のなかで死体となって発見された。おばかさんが、シートベルトを締めていなかったのだ。おなじ道路の先の森のなかで、フランス警察はアドリアナ・スタネスクの死体も発見していた。

アンドレイおよびラダ・スタネスクのデータを呼び出すと、ふたりの顔写真をのせた新聞雑誌は、この二、三日で格段に増えていた。タクシー運転手と女工。一家は二年前、合法的にドイツ入りしたが、それにはパン屋のかたわらカリタスのドイツ支部でボランティアをつとめる、アンドレイの兄ミハイの手引きがあった。カリタスは全世界で人権と貧困のためにたたかうカトリック組織で、近ごろEUにその移民政策を緩和するよう圧力をかけており、それでミハイはボランティアに加わったのだと想像できた。添付資料によれば、アドリアナの伯父は東欧人のドイツ不法入国を助けたことで、この六年間に二度逮捕されていた。これは詳しく調べてよさそうだ。

少女の死の詳細は、パリに電話をして、国外治安総局（DGSE）のフランス側コンタクト、アドリアン・ランベールからききだした。ランベールの機関は、スタネスク事件に特別かかわりを持たないが、彼はその電話を予想して、すでにブールヴァール・モルティエのオフィスで情報を収集していた。スタネスクの頸骨《けいこつ》は素手で折られていた。とどめは首というのが常習手口らしく、ただひとつの動作で仕事をおえていたという。ガップの警察は、アドリアナが監禁されていた山小屋を突きとめた。現在鑑識が綿密に調べているが、手がかりをのこさないところがプロと見え、なにも判明しそうになかった。山小屋の所有者はグルノーブルの配管工、フランソワ・ルクレルクで、この一か月、家族を連れてフロリダでヴァカンスを過ごしていた。だれが小屋を無断使用していたのか、まるで思いあたるふしがないという。

「それを信じたの？」エリカがききかえしたところへオスカーが、プラスチック・カップと栓抜きを持ってもどり、ボトルをあけにかかった。

「信じたさ」と、ランベール。「この事件についてなにも知らないというきみの言葉を信じる以上に」

「それは本当よ、アドリアン。まるで五里霧中」

電話を切ると、オスカーがついでくれたワインをひとくち、スニッカーをひとかじり、助手がそこにいないかのように、背後まで突き抜ける視線を向けた。わかっていることを反芻《はんすう》してみた。移民一家の女の子が誘拐され、身代金の要求がなされていない。ドイツのように人種間の緊張が日常的な国では、誘拐は考えられぬことでなく、身代金の要求がないことも考えられぬではない。考えようがないのは、少女が一週間、危害も加えられず殺されもしなかったことだ。

してみると、事件は性犯罪でも人種的犯罪でもない。少女は自力で脱出したが、だれかが彼女をどうしても生かしておけず、フランスの公僕一名を道連れにすることも辞さなかったのだ。

それとも、単なる偶然でしかないのか。ルイーズ・デュポンは交通事故を起こし、少女はたまたま、ギリシア神話にしかありそうもない悲運にみまわれて、土地の変質者に遭遇したのか。まさかとは思うが、事実がその偶然を排除しないので、可能性をすてさることはできない。

あるいは、彼女を監禁した三人の男のだれかがやったのか。とすると、ドイツ人か、スペイン人か、あるいはロシア人だ。しかし、だったらなぜ一週間、なにもせずに生かしておいたのか。ひょっとしてそれは、べつの一味がからんでいたということか。なにひとつ確信できることはない。

彼女はあきらめた。

もしかすると、スタネスク親子はなんの関係もなかったのかもしれない。アドリアナが、殺人事件かなにかを目撃して、犯人たちは彼女にしゃべられては困るので拉致したのでは。拉致したものの、どうするかで意見が合わなかったのでは。彼女はだれかひとりの手引きで逃げ出し、それに気づいたべつの者が、あとを追って口を封じたとも考えられる。

では、その三人に拉致される前、最初にアドリアナをつかまえた、何者とも知れぬ四十前の黒い髪をした男はどういうのだ。

さっきからずっとそそがれている、なにも見ていない小さな目に気後れを覚えて、オスカーはいった。「またですか」

間《ま》があって、目が大きくみひらかれた。「またって、なにが」

「そう見られてはうろたえます」

彼女はまばたきし、笑みをうかべてから、机上に視線を置いた。「ごめんなさい、オスカー。だめね、マナーに気をつけないと。ねえ、ゲルハルトをアルアキールの店にやってくれない？　だれかを連れて行って、帰りはあたしの車を運転させて帰るように……」また目がオスカーにもどった。「リースリングがもう一本必要だわ。今夜は徹夜になりそう」

彼女は事件の発端にもどった。またハンス・クーンに電話をかけて、アドリアナ失踪当時の、リーナ－モルゲンシュテルン高校付近の警察監視カメラの位置をたずねた。

「わたしが先週それを考えなかったと思うのか、エリカ」

「きいてみただけ」

彼はためいきをついて、「去年抗議があってね。トルコ人がわれわれに監視されてるというんで、一部のカメラを撤去した。メーリングダムとグナイゼナウシュトラーセの交差点のをのこしたら、ひと月前に若者たちに壊された。市はつぎの予算が通るまで修理できないという」

「繁華街よ。だれか目撃者はいたでしょうに」

「午後四時半──あの雑踏では、だれも気にかけるやつなんかいない。それでなくても、われわれ警察は頼りにされないからな」

「そうなの」彼女はいった。「ありがとう、ハンス」

オスカーが、彼女の車のキイと二本目のリースリングを持ってもどり、自分もいたほうがいいかとたずねた。けっこうよ、と彼女はこたえた。そばにいられては気が散るし、それに彼が最近親密になったスウェーデン人の女が待つ自宅へ帰りたくて、うずうずしているのがわかった。

部下が出て行くと、資料読みにかかった。それは学んで習得したというよりは、何年も前、判然としない国境のむこうに目をやって、〈ドイツ民主共和国〉という皮肉な国名で呼ばれるところを注視していて習性になったものだった。そこでなにが起きているかを知るには、目視観察ではなく、推測に頼るしかなかった。収穫の発表、犯罪統計、列車運行表、輸出量、そして〈カーテン〉のむこう側で孤立した情報提供者からの、パニックにかられたメッセージ。そういう状況では、額面どおりに受け取れることはほとんどなく、エリカは自分のデスクにとどく疑わしい事実の間隙《かんげき》から、情報をあつめることを覚えた。思考が、円の中心テーマからすこしずつ外周へ広がるのにまかせていると、どこかで漠然たるつながりが、べつの漠然たるつながりに重なって、しだいに一枚のジグソー・パズルの絵があらわれ、いくつかピースをはずしたり、色を塗り替えたりしていると、やがて必要なピースだけがのこって、ひとまわり大きな絵が見えてくることを知った。

はからずもそのテクニックを覚えたために、いくらか日々の苦労が減ったことは、オフィスの小ざかしい連中に教えられなくてもわかった。彼女は七〇年代からの肥満体で、〈壁〉の崩壊以来肉が落ちたことはなく、しだいにデスクワークが全生活を占めるようになると、いよいよ肥大はつづき、ついにはなにかを読むことだけが、のこされた唯一のテクニックになった。

事件に直接関連するファイルを読みおえたあと、外周へ最初の小さな数歩を踏み出した。真っ先に思いだしたのは、世界銀行の調査が、ヨーロッパの最貧国であるモルドヴァを、外国移住者による本国送金額が最高の国としていたことだった。これはとりもなおさず人間が、モルドヴァのいちばん重要な輸出品目であるということだから、ＧＤＰの三十六パーセント以上を国外に出て家族に送金している者に頼る国にとって、あまり名誉なことではない。

スタネスク夫婦も本国に送金しているのだろうか。彼女はそれをたしかめることをメモした。

最近のモルドヴァ・マフィアは、もっぱらドイツ車を盗んで国に送るのにいそがしい。女を西側へ送り込む商売もあり、これはだんぜん割りがいい。スタネスク夫妻をそれらの犯罪者と結びつける理由はないが、自分の適切妥当の観念で調査の幅をせばめたくないので、そのテーマに関するBNDのファイルだけでなく、《シュピーゲル》《シュテルン》《ブンテ》の最近の記事にも目を通して、あの虐《しいた》げられた小国にたいする認識をあらたにした。

同国の歴史の概略はすでに知っていた。スターリンは一九四〇年、ベッサラビア地域をルーマニアから切りはなしてソ連邦に吸収、モルダヴィア・ソヴィエト社会主義共和国をつくった。以後スターリン支配下におけるベッサラビア人の国外追放は日常事で、彼らはウラル、カザフスタン、シベリアへ送られた。四〇年代後半、主としてソヴィエトの穀物納入義務制により国内に飢饉が広がり、五〇年代には死者と追放者ののこした地をロシア人とウクライナ人のエスニック集団が占めた。モルダヴィアのルーマニアとの再統一願望を抑える一助として、ソヴィエトの学者は、ルーマニア語とちがい、まだキリル文字を使っているモルドヴァ語の独立性を説いた。それでエリカが思いだすのは、セルビア人とクロアチア人の言い分で、両者はたがいに政治的理由から、自分たちの言語はまったく別物だと主張した——世界じゅう他のだれの耳にも、そっくりにしかきこえないのだが。

一九九一年の独立後、キシナウに置かれたモルドヴァ政府の抗議を無視して、ロシア軍はドニエストル川東岸のトランスニストリア分離地区にとどまり、同地に結集したロシア人の〈保護〉にあたった。この、モルドヴァからの独立を主張する沿ドニエストル共和国が一九九二年、自治権をもとめていっとき武力紛争を起こしたが、その主権は自分たち以外のどこからも認められなかった。麻薬、銃砲、人身の取引をGDPとするその無法地帯を、国際社会はいまだにモルドヴァの一地域とみなしている。

だが、スタネスク一家はトランスニストリアの出ではなく、国の北部からきていた。もう一度、伯父のミハイの調書を見た。二〇〇二年、モルドヴァ人一家——夫、妻、子どもふたり——を荷室に隠したトラックを運転し、オーストリア国境で逮捕。担当検事は国外追放を強硬に主張したが、もうそのころミハイは、文句のつけようのないドイツ市民権を得ていた。モアビト刑務所に服役六か月、罰金一万ユーロで決着。

それでミハイの密輸行為はおわったかと思うとそうではなく、二〇〇五年、若い男女をチェコ共和国からドイツ入りさせて挙げられた。それもまたモルドヴァ人で、つづく審理で明らかになったのは、ふたりが七百ユーロの報酬しか払っていないことだった——ガソリン代と、道中必要な賄賂の金にしかならない。弁護人がその事実を強力な論点とすると、陪審員は被告の犯罪はひとえに信念からのもので、営利目的ではなかったと確信した。ミハイは一万二千ユーロの罰金だけで、今回は実刑を免れた。

エリカは彼が、おなじ密入国幇助でも、奴隷労働や売春という営利目的ならいいのにと思った。その種の男なら、理解し対処することもできる。だが、ミハイ・スタネスクはいちばん厄介だ。信じるところのある男で、いまの時代、恐るべきは何事かを信じる人である。

調書を読むだけでは、なにも解き明かせぬとわかり気落ちした。スタネスク夫婦に会って話をきかなくては。

電話には若い女の声が出て、でれでれした調子で「はい、ヘイサン」と名乗った。

「オスカーをおねがい」オスカーが出ると、起こしたことを詫びてから、よくないことをつげた。「あした運転手をつとめてほしいの」

「だって、土曜日ですよ」

「そうね。土曜日だわね」

「で、どこへ」

「ベルリンまで」

大きなためいきが出た。五時間の運転勤務が飛び込んでは、せっかくの週末がふいだ。

「可愛いスウェーデン娘も連れてらっしゃい。ドライブをきっとよろこぶわ」

「なんなら」と、彼女はいいそえた。

オスカーは電話を切った。

3

明日にはうわさが出まわる。オスカーがうわさを広めはしないが、守衛たちが彼女の屑かごにリースリングの空きびん二本をみつけたら、彼らにも是非の判定は許されるから、熱をおびた内緒話になるだろう。職員が一斉に登庁する週明けには、うわさの真実味はエスカレートして、彼女の上席者——直接の上司であるテディ・ワルトミュラーほか無数——の判断いかんで、その度合いは増えるか減るかのどちらかになる。減りはしても消えはしない。うわさはすべて、将来の必要にそなえてしまい込まれるだけだ。

だから伝播を限局するためだけにでも、空きびんとプラスチック・カップをまとめると、クロゼット内のバッグにしのばせてカートに載せ、夜間警備員の前を通って駐車場まで運んだ。午前二時、慎重に運転してゲートを出ると、ヘル・アルアキールのシャッターの下りた店を過ぎ、ペルラッヒャー森林公園の濃密な木立を抜けて自宅に向かった。

一階が半地下の家で、午前中はワインの酔いを眠って冷ました。なだらかな車線がつづき、緑樹のあいだに独立家屋が見えるそのあたりには、成功したビジネスマンや、他のB

ND管理官、欧州特許庁に勤める少数の外国人の住まいがある。沿道の街灯柱に設置された監視カメラが、彼ら住民の安眠を請け合う。

正午に目覚めると、反射的に戸棚からプラスチックのボウルを出して、キャットフードの袋をさがした――ヘル・アルアキールの予想は、みなまではずれはしなかった。エリカ・シュワルツは子猫を一匹飼っていたが、一週間前その死体を勝手口でみつけた。一週間たったいまも、グレンデルに餌をやる日課の途中までいってから、キャットフードをすててしまったのに気づき、その理由も思いだした。

猫の死体が毒害でねじれているように見えたから、疑惑を抱いたが、BNDの鑑識は、死体のねじれは癌のせいで、殺害によるものではないという。彼女は近所に恨まれるほど付き合ってはいないが、それでもまだ疑いをぬぐえずにいた。

オスカーが二時に迎えにきて、フォルクスワーゲンがA9を走るあいだ、彼女はブラックベリーを借りて――万人が操るそういう奇怪な代物に彼女はまだはまっていない――インターネットでニュースの先を読んだ。ときどきオスカーが質問をはさむと、自身いくらもわかっていない事実を教えてやった。「ううん、少女性愛者集団じゃないわ。だったら、被害者は最初から逃げ出せないもの。かりに逃げても、追い詰めようはないわ――フランス警察に内通者でもいればともかく」

「不可能ときまったものでもないでしょう」

「そうね」彼女はしずかに同意した。

「きまってはいない――それは頭に入れておいていいわね」

無数の可能性にひとつ付け足せたのがうれしく、彼はにんまりした。その得意顔に彼女はちょっぴり水をさすことにした。「あとでホテルで会いましょう。その前にあたしをハンスのアパートまで送り、そこからあなたはグナイゼナウシュトラーセへ行って」

彼は目をぱちくりさせて、「グナイゼナウシュトラーセへ？」

「カメラをさがすの。警察のカメラが役立たずでも、なにか監視装置を備えてる店の一軒や二軒はあるでしょう」

「驚異的着想」

「くさらないの、オスカー。あなたにはスウェーデンの彼女との末長い将来があるんだから」

パンコー地区のハンス・クーンのアパートで降ろしてもらい、クーンの酒のすすめを辞退した。酒よりもスタネスク夫婦のことを知りたかった。「あなたの印象は」

「ひとことでいうなら」彼は白い口ひげの端をウイスキーで湿してこたえた。「善良といってよく、嘘偽りがない。わたしがいるところへ娘から電話がかかったが、あの案じようは心底からのものだ。親がからんではいないと確信できる」

「伯父はどう」

「ミハイか」かぶりがふられた。「身内のブレーンだよ。タフでもある。ただ、彼はドイツ市民だから、こちらのことには詳しい。両親にはまだ日の浅い移住者に共通の、あのどこか戸惑い気味のところがある」

「いますぐ会ったほうがよさそうね」彼女はいらいらしていった。

「娘の遺体が返ってきたばかりだぞ」

「では気持ちがたかぶってる。事情聴取には好都合だわ」

「事情聴取？　おいおい、エリカ。それは酷だ。話はあしたにしないか、教会から帰ってからに」

「教会？」

「ブルガリア正教だ、クラウゼンシュトラーセにある。この辺でルーマニア教会というと、いちばん近くてもニュルンベルクだから、あそこで間に合わせるしかない」

「どうせもう時間もおそいわ」

ハンス・クーンはグラスをあげた。「だいたいきみは付き合いが悪い。さあ、一杯やってくれ」

ウィスキー四杯とメクレンブルク・コッドひと皿で、もう辞去しなくてはと思った。胸が苦しくなったのは、アルコールのせいでも、火の通りすぎた鱈《コッド》のせいでもなく、明暗むきだしの感情が流れた一部始終をクーンからつぶさにきかされたからだった。彼は涙ぐんで話した。「てっきり死んだと思った。そう確信した。それが胸に落ちるのに、一週間かかったよ。ところが、死んではいなかった。神の奇跡とはあれだ」グラスが目の高さにあがり、舌先が口辺をひとまわりした。「それがまたまた急転して、死んだという。もう一度なんて、あんまりじゃないか。どうして最初のとき死んでくれなかったんだろう」そこで間《ま》がおかれた。「わたしはつくづくこの仕事がいやになる」

くやしい思いが憤怒に転じ、彼は少女を攫《さら》ったやつらを捕まえたらどうするか見てろといい、あまり感心できぬ報復を予告した。彼女はいよいよ引きあげどきだと思った。タクシーを呼んで、クールフュルステンダムのベルリン・プラザ・ホテルまで行き、チェックインする前に近くのコンビニでスニッカーズを買った。ピノ・ブランを一本、ルームサービスで頼んだ。

スニッカーズを食べおえ、ワインを半分あけたところで、オスカーがドアをノックした。それまでの一時間、彼女は事件のことに気をつかいたくなくて、テレビのクライム・シリーズに推理能力を傾注した。主人公はハンサムな刑事で、相手役は自分の飼い主より頭脳も魅力も数十倍まさる犬である。癪《しゃく》なことに彼女はだれが犯人なのか、まださっぱりわからずにいた。

彼女は開錠してその場を動かず、オスカーの左眼をまるくふちどる赤い生傷をしげしげと見た。傷は顔の造作をそっくりリセットして、三つ四つ若く見せた。ふしぎな効果だった。眉のなかが切れて凝血していた。

「入れてくれないんですか」彼はむくれたようにいって、重そうな箱のはいったショッピングバッグをふって見せた。薄いプラスチックごしに、ソニーの新型ビデオカメラが見えた。「これでフリー・ドリンク一杯の価値はあるでしょう」

彼女は熱い湯にタオルを浸し、慣れぬ介護者のぞんざいな手つきで顔面を拭きにかかった。オスカーは顔をしかめて我慢していたが、彼女の手からタオルを取りあげた。そして片手で室温ワインがつがれたプラスチック・カップをつかみ、他方の手でタオルをひたいにあてた。彼女はバッグの中身を取り出した。まあたらしいソニーのビデオカメラが一台(「その費用は出してくれますよね」)、それにミニDVカセットが一枚。カセットには黒字で日付と時間がなぐり書きしてあった。08－2－15／16－21。

「苦労しました」と、彼はいった。「表彰ものです」

「次回はあなた用に一本買っておくわ。きかせて、苦労話を」

おかしかったのは、そこは《ドレッシャー・フォト》というカメラ屋で、新型・骨董とりまぜの16ミリ・ビデオカメラあり、静止カメラありで、ウィンドーに積みあげて人目を誘っていた。「ぜんぶ片側を向いていて、器械の美しさを見せているなかにひとつだけ、隅の高い位置に置かれていました。それだけが通りを向いて、小さな赤ランプがともっているんです。店主が自分で設置したセキュリティ・システムですね」

「考えたわね」彼女はいって、ボトルをかしげて残量を見た。「もう一本持ってこさせようかしら」

「おねがいします」

電話をかけたあと、彼女はまたベッドに腰かけ、オスカーは彼女の席についた。窓の外にはベルリンの休むまもないナイトライフが展開し、人の大声や車のエンジンのうなりがのぼってきた。

「もちろん《ドレッシャー・フォト》は、もう閉まっていました。だから店の上のアパートの居住者リストを調べました」

「あてましょうか。ドレッシャーもそのビルの住人だった」

「探偵になれますよ、フロイライン・シュワルツ」

「で、あなたに会ってよろこんだ?」

「よろんではいなかったでしょう」

ヘル・ドレッシャーは、世間ぎらいの男とわかった。店とアパートを半々に住み分け、部屋には天井までDVカセットを積みあげ、モニター・テレビを四台据えて、人の世が店の内外を過ぎるのを観察していた。パラノイアなのだろう、最初オスカーを部屋に上げようとしなかった。「わたしがどこからきたかをつげると、それで事が容易にはこぶどころか、かえって面倒になったようでした。やむをえず家宅捜索の脅しをかけたら——おそらくカセットの内容が内容なんでしょう、いちばんよろこびませんでした」

「わかるわ」

長い無言と言い逃れによる会話の停滞があって、ようやくヘル・ドレッシャーは、その日のビデオテープがあることを認めた。そこでオスカーが、少女の失踪のことを知ったとき、テープを当局に見せようと思わなかったかときくと、「思うもんか。おれはだれともかかわりを持たない」というだけだった。

室内を見渡し、カセットを何列も積みあげた上に汚れた食器が、あぶなっかしく重ねてあるのが目にはいると、きっとそうだろうと思った。

「だからふたりですわって、いっしょに見ました。見てもらえばわかりますが、画質は優秀で、おまけにタイムコード入りです。もっといいのは、通りから中庭への入口が、完全に画面にはいっていることです」

「それで？」

彼は立ちあがり、ビデオカメラを箱から出しにかかった。「それでいまから、これをテレビに接続できるかどうか見ようというんです」

床にすわってカメラを取り出し、マニュアルと多国語による注意書が出てくると、彼女はいった。「で、いつ殴られたの」

「ドレッシャーにですか」

「そう、ドレッシャーに」

彼はひたいに手をあてて、にやりと笑った。

「部屋へあがる階段の電灯がつかないんです。最初にいおうと思ったけど、いえば入れてもらえないかと思って」

「踏みはずして、落ちたのね」

「あなたなら、あんな階段をどうやって昇り降りするか見たいものです」

接続に十五分ほどかかり――オスカーのモダン・テクノロジー好きは少年なみでも、実地は得意でない――その間にルームサービスが、ピノ・ノワールをもう一本とワイングラスを二個持ってきた。持ってきた若い女は、まず目の前の床に年とった大女と、三十代の口ひげの男がすわっている図に、興味を覚えたようだった。ついでビデオカメラと、男の腫れあがった片目に気がついた。エリカがチップを出せずにいるうちに、彼女は出て行った。

オスカーはテープをまわして、ドレッシャーのアパートのところ、16：13を出した。カメラはグナイゼナウシュトラーセを正面からでなく、斜めからとらえていた。そのアングルだと、画面手前に歩道、駐車した車、中央分離帯の落葉した並木を過ぎる車の速い流れがはいった。後方はアパートの建物と、中庭の広い入口が占めていた。

「きました」オスカーがいって、中庭にはいってくる黒いBMWをゆびさした。

彼女ははっきりしない映像に目を細めてから、眼鏡に手をのばした。「ナンバーがわかった？」

「出るときによく見えます」

16：27まで早送りすると、中庭からひとりの男があらわれて腕時計を見、人目をはばかる様子になった。すぼめた両肩に首を埋めているので、顔はよくわからないが、エリカの目には年齢が三十代後半から四十すぎ、身長一メートル八十から九十、髪は黒と映った。太ってはいない。ヨーロッパの男子人口の半分がそんなだ。

男が一瞬カメラに目を向け、こちらを見たような気がしたので、彼女はどきりとしていった。「カメラが見えるのかしら」

「わたしもそれが気になりました」オスカーがいって、ワインをちびりとやった。「でも、ちがうでしょう。この車を見てるんだと思います」いって画面手前に指を向け、車種はわからないが、ボンネットがダークブルーというより、ほとんど黒に近い車をさした。

そこから16：37までのあいだに、いったん画面から消えた男は、またあらわれて右方に目をやり、なにかに注意を向けてから、ふたたび姿を消した。路上を行くさまざまな歩行者のなかに、エリカはアドリアナ・スタネスクの顔を見いだした。先週ヨーロッパじゅうに貼り出された写真の顔だから、間近でなくてもすぐにわかった。年齢のわりに背が高く、人目を意識した十代の美少女の、あのどこか小生意気な歩きかたをしていた。エリカはふと、自分もその昔、このモルドヴァの少女のようにきれいだったといいたくなってから、オスカーが信じるはずもないのに、なぜそんなことを考えるのだろうと思った。

少女が中庭入口にさしかかったとき、また男が出てきて話しかけた。彼女はすぐには立ちどまらなかったが、男がもうひとことなにかいうと、足をとめて向き直った。すると男は——これには少女も気をそそられた——ポケットからカードを出して見せた。名刺か。運転免許証か。それで彼女も思いあたった——最初に男は父親の同僚をよそおったから、それにはなにかIDが必要なのだ。それでもまだアドリアナは躊躇《ちゅうちょ》したから、エリカは噛んだ爪を手のひらに突き立ててつぶやいた。「頭を働かせてる。いい子だこと」

だが、もうそこから先のストーリーは書かれてしまっているから、いまさら見るのは辛かった。男はわきへどいて少女を先に乗せ、自分もつづいた。

「手ばやいな」オスカーがいって、グラスをほした。

たしかにぐずぐずしてはいなかった。三分後の16：45、BMWはしずかに通りへ走り出た。運転者だけ、ほかに同乗者の姿はない。右折して、画面外に消えた。

「このあとすぐです」オスカーがいった。

BMWはまた画面にはいり、通りのこちらを逆方向のメーリングダムのほうへ向かった。そして消えた。

「よく見てください」と、オスカー。

「なにを見るの」彼女はきいたが、急に意欲をなくしていた。

と、見えた。画面手前にいたベルリン・ナンバーの青いオペルが、車の流れにはいって行き、おなじほうへ走りだした。

「なんなの」

テープをそれから二度再生し、オスカーはいちばん重要な時間、16：39をメモした。男の顔がいちばんよく見えた瞬間である。そのとき、男は顔をあげてアドリアナと口をきいていて、いかにも愛想のいい、害意のない人間という印象だった。

16：46、メーリングダムへ向かうBMWのナンバーがはっきり見え、それをオスカーがオペルのナンバーとならべてメモしたのが、16：47の表示が消えるところだった。

彼女がベルリンのオフィスに夜間連絡員をよこすよう要請したのはかれこれ一時で、ようやくワインの酔いがまわり、自分たちがなにか重大なことに接近しているのを感じて、興奮を覚えていた。連絡員が持参した封筒にカセットテープを入れ、プルラッハのオフィスに16：39に少女としゃべっている男を顔貌認識ソフトで割り出してほしいというメモを添えた。判明するとも思えなかったが——認識ソフトの質の悪さはだれでも知っている——映像を明瞭にすることぐらいはできるだろう。

連絡員はふたりの目の前で封筒を密封し、午前七時までにはとどくといった。彼もオスカーの目の痣と、からのワインのボトルとグラス、ビデオカメラにも気づいたが、感情を表出せぬ訓練はできていた。

4

エリカは東方正教会について、自分があきれるほどなにも知らぬことに気づいた。彼女の理解の大半は、八〇年代にウィーンへ雇用条件を話し合いにきたルーマニア人ただひとりから得たものだった。その男は社会学、というか、ニコラエ・チャウシェスクの共産体制がそう呼んだ分野の教授で、なぜ自分の報酬がそう高いかの説明に力をこめた。ルーマニア人の頭には陰謀がしみついているから、自分にしても、なにをするにも安全にはやれないのだという。

その日の彼女の仕事は、要求額をできるだけ低く抑えることだった。西ドイツの経済は隆盛をきわめているが、緑の党のプレッシャーは、将来のBND全予算を心もとなくしていた。

教授は饒舌家《じょうぜつ》だった。彼女は言葉をはさもうにも、その隙がなかった。教授の口からは社会文化的言説が滔々《とうとう》と流れ出た。陰謀がしみついたルーマニア人の精神に関しては、さまざまな変動要素の講釈からはじまった。体制がかかえる恐怖の秘密警察《セキュリターテ》は、うわさでは

──エリカは信じなかったが──なんらかのかたちで全人口の四分の一を動かしている。そういってもエリカが動じないと見ると、講義のテーマは宗教と民主主義になった。

彼はいった。「民主主義はプロテスタント国では機能する。カトリック国ではほとんど機能しない。正教国ではまったく機能しない」

大西洋をはさんで、西ドイツの派手な同盟国の冷戦哲学はおしなべて、あらゆる国家と文化は民主主義を奉じることができ、またそうすべきであるという観念の上に成り立っているといわれては気になった。

「考えかたは三者三様で」教授は説明した。「神の言葉をどう解釈するかだな。きみたちプロテスタントは、神がどういう存在で、なにを望んでいるかを知るには、バイブル一冊を読めばいいと考える。カトリックは、自分たちもバイブルを読むが、難解な個所に遭遇したら教皇の助けを必要とする。自分たちで赦罪はできない。それは教会がかわってやってくれる」

「では、正教国では？」

教授は頬をゆるめて、「正教会は世俗と聖性《スピリチュアル》の橋渡しをつとめる。両者を仕切るのは、聖堂の入口にある聖障《イコノスタシス》と呼ばれる仕切りだ。キリストと聖人たちの中世風彫像が、界壁のむこうに天国があるかのように目をこらすと、聖神がこちらを見ている。是非を判断しているのだ。大事なのはそのあとだ。聖職者が界壁の奥の至聖所にはいる。少時ののち、聖職者は出てきて、自分が知ったことを伝える。わかるかね」

エリカは、この疑わしい情報源にすでにつぎこんだ時間と金を気にしながら、「さあ、わからない」とこたえる。

「真理はどこからくるか」修辞的疑問。「プロテスタント信徒には、自省からくる。カトリック信徒には、助力つきの自省からくる。正教徒のばあい、高位聖職者が界壁の奥にはいって神とひそかに語らい、出てきて神の欲するところをつげる。政治の仕組みもそれとおなじだ。政治はわれわれにとって、煙のたちこめる暗室であり、高位の少数者がそこで見解の一致を見る。おわればわれわれは白日の光のなかに出てきて、メッセージを、たとえば、今日からわれわれの住む国は共産国になったと伝える。あるいは、資本主義国になったとか——どういう体制かは問題じゃない。問題なのは、わたしの国の人々が、歴史を自分たちの掌中にしたとはどうしても信じないことだ。彼らにとって、それは現実ではないんだ。われわれの現実世界では、民主主義はいつまでたっても幻想なんだ」

いわれて、エリカは儀礼上うなずいたが、まだなにもわかっていないのに気づいた。

「だから提示額の倍にしろと？」

「いいかね、重要な事柄の一切すべてが、密室内の男たちによって遂行される国では、室外の人間は彼らの気に入られるためには母親をも殺すだろう。かすかにでもにおう相手なら、いや、ばらの香りのする相手でも、ためらわず売るだろう。わたしはなにもきみの仕事をしなくても、ブカレストへ帰る列車に乗るだけで命がけなんだ。きみからもらう報酬は、わたしの協力にたいしてだけじゃない。無事の帰国実現のためでもある」

あれからほぼ四半世紀たったいま、エリカは教授のその読みを、ベルリン南東ノイケルン区、クロイツベルクのすぐ下にある聖ボリス改宗皇帝ブルガリア正教会にあてはめてみた。会堂後方に立つと、香炉の薫香《くんこう》がほの暗い堂内にたちこめ、黒の円帽子をかぶり祭服を着た聖職者の唱える祈禱《きとう》は、ほとんど鼻歌に近い。信徒は耳にはいる祈禱文よりも、祈るのに組んだ手のほうに神経をあつめる。大半の参禱者は立っているので、彼女はうまく隠れている気がした。

スタネスク夫妻の姿は、さっきから目にはいっていた。最前列近くにアドリアナの伯父ミハイといっしょだった。彼女は青白い顔をした他の信徒らが、ふたりを抱擁して慰めているのを見たとき、スタネスク一家がブルガリア人でなくてもいいことを知って、一瞬胸中にほのぼのするものを覚えた。ふたりはだれにもわかるとおり、ただ嘆き悲しむ両親なのだ。

彼女はそんな雑念を頭から払って、よく見渡せるよう前に出た。教会内でなにがみつかるとも思わなかったが、長年いまの仕事について彼女ほど長くなると、だれかしら興味を引く顔を見いだす可能性はつねにあった。だが、どの顔も広範な記憶にはなかったから、外へ出た。

涼しい朝の光のなかに歩み出ると、車のそばで待っているハンス・クーンのそばへ行った。運転席ではオスカーが、持ってきたヒップホップCDのリズムに合わせて、ステアリング・ホイールをたたいていた。

会衆が歩道にぞろぞろ出てくるころには、彼女とクーンは、ソーセージ売店で買ったコーヒーを二杯ずつ飲みほし、彼女はケーゼヴルストを二本たいらげていた。彼女はあごについたべとべとするチーズを拭き取りたくて、クーンを先にやった。

彼は三人のスタネスクと引き返してきた。アンドレイとラダは小柄な夫婦で、エリカの大きな図体のそばまでくると、いっそう小さく見えた。ふたりとも喪服で、ひとりだけ目に涙をためていないミハイも黒装束だった。最初にミハイが口をきいた。

「そっとしておいてやってくれないか。わかるだろう、辛い思いをしてるんだ」

なにもきこえなかったかのように、エリカは両親に自己紹介して、握手をもとめた。その手を拒んでは失礼になっただろうし、アンドレイもラダも礼儀知らずではなかった。ミハイだけは出された手を無視して、しゃべりつづけた。「きのう娘の、わたしには姪の、遺体が届いたんだ。すこしはわきまえてくれ」

「あらたに判明したことが」といって、彼女はプルラッハがビデオテープから鮮明にプリントして、今朝方Eメールで送ってきた写真を取り出した。「この男がだれかわかりますか」

ミハイが真っ先に、ひったくるようにして写真を手に取った。が、かぶりをふってアンドレイに渡し、モルドヴァ語でなにかつぶやいた。父親も母親も人物に心あたりはなかった。

「この男がアドリアナを拉致したと思われます」彼女はわけをいった。

ラダ・スタネスクが泣きだし、夫が肩に腕をまわして抱き寄せた。「質問があればこたえますよ。でも、あとにしてほしい。頼むから」アンドレイの声には哀願のひびきがあり、またしてもエリカは、現場に出るのがいやになったわけを思いだした。

「わかります」彼女はいって、ミハイに顔を向けた。「あなた、二、三分割《さ》いてもらえないかしら」

彼はふたりの身内ほど協調的ではないが、弟夫婦が歩きだすのを目で追いながら、肩をすくめた。「いやだといったら、いつでも署へ引っぱるんだろう」

「あたしは警察官じゃないわ」

「じゃ、なにをきかれてもこたえなくていいんだ」

「そのときは、なぜこたえたくないのかが、こちらの大きな疑問になるわね」

ミハイがすばやくまばたきした。嘘が出るきざしなのか、そうではないのか。「おれがなにをして食ってるか知ってるだろう」

「パンを焼いたり、こちらへ人が移住するのを手伝ったり」

彼はにやりと笑って、「さあどうかな。おれは人助けして警察に尋問され、それにこたえるのに時間をつぶしてるようなもんだ」

「じゃ、慣れてるわね」エリカはいって、ひらいた手を車に向けた。オスカーがすでにエンジンをかけていた。「ちょっとだけ時間をもらうわよ」

ものいいかたはぶしつけでも、エリカはミハイ・スタネスクが気に入った。単刀直入の性格は、彼女自身よく人から非難されるところだった。ミハイも弟に似て背は低いが太っていて、すぐにのびる大量の黒い髪は、クロイツベルクのコーヒー・ショップにすわってネクタイをはずすと、首筋にあふれた。エリカはエスプレッソを注文したが、ミハイがトレンデルブルクのフォイヤーガイストを取ると、自分もそれにするのだったと悔やんだ。その名も〝火の精〟という透明のリカーは、いまこそ飲みたい酒だった。ショットグラスをいつまでもみつめているものだから、彼がぴくりと眉をあげた。「これ、払ってもらえるんだろうね」

「もちろん」

「ならいいんだ」がぶりとひとくちでほしてから、彼はきいた。「何者だ」

彼女は入口付近にいるハンス・クーンに、ちらと目を向けた。うしろに控えていてほしいといったのだ。「クーン警部に会ったことなかった？」

「そうじゃなくて」太い指がテーブルをたたいた。「写真の男だ。おれの姪を連れて行ったやつ」

「まだわからないの」

「なにがわかってるんだ」

「失踪する直前のアドリアナに話しかけてるのが、ビデオに映ってるのよ」

彼の頬とひたいが紅潮した。彼は手を動かして、ウェイターにフォイヤーガイストのおかわりを頼んだ。

「どうなの」エリカがうながした。

「尋問役は自分だというのか」

「なにをきかれるかはわかってるわね」

意表を衝かれたようだった。彼は椅子の背にもたれて、彼女にじっと目をあて、それからまた上体をのりだした。「おれになにか思いあたる節《ふし》がないかききたいんだろう」

「そう」

「あればいうさ」

「アドリアナのことを話して。あなたの姪が、どうしてなの」

「おれが知るかい」

「ううん、知ってる」彼が少女の両親を守りにかかった瞬間から、それはわかった。知っているうしろめたさが、顔にも態度にもあふれていた。「アドリアナ・スタネスク。十五歳。あなたとおなじモルドヴァ人。そんなことはちっとも特別じゃないけど、なにかあの子には、特別なところがあったんでしょう。だから誘拐されたんだわ。きかせて、なにが特別なのか」

返事を考えながらの二杯目のフォイヤーガイストは、最初の一杯より飲むのに時間がかかった。半分になったグラスが置かれた。「こちらにも要求したいことがある」

「それはあるでしょう」

「口外してほしくないんだ。おれの話は——人に知らせるためじゃない。約束してくれるか。あんたの仕事を助けるためだ。というのは、この事件ばかりは、あんたに解決してもらいたいんだ」

彼の情報が貴重なものであれば、それを公表するかしないかは、じつは彼女の裁量範囲ではなかった。公表の決定は三階にあげられ、彼女の意見は、わいわいがやがやの声のひとつにされ、えてして——というより通常——無視される。「約束するわ」と、彼女は偽った。

彼はフォイヤーガイストののこりをあおって決意を固め、しゃべりはじめた。

長い時間を要さず、話しおえた彼は、彼女が会話をしめくくるのを待っていなかった。のそっと立ちあがり、ハンス・クーンの横を通って外へ出た。警部はエリカからなにか合図があるのを待った。合図はなかった。彼女は席を立つに立てず、ただ前方の虚空に目をすえて、自分はなんと惨めな世界に住んでいるのだろうと思っていた。手をあげてウェイターを呼び、フォイヤーガイストのダブルを注文した。どうかすると、まるで救うに値しない世界に思えるのだった。

5

またオスカーとふたり、ミュンヘンへもどるA9を走っていた。冬の日が右方に沈むところだった。一度だけミハイの話を簡潔に端折《はしょ》ってきかせると、オスカーのアクセルを踏む足に力がはいらなくなるのがわかり、いまは追い越し車線をのろのろ走っていた。加速するか車線変更するかしたらというと、彼は右車線にはいるのにウィンカーまでつけ、それは彼女の記憶では前例のないことだった。

「もう一度きかせてくれませんか」

いわれて息を吸い込んだら、フォイヤーガイストが胃の腑にぽっと小さな火をつけた。

「アドリアナは四年前にドイツへきたことがあるの、一家で出てくる二年前、まだ十一歳のとき。ミハイはあたしがよくわかるように、故郷がどんな貧村だったか話してきかせたわ。どこを向いても絶望とアル中ばかりで、ティーンエイジャーにとっては、なんにもなしの、それこそ空無地獄よ。彼はアドリアナがばかをやったのは、暢気《のんき》な夢想のせいだといったけど、あたしもそうだと思う。村へモデル斡旋業者がやってきて、触れ込みではハンブルクからきたんだけど、わかったもんじゃないわ。あたらしい才能、新鮮な顔をさがしてると称して、女の子たちにいうんですって。もしもモデルにえらばれたら、正式に契約して、パスポートやヴィザなんかの手続きは会社でぜんぶやるって。アドリアナは親にはいわなかったの——なんといわれるかわかっていたから。娘とちがって、ふたりとも愛国者だから、自分たちはモルドヴァをはなれたくないし、娘がはなれるのも見たくないのよ。だから彼女は、仲のいい友だちとふたりで、町の借り倉庫でやってるオーディションを受けに行ったの。二日たって行ったら、えらばれた五人のなかのひとりだったんだって。友だちのほうは羨ましくて気が変になりそうだった、とはミハイの話」

　給油所の看板があったので、エリカが車を止めさせた。停車すると同時に彼女は降りて、給油所の明るいモダンな店のほうへ歩いて行った。オスカーはあとを追いかけたがやめて、フロントガラスから道路のむこうに広がる荒れた畑地を見ていた。いまきいたような話のいちばん我慢がならないのは、発端はきまっておなじで——モデル斡旋業、秘書の仕事のスカウト、裕福な西側の子どもにつける乳母をさがす会社——じつはどうなるかは、じきにわかるのだった。毎度おなじことのくりかえしなのに、だれも懲りようとしない。

　エリカはねじ蓋の安い白ワインを一本買って出てきたが、スニッカーズは持っていなかった。いやな話に食欲が失せたのだと思われた。彼女は座席におさまると、息をはずませて、「ごめんなさい——あなたもなにかほしかった？」ときいた。

「いえ。べつに」

「そう」

ハイウェイに乗ると、また追い越し車線にもどった。足の動きが軽快になり、彼は一刻もはやくミュンヘンに帰りたかった。

「どこまで話したかしら」

「モデルの仕事に応募したところまで」

「そうだった」エリカはいって、ワインの栓をあけた。キャップのアルミの継ぎ目が音を立てて割れた。「合格者が全員写真を撮影して、住所氏名を書くと、斡旋業者は町を出て行った。それから一週間後、彼らはできたてのパスポートを持ってあらわれ、女の子たちに五時間で持ち物をまとめ、町の中心部でバスに乗れといったらしいわ。

バスにはすでに何人か、近在の村からあつめられた娘が乗っていた。ルーマニアの国境にきたときには、ぜんぶで三十人から四十人になっていたみたい。アドリアナが知らなくて、あなたとあたしとミハイが知ってるのは、国境での長時間の停車は賄賂の取引のためだったってこと。越境したあと、シェンゲン協定はまだ実施されていなかったから、まずオーストリア入りしなくてはならなかったの」

彼女はワイン・ボトルから口へ、長々と流し込んだ。オスカーは話の先を待った。

「ねえ、あたしたちはそんな東欧人よりましだと思ってるけど、多少のお金があればいいだけのことよ。お金は人を平等にする——そう思わない？」

「まあそうですね」

もう一杯やってから、彼女はいった。「ハンブルクに着いたのが二日後。セント・パウリの危険地区でバスから倉庫に追いやられて、パスポートを没収され、おまえたちにはずいぶん金を投資した。それを返済したら、いつモデルの仕事をはじめるも自由だといわれた。そのあとひとりずつ、全員がレイプされたの」

そこでまたひとくち飲んでから、前方の路面に向かってしゃべりつづけた。

「男ひとりと女ひとりが、世話役になって彼女らを監視し、クリップボードに書き込みをしていた。どの子をどこへやるかの相談だった。アドリアナはベルリン市外の倉庫へやられた。これはミハイによれば、彼女の容姿が気に入られたということなの。たまに彼らの施設にあらわれる役人がいて、それぐらいきれいな十一歳の子には、たっぷり礼をはずむんですって。だめよ、そんなにとばしちゃ」

Ａ９のそのあたりは制限速度がないから、すこしずつ加速していたオスカーは、いつのまにかどんな安全速度も大きく上まわっているのに気づかなかった。彼はアクセルから足をはなし、ちらりと同乗者を見やった。「すみません」そういってから、彼女がすでにボトルを半分あけているのに気づいた。「あなたもすこしピッチを下げたほうがいいのでは」

エリカは彼の視線を追った。「そうね」といって、ボトルを両腿のあいだにはさんだ。

「あたしたちの仕事で、だれにとっても最大の災いのひとつは、想像力だわね。そんなものは生まれつき持たないにかぎる」

「どうしてです」

「だって、そんなもの必要かしら」疑問形になった。「で、つぎになにが起きたと思う。ひと晩に五人から十人の男がきて、必要なだけ払えば――だれだって払うわよ――なんでも好きなことをやり放題。男がきたあと、アドリアナはそのつど検査を受けたの。痣でもあれば割増しを取らなきゃならないから。アドリアナはずいぶん儲けさせたみたい。でも……」無意識に、手が腿のあいだのボトルを口元へ持っていった。「それでもまだ彼女は運がよかったのよ。何年もドイツで暮らす伯父がいて、その伯父が犯罪者組織に通じていたから。弟から連絡があって、アドリアナの行方が知れないというの。羨ましがった友だちから、彼女はドイツでモデルをしてるときいたんだって。アンドレイは田舎者でなにもわからなかったけど、ミハイはすぐにぴんときた。それで調べたら、自分が世話した移住者のなかに、人身売買組織とつながってるのがいた。その線からまずハンブルクへ行って、そこからベルリンを突きとめた。そしたら……」そこでまた黙り、ボトルにはまだ口をつけなかった。「なぜ警察に知らせないのかとは、あたしはいわなかった。なぜかは察しがつくけど、じかに当人の口からきくほうがいいと思って」

「警察を信じない男なんですね」

「信じないけど、理由はそれじゃないの。問題は弟よ。アドリアナの父親は単純な男だし、もしも警察の手入れがはいって、娘がモルドヴァに護送されて帰ったら、娘になにがあったかわかるでしょう。だからミハイは弟を、無知のしあわせのままにしておきたかったのよ。いまでもそう――それであたしにも、他言しないでくれといったの。四年前に事を自分が一手に引き受けたのもそれでなの。ベルリンで売春宿をやってる男たちに近づいて話をもちかけ、あの子を自由にしたら自分の店をマネー・ロンダリングに利用していいといったの。こいつは頭がおかしいと思い、相手は条件を変えたの。店をそっくり手渡したら、自由にしてやるって。経営はいままでどおりつづけていいが、ただし給料で働き、利益は全額自分たちの銀行に入れろって」

最初話したとき、そういう細部はとばしたから、オスカーはミハイの返事だけを辛抱強く待った。「で、どうしたんです」

「どうしようがあって。ミハイは権利書にサインして渡し、アドリアナをベルリンに連れ帰ったのよ。姪が以前の自分をとりもどすまで面倒を見てやって、モルドヴァまでこっそり連れて帰ったの。それはふたりだけの秘密――両親は娘がずっとモデルをやってたとばかり思っていたから」

いわれてオスカーは考えたが、どう考えても理解に苦しんだ。「アンドレイは疑いもしなかったんですか。そこまでばかな親もいないでしょう」

「あたしもそういったのよ。ミハイがいうには、アンドレイは疑いはしたけど、はっきりきくのがこわかったんだって。でも、それが変わったのよ。娘が帰って一か月すると、ミハイに電話をかけてきて、ドイツへ移住する書類を整えてくれないかって。アドリアナのためだからって。ドイツへ行けるなら、娘にはそれがよくよく大事なことなんだろうというの」

「目隠しして生きてるやつなんですね」

「だれだってそうよ」と、エリカ。「あたしがミハイに、だれかれの人名をきいたら、ずいぶんびくびくしてたわ。話の途中であんなにおびえたのは、そのときがはじめて。でも、ひとつだけ教えたわ。ライナー・フォルカー。自分でもパン屋をやってた男。なにか思いあたらない？」

「さっぱり。もうやってないんですか」

「死んでしまっては、どんな店もやれないわ」気重い様子でいって、彼女は前方の灰色の空をみつめた。「最初あたしもわからなかったのよ。でも、車に乗ったとたん、《ハンブルガー・アーベントブラット》の記事を思いだしたの。あれはたしか、一月第一週。ライナー・フォルカーが、エルベ川で射殺死体になって揚がったの。記事によれば、職業はなんだったと思う」

「さあ」
「慈善事業家」

6

帰宅後一週間たたず、ラドヴァン・パニッチが母親のウィーンでの癌治療の準備を進めているころ、紫煙のたちこめるノヴィ・ベオグラードのカフェで友人からニュースをきいた。自分たちが屈辱的戦争で守ったセルビアのコソヴォ自治区の議会が、その日曜日の投票で独立を宣言するという。ラドヴァンはチューリヒでの絵画強盗やら、母親のヴィザ入手やらにかまけて、それどころではなかったのだ。

結果は最初からわかっていた。セルビア人が優位を占めるコソヴォの北地区は、しかし影響力を持つにはあまりにマイノリティーだった。住民投票でもおこなわれるなら、全員バスをつらねて繰り込み、票差を逆転するところだが、議会投票では、バスにカラシニコフ銃を詰めて送り込むぐらいしか考えつかなかった。

投票日の日曜が近づくと、楽観派の友人たちは、結果なんかどうでもいいといった。コソヴォはすでに一九九〇年、独立を宣言し、アルバニアだけがそれを承認した。今回はどこにも承認する国はない。なぜなら、コソヴォ戦争をおわらせた安保理決議１２４４第10

条は、コソヴォにセルビア内での〝実質的自治〟をあたえているため、真の独立の可能性はないからだった。

「それは歴史的事実だ」ひとりが、つまんだ煙草をにぎりつぶしていった。「国際的に認められている。それでもやるならやれ。面《つら》に生卵をくらうのがおちだ」

楽観派は心配しなかった。悲観派は数においてはるかにまさり、それには仲間だけでなく、テレビでしゃべる政治家の大半がはいっていた。世界はとうの昔に、セルビア人だけをえらんで永劫《えいごう》の誅罰《ちゅうばつ》をあたえているのだ――と、彼らは忘れたことを思いださせるようにいった。世界がコソヴォのムスリムを讃えるのは、泣きくずれる女や、大量の偽墓標にだまされたからだ。アメリカ人は9・11で思い知っただろうに、どうせまた性懲《しょうこ》りもなく、ばかばかしい政治的正しさにふりまわされるだけだ。

ラドヴァンは楽観派をえらんだ。母が癌にじわじわ蝕《むしば》まれているいま、いくらかでも気慰みをあたえてくれるのは、そちらだった。だが、彼は場数を踏んだ犯罪者でもあるから、世の中が、なかなかそんな楽観主義に惑わされないことを知っていた。一週間前の肌寒い日曜日の投票結果は、だれにとっても意外ではなかった。意外だったのは、それにつづく経過だった。

アフガニスタンは真っ先にコソヴォ共和国を承認した。ついでコスタリカが、そしてむろんアルバニアが。主権とは、それに同意する国々の国力でしかないから、あれこれジョークが交わされた。つぎにフランスがウイといった。フランスの大統領は血統からいくとハンガリー系で、ハンガリーの反セルビア感情はどこよりも強いから、フランスはいわば番外だった。その先を待って息がとめられた。トルコは――トルコもまたムスリムだから、結果は当然予想の内だった。つづいてダルエスサラームで、あの無知なカウボーイ、ジョージ・W・ブッシュがいった。「いまやコソヴォは独立国家である」

息が吐き出された。

もうそのときラドヴァンは、母親のオーストリア入りのヴィザの準備もほとんどおえて、のこる最後の面接予定は、週明けの月曜日だった。それで母によろこばれて、仲間と街にくりだし、こぶしをふりあげ大声で叫んだ。国連と合衆国に毒づき、セルビア正教会の聖歌や軍歌をうたった。毎晩くたくたに疲れ、気分だけは高揚し、酔っ払ってコソヴォの話を披露し合った。コソヴォで戦闘に参加した者もいて、ラドヴァンは彼らが村を焼き打ちにしたことや、ムスリムのテロリストの話、戦闘中行方不明になった兵士を追い詰めた武勇談をききながら飲んだ。アマチュア歴史家も大勢いて――そのころセルビア人といえばたいがいアマチュア歴史家だった――コソヴォのセルビアへの従属を強めた出来事の日付を逐次挙げることができた。一三八九年、コソヴォ盆地――コソヴォ平野、あるいはブラックバードの棲息地――で、セルビアがオスマン帝国に敗れた戦いは、どんな論議にも重きをなしたから、セルビア人ならだれしも、自分たちはあの栄光の敗戦以来、六百年間コソヴォのために戦っているのだと主張してはばからなかった。

いやちがう、じつは虐《しいた》げられてきたのだ──と、集団が思い込んだら、窓が割られ舗石がはがされるのを、もうとめようがない。悪逆非道の事実が中世にさかのぼり、屈辱の歴史が六世紀の長きにわたると、怒りは宗教的熱狂でたかぶる。ガラスを割るのは自分のためだけでなく、自分以前のすべての人のためであり、木曜の晩、同志のひとりで過激政党の一員が、いまからアメリカ大使館へ行こうといいだしたら、抗《あらが》わず行くしかない。

ラドヴァンが、歴史とは本で読むだけのことと思っている一枚岩的国民に歴史を教えに行くとき、背後には先祖の全員が寄りかたまって、たのしげに見ている。彼の講義は教える。歴史とは血であり、それが諸君を生かしつづける。歴史は諸君を野獣から区別する。

それだ、今夜の講義内容は。

事は易々《やすやす》とはこんだ。闖入の容易さは唖然《あぜん》とするほどだった。ミロシュ通りの頼りない公館ビルを警護する海兵隊員は、教師の目にふれぬよう教室の後方に立つ悪童のように、奥に引っ込んでいた。窓ガラスが割られ、酔った教授連は建物の前面をよじ登り、窓に足をひっかけて侵入を果たした。がらんとした校舎の暗い狭い廊下を歓声をあげて走り、アメリカ帝国のいちばん暗い秘密を収めているらしい鍵のかかったドアをどんどんたたいたが、あけようがないとわかると、デジャーンだか、ヴィクトールだか、だれかが、焼き払うにしくはないと判断した。学生のいない学校がなんの役に立つか。夜が明けて、灰の山を見たら、あいつらも学び取るかもしれない。

だが、一夜明けてもだれも学ぶどころか、同志のはずの警察が全員を路上にあつめ、アパートのドアをたたきこわして、歴史の教授連をさがした。ひとりは大使館の火災で煙に巻かれて死んだが、ラドヴァンはその男を知らなかった。いっしょに検挙されたボスニア人にいわせると、死んだ男は殉教者だそうだが、ラドヴァンは割れるような頭痛が朝の冷たい光に増幅されて、なにも考えがつかなかった。

そしていま、投票の翌日の日曜日、彼はまだどこへも行けずに、バチヴァンスカ通り、ベオグラード地方拘置所の雑居房にいた。

ときどき警官がきて、留置者のなかからひとりふたり、尋問のために連れて行った。もどってきた者の話では、クロアチア大使館とアメリカ大使館襲撃、およびトルコ大使館とイギリス大使館への未遂におわった襲撃を計画指導したのはだれかをきかれたが、尋問の厳しさは係官によってちがうとのことだった。そんな疑問はどうでもいい尋問者もいて、彼らはただすわって、テラジエ広場にならぶマクドナルドのような商店を荒らした小犯罪を話題にした。

いまのところ彼はまだなにもきかれず、はやく解放されたかった。房内の臭気にはうんざりだった。男性ホルモンの過剰な放出と、喧嘩ざたをいやというほど見せられた。スキンヘッドのなかには、こっそりナイフを二、三挺持ち込んだのがいて、すでにボスニア人がふたり切られていた。それよりも明日はオーストリア大使館へ行く日なのに、この分では週なかばまで尋問に呼ばれることはないだろう。だからスキンヘッドのひとりが、にたにた笑って房にもどされたとき、ラドヴァンは連れてきた警官に耳打ちした。「パヴレ・ドルデヴィッチにいってくれないか、ラドヴァン・パニッチがいい情報を持ってるって」

自分と仲間十人が連行されて、いまはもう二百人に増えた若者に加わったとき、彼は暖房のないエントランスでパヴレ・ドルデヴィッチの顔を見かけた。パヴレとは高校時代からの知り合いだが、友人といってはいいすぎになる。どちらも十四歳のとき、彼がパヴレの顔面にパンチをたたきこんだのがもとで、いまも警察官の長い鼻は、上唇への下降線の途中でかすかにゆがんでいた。しかし、ほかに知る名前はなかった。

警察官は取り合わずはなれて行ったが、ボスニア人の何人かが彼にうるさくききはじめた。だれをちくろうというんだ。彼は動じず、おれの兄貴分はノヴィ・ベオグラードで人も知るギャングスターだぞといってやった。そのひとことで容赦されるにはじゅうぶんだった。

何時間かたって、六時半ごろ取調室に連れて行かれると、パヴレが椅子にかけてマールボロをふかし、変形した鼻を掻いていた。彼はラドヴァンが昔話をしにかかるのを無視し、ラドヴァンが手をのばそうとした煙草をポケットに入れた。そして、一週間眠っていないような調子でしゃべりはじめた。「おまえのごたくに付き合ってる時間はないんだ、ラドヴァン。要点をいえ」

「情報がある。取引しよう」

「どんな情報だ」

「いい情報だよ。それであんたは出世する。おれを出してくれるなら教える」

「アメリカ大使館焼き打ちをだれが指図したか教えるというのか」パヴレはにたりと笑った。「そんな情報では、おれは出世しない」

「そんなんじゃない。ベオグラードとは関係ないんだ。だれの迷惑にもならない、二、三の外国人を除いてはな」そこでひと呼吸おいた。「とりわけひとりのアメリカ人を除いては」

パヴレは煙を吸い込み、すこししてから、またマールボロをテーブルに置いた。ラドヴァンは一本抜き取り、パヴレが火をつけてくれるのを待った。「きこうか」と、警察官はいった。

「取引だぞ。おれはこうしちゃいられないんだ。家庭の事情があって」

「おまえがいうほどいい情報なら、承知した」

「いいんだってば、パヴレ。嘘じゃない」

7

要請はモーニングEメールというかたちで、緊急優先の赤印つきではいった。午前十時の会議、三階会議室Sへこられたし。テディ・ワルトミュラーの秘書からの連絡だった。

エリカが三階へ行くことはめったになかった。彼女は一階の自室を出ず、各部の長が用があるときは、みずから出向いてきた。じつはそれには、以前から暗黙の了解があった。というのは、三階には上級情報官僚が政策の指令を考えたり、重大な決定を下したりするときにそなえて、フランス産ワインと十年物のシングルモルト・ウィスキーが、備蓄してあるからだった。そういう大物たちは、自席に食事が運ばれ、酒が供されることをもとめる。エリカ・シュワルツの出て行くところではなかった。

彼女はただ三階に呼ばれないというよりは、会議室のなかでも別して重んじられ、かつ人の口にのぼる部屋には招かれていないのだった。各部門とも二年前、会議室Sの改良費を分担していた。ソファーのレザークッションはスペイン製、キャビネットはイタリア製、長大な会議テーブルはフィンランドのオーク材でつくられて、ラップトップPCがずらりとなならび、テレビ会議用のカメラは室内後方の大型スクリーンに映像を映し出す。反対側には電動開閉ブラインドをそなえた窓が構内を見渡す。この異様に豪勢な空間への出費をめぐるお定まりの論議は、最後になって、アメリカに張り合うというS室の真の目的を明らかにした。むろんCIAのアフガン・ヘロイン事件により、両国の共同作戦の大部分が停止する以前のことだが、いぜん改良工事だけはつづけられた。昨年の完工以後、会議室Sにはいったアメリカ人はひとりもいないし、エリカものぞいたことはなかった。

皮肉はそれにとどまらなかった。じつをいうとS室は、ビルがそっくりベルリンの新本部に移転するまでの間に合わせにすぎず、最新の予測では、新本部は二〇一一年までに完成するという。移転はまだすくなくとも三年先のことだというのに、だれがコーナー・オフィスにはいるかという議論とかけひきは、ゲアハルト・シュレーダーの治安担当閣議が、BND（連邦情報局）をベルリンに集中させると決めた五年前からずっとつづいていた。その議論からもエリカは除外されていた。

三階へ行く用意をするあいだ、エリカの疑問は確証のないさまざまな方角に向かっていたが、頭からは金曜の晩のワインのあきびん二本がはなれなかった。そこへオスカーがふらりとあらわれたが、目の痣《あざ》はろくに薄れてはいなかった。「顔貌確認装置になにも文句をいわれなかった？」と、彼女はきいた。

彼はかぶりをふって、「きいてみよう」

「いいの、いそぐことじゃなし」机のへりにつかまって立ちあがり、二、三歩前に出た。週末の両足の痛みがとれず、このぶんではステッキを買わなくてはならないかと惨めな思いをわかせた。そうなったら、いよいよおしまいだ。

ひとりでエレベーターに向かい、三階では、重要な仕事を持つ若い職員が、書類フォルダーをかかえて足ばやに追い抜いて行った。右側の会議室Sは施錠されていたが、四人の人間がオークの大型テーブルを囲んでいるのがブラインドごしに見えた。ラップトップPCとビデオスクリーンはかたづけられていた。

がっくり気が萎《な》えた。テーブルの上座のまわりに立って、陶のカップでコーヒーを飲みながら、ブリギット・ドイッチュとフランツ・トイフェルがテディ・ワルトミュラーの面白くもないジョークに笑い、ひとり親しみはあるがその室内では意想外の顔、ベルント・ヘッセだけが、ほかにはだれもいないかのように、カップを両手でくるんで飲んでいた。ノックをすると、ベルントが顔をあげてブリギットになにかいい、ブリギットは卓上のボタンを押してドアを解錠した。

「エリカ！」室内に歩を入れると、ワルトミュラーが声高に名をつげた。今日はいつになく赤い頬が、ベルリンの情報組織トップをめざす苛酷な努力ですりつぶした若さの名残りを見せていた。とはいえ、彼の野性味がすっかり消えたわけではなく、いまも風説の世界には、テオドール・ワルトミュラーの性的冒険譚を入れる特別のコーナーがあった。七十代後半の離婚からずっと独身を通している彼は、以来重要パーティやエキゾチック・クラブ、少年趣味などをほのめかす言葉をよく口にするが、果たしてそれが事実なのか、客をどぎまぎさせるためだけなのか、だれにもわからなかった。

「どうぞ」といって、ワルトミュラーは両手でテーブルをひとわたりしめした。「かけてくれ、ヤンにいってクロワッサンを持ってこさせる」

「いいえ、コーヒーだけで」彼女はいってドアをしめると、ベルントの側の席へそれとなく寄って行った。ベルントがそっと目まぜを返した。

ワルトミュラーがべつのボタンを押して、全員のコーヒーをあらためて注文してから、手をたたいた。「そろったようだ」

ブリギットとフランツが、ワルトミュラーの左右にさっと着席するのを見て、エリカはまるで息のあったダンサーだと思った。彼らは従者コンビで――若い見習いふたりをそばに置いて競わせるのがワルトミュラーのやりかた――ふたりのあいだ、テーブルの中央には、黄色いファイルが一冊のっていた。黄色――作業手順書。

エレガントな制服を着たS室付きのポーランド人ヤンが、トレイを持ってあらわれた。からのカップをあつめ、人数分の湯気立つコーヒーを置いて出て行った。ブリギットが目にきらりと光るものを見せて、部屋のつきあたりの戸棚へ行った。まだあけていないアスバッハのブランデーを取り出した。「あたしはコーヒーに垂らすけど、どなたかほかに」

その手はだめよ、とエリカは思った。彼女は自分のカップに手のひらをかぶせて、どれだけ飲むかを調べるためだけでも、この人たちはセキュリティ・ビデオを見たのではないかと思った。もしや事態は、そこまでせせこましいことになっているのだろうか。「ありがとう、あたしはストレートで」

ブリギットは気にもせず、ボトルをぽんと音させてあけると、自分のカップに遠慮のない量をついだ。

「おいおい、それはないぞ」ワルトミュラーがブリギットをこわい目でにらんで見せた。「まずは仕事だ。エリカは週末も多忙だったんだ」

彼女が同室にいないかのようにしゃべるのも、ワルトミュラーのテクニックで、なかなか効果的だった。

「彼女がなにをしていたのか、きかせてもらおうじゃないか」

偽る理由もないので、偽らなかった。だが、しゃべっていると、彼女のべつの部分が、どうしてこの人たちは自分の行動を知ったのかと思った——顔つきからするかぎり、彼女の話ははじめてきくことではなかった。オスカーの忠実度はわかっているから、いまここで疑うこともないが、もしかするとあのかわいそうな、感情的にもろいハンス・クーンが追い詰められたのでは。

やはり隠すことなどなにもなかった。彼らにとって情報源はどうでもいいのだ。

「きみはこの捜査を、きみと親しい捜査官個人にたいする好意だと思うか」ワルトミュラーがきいた。

ベルントが割ってはいり、いいたいことを即座にいった。「好意にせよなんにせよ、この事件はそちらの管轄にはいると思う」

エリカにはその口出しがうれしかった。あの時代、あの西ドイツで、彼女とベルントは息の合った仲といってよかった。壁が崩壊した八九年以降、外交政策が再評価され、それぞれあらたな専門をさがさねばならなくなっても、ふたりは接触を絶やさなかった。彼女は情報局にのこり、彼は方角を転じて——上昇してとはいえない——政治の世界に足を入れた。

彼女はいった。「ベルントのいうとおり、これはわれわれの管轄にはいると思いました。たしかにクーン警部は、旧縁をあてに電話をかけてきましたが、あたしはわれわれの責任と思って引き受けました。だからこちらの人材を使ってもいいと思いました」ワルトミュラーがにたりと笑った。「オスカー・ラインツ——いかにもこちらの人材だ。かわいそうに痛い思いをさせたようじゃないか」

「どこかの階段でぶつけたらしくて」

「だろうよ」

それがきっかけみたいに、フランツが黄色いファイルに手をのばしてひと押しした。ファイルは長いテーブルをエリカのほうへ滑ったが、途中でとまった。ベルントが腰をうかして、のこる距離を移動させた。ブリギットとフランツはひとりの人間の二面を受け持つから、ブリギットがフランツにかわってしゃべった。「これはあなたの捜査結果の一部かしら」

ファイルにはベルリンで撮ったビデオのひとこまがあった。すぐれた解像力で明らかになった男は、疲れたまぶたが重たいが、それ以外はきりっとしていた。アドリアナに話しかけたときの、どこのだれであってもおかしくない、ただの好男子だった。一枚めくってつぎのページに目をやると、いきなり重要なディテールが視界にとびこんだ。誘拐者が使ったBMWは盗難届けが出たあと、テンペルホーフ空港の駐車場に乗りすてられているのが発見され、指紋はきれいに消されていた。誘拐者を尾行したとおぼしいオペルは、アメリカ人が借りたレンタカーだが、借り手の名は記録されていなかった。すぐそのあと、顔貌認識ソフトが氏名をさぐりあてているのを見た。ミロ・ウィーヴァー。アメリカ人。知られている最後の雇用主――CIA。

エレガントな場所にもかかわらず、彼女はののしった。「くそっ」

「ほんと」ブリギットが、ブランデー入りのコーヒー・カップに同意の語を吐いた。

のぞむとおりの一幕になったのを見て、ワルトミュラーはまた二人称に切り替えた。

「なあ、エリカ、きみがこの仕事にふさわしい客観性を持つかどうか気になる。きみはアメリカ人に偏見を持ちすぎてやしないか」

かつて、といってもそう昔ではないが、彼女がアメリカ人についてもたらす情報が、額面どおりに受け取られたこともあった。もうちがう。あの時代は、アフガニスタン、罌粟《けし》畑、精錬されてはるばるハンブルクまで運ばれたヘロインとともにおわりをつげた。

彼女は二〇〇五年のおわりごろ、テロリスト容疑者として追っていた相手が、たんなる麻薬取引の大物と知れ、捜査活動よりは偶然からルートをつかんだ。だが、アルミホイルに包んでEUに送り込まれた塊は、タリバンの捕虜の畑で米軍に守られつつ命を得ていることがわかった。塊は荷をつくる業者に、ついでヨーロッパで配布する業者に売られた。すべては、議会の主人たちが報酬を出したがらぬ、あるいはその存在すら知らぬ相手を資金援助するために、CIAが仕組んだことだった。

彼女がその情報をすぐさまワルトミュラーにもたらすと、彼の最初の反応は彼女のそれとおなじだった。まず驚愕、そして憤激。彼女はそんな男でもまだ怒りを感じることができるのを知って、感激すら覚えた。彼は彼女の仕事を誉めそやし、ラングレーの阿呆どもにいっぱい食わせるから、それには彼女に中心になって動いてもらうといった。

一週間が過ぎ、二週間が過ぎ、ようやくいいわたされたのはべつの仕事だった。彼はとつぜんスケジュールが手一杯になったのだという。怒りは消えて、彼女が最初予想したストイックな現実主義がとってかわった。そう、だれもが憤激したんだ、と彼は説明した。

だが、より大きな善のために尽力する必要があるということになってね。このばあい、より大きな善とは、全世界でテロと戦うＣＩＡが、われわれと膨大な量を分け合うすぐれた情報のことだ。「このさい冷静さを保つことだな、エリカ」

きっと自分の過失だったのだ――二年たったいまも、しかとはわからない。彼女自身の評価では、冷静さは失わなかったつもりだ。小さな証拠の包みをこしらえて、ロンドンのパブで、ＣＩＡの財政を調査中のハーラン・プレザンス共和党上院議員の代理人に手渡したときでさえ、失いはしなかった。プレザンスは国民的脚光を浴びたくてうずうずしているから、きっと最大限に利用すると思った。たしかに彼はそのとおりにした。話は悪疫のように広がって、大規模な抗議を抑えかねたベルリンは、ＣＩＡを非難し、その共同作戦のすくなからぬ数を断ち切った。会議室Ｓが一度も所期の目的に使われたことがないのは、そのためだった。

ワルトミュラーはむろん事情を察した。彼女が重大機密をリークしたことをしめす物的証拠はないが、考えられる情報源は彼女のほかにない。証拠はうわさよりほんのすこし有利なだけだから、ワルトミュラーは情報界にうわさをふりまいた。エリカ・シュワルツに気をつけろ。彼女の反米感情は腐敗をもたらす。

そしていま、またぞろ彼女が出てきた。彼女はＣＩＡの職員がモルドヴァの少女を拉致した現場をビデオテープに撮り、少女はのちに自分の国になる異国で、夜ごと集団レイプにあうという想像を絶する何日かを過ごした。「この一件、よろこんで引き継ぐそうだ」

「ディーターに話したよ」ワルトミュラーがいった。

ディーター・ライヒは、うだつのあがらぬキャリアで地下にオフィスをあてがわれ、退職を一年後に控えている。「待ってください、ディーターにやれることでは――」

「もう決まったことよ」ブリギットがさえぎり、フランツのうなずきがどんな疑念も払い去った。

ベルントを見やると、彼女と顔を合わすまいとしているようだった。「どうなの、ベルント。あなたがこの場に立ち会う理由があるの」

彼は生唾をのんで、まだコーヒー・カップをにぎっている両手をにらんだ。「指令を届けたのはわたしだよ、エリカ。ベルリンから直接出たものだ。だれもうきみには、アメリカ人とかかわりを持たないでほしいと思っている。彼らはいつまでも我慢してはいない」

「彼ら？　ＣＩＡのこと？」思ったより大きな声になり、うなじに汗が噴き出るのを感じた。「そうなの？」

「そうだ」全員が見守るなか、彼はこたえた。「もうわれわれは彼らの怒りを、これまで以上に買うわけにはいかない」

「すると、ライヒの線は」

「彼らが出してきた」彼はいった。左目のふちにぴくぴくと不随意の痙攣が起きた。「協力できる人間と思っているらしい」

8

午前ののこりは自室で過ごし、元中央情報局職員ミロ・ウィーヴァーを検索した。あるかぎりの情報によれば昨年、ニューヨーク支局の管理職（その意味合いははっきりしない）から、経理上の不正の疑いがあって解かれていた。そのため、やはり情報によれば、汚名がはれるまで一か月半服役した。以来ミロ・ウィーヴァーは無職、ニュージャージー州ニューアークに在住する。ブルックリンに住む妻子とも別居している。

どれも知らぬ事実ばかりだが、なぜか彼女はずきんと記憶にひっかかるものを覚えた。どこかでこの男に出会っただろうか。その厚ぼったい目のなにかが、彼女をしきりにつついた。名前か。ミロは東側ではそうめずらしくもないが、この男は西洋人であり……。

最近ヨーロッパにいた記録がひとつだけあった。場所はブダペスト。エリカはそれを彼のファイルからではなく、さまざまなヨーロッパの情報源による相互参照報告から知った。ドイツ人ジャーナリストで、ハンガリーの本拠からときおりＡＮＢＷ（軍事情報局）に情報を寄せるヨハン・チューリンガーによれば、ＡＰ通信員のミロ・ウィーヴァーが、失踪したアメリカ人ジャーナリストのヘンリー・グレイをさがして、ブダペスト入りしたという。情報としては興味をそそるが、いまの彼女には役に立たなかった。

正午、BNDの交換台から彼女に電話が転送された。発信者はアンドレイ・スタネスク。アドリアナの父親である。ベルリンではほとんど口をきかなかったから、最初そのべっとりしたアクセントに気がつかなかったが、なかなか出ないドイツ語の合間に洩らすあえぎに、必死の思いがききとれるのに覚えがあった。「名前を知りたいんです。アドリアナを殺した男の名前を」

彼女は偽った。まだその人物のことはなにもつかんでいないといった。うちの娘の顔が世界じゅうの新聞に出たように、なぜそいつの顔は出ないのかときかれ、彼女は口ごもった。しどろもどろになった。説得力ある嘘のつきかたが、彼女にはできなかった。だから責任をそっくり投げ出した。「せっかくだけど、ミスター・スタネスク。あたしはもう捜査の先頭に立っていないんです。その件はミスター・ディーター・ライヒにきいてもらわないと」

必死のモルドヴァ人に逃げを打ったあと、オスカーにもちかけた。彼は休憩室で三階の女性たちとコーヒーを飲んで、情報収集に努めていた。「なにかわかった？」彼女はきいた。

「沈黙の壁です」

「この数か月、ミロ・ウィーヴァーがどこにいたか、いま現在どこにいるか知りたいの。やってもらえるかしら」

オスカーには若者のエネルギーがあり、すべてのドアが自分にはひらいているとみなす厚顔があった。このばあい、彼はアメリカの衛星通信に侵入する地下室へ行かなくてはならない。衛星は世界じゅうの国境検問所と、そこを通過するパスポートをリアルタイムで追跡している。「いいですよ」と、彼はこたえた。「でも、テディに知れますよ。一時間か二時間見てください――でも、知れます。かまわないんですか」

「どういう意味」

オスカーはしかめた目を彼女のデスクに落とした。ある一線を越えるかどうか、迷っているのだろう。

「いいなさいよ」彼女はうながした。

「放っておけばいいじゃないですか。われわれの管轄ともいえないんでしょう。ディーターにやらせましょう」

いわれて考えると、一理あった。やることはいくらもあるのに、だれも彼女にやらせたがらぬ事件を、なぜ無理して引き受けるのか。アメリカがらみなのをたしかめたくて――きっとそれだ。彼女はだれもが自分に押しつけた、いじらしいまでの反米主義者という役どころを演じているのだ。

いやちがう。アドリアナだ。彼女がどんな目にあったか、ぜんぶ知りたいのだ。

「あたしはきっと、自分の仕事をしてもいいし、引退してもいいのよ。まだ老いさらばえてはいないから」

その返事では納得できぬようだったが、彼は肩をすくめた。「では、一、二時間には、あの人の知るところとなりますよ」

「それまでには」彼女はいいかえした。「あたしは事件担当にもどってるわ」

その自信はまんざら錯覚ではなかった。ここまで軽んじられる以前、エリカはBND自体の構成員を対象とした調査に、どれほどの時間をかけたか知れない。ときとして、風聞があまりに優勢になると、彼女が呼ばれて彼らの事実関係を査定したが、それはあらたな味方ができる仕事ではなかった。彼女の調査は、解雇二件、服役一件、自殺一件につながった。それでも最後のケースでは、彼女の調査結果は最終的に該当者の嫌疑を晴らしていた。

一九九八年、ディーター・ライヒは、彼女の顕微鏡下にはいる破目になり、そして十年後のいま、彼女はそのファイル、というか、個人的に保存していたコピーを引き出して、記憶をあらたにした。

BNDの番人たちは、アムステルダムのすぐ南、アールスメールで、ライヒのクレジットカードを使った週末ごとの買い物に気がついた。ディナーがあり、衣服があり、なによりも重大なことに、ホテルのダブルベッドがあった。ライヒは結婚して十五年、そうした週末に、ダナというチェコ人の妻は家をあけてはいなかった。

女遊びは問題でなかった。問題は愛人の名を身元調査のため報告していないことだった。それでエリカが自分で調査した。

ハキカー・バダウィは三十歳のエジプト人、アムステルダム大学で経済学を専攻する大学院生だった。ライヒとの出会いは、彼が一九九六年ブリュッセルに滞在し、彼女はEUの公共事務局で実習中だった。その年のうちには、彼は妻をだます仕事関連の口実のみつかるかぎり、彼女を訪ねていた。

バダウィは、輸出入というあのはっきりしない事業で財をなした、カイロでは進歩的な良家の出だった。仲間の学生は政治的には活動家ぞろいだが、過激思想らしいものは片鱗《へんりん》もなく、彼女は編集部に友人がいる週刊誌《ヨーロピアン・ヴォイス》にときどき記事を書いていた。聡明で、有識で、魅力的――だのになぜ二十五も年上の、格別きわだったところもないドイツ人官僚に足をひらくのか、それだけがライヒも心的抵抗があってきけない疑問だった。

エリカは三週間を費やし、きらいな現場体験もしてみて、起こりえないことが起きたのだと知った。エジプト娘はディーター・ライヒに恋をしていた。その矛盾を明らかにするどんな現実的説明もないが、そのときの会話から、ライヒは彼女にカイロの大好きな叔父を思いださせるのだと推測した。戸惑いを持ってプルラッハに帰ったエリカは、ライヒが秘密を譴責《けんせき》されるのは当然としても、彼の対外連絡活動にさしさわる措置は取らぬほうがいいと判断した。

ところが、さしさわることはすでになされていた。二週間後、バダウィのほうから関係を断ち、なぜかというと（エリカはその説明をEメールの傍受で知った）、ふたりの関係における自分の役には、どこか少女的なところがあり、このまま三十代をいつまでも父親像にあこがれて過ごしたくない、もう大人にならなくては、という。

エリカは、自分が彼女と会ったことをライヒが知ったのか、あるいは（自分が思ったように）バダウィのエリカとの会話が、関係再考のきっかけになったと思ったのか、それはわからない。彼は人生がとつぜん収縮し、国境を越えた情事がおわりをつげても、役所では気鬱の気配も見せなかった。彼女の知るかぎり、家庭生活も円満しごくだった。

たのしいことではないが、目下の状況では必要だという気がした。アメリカがライヒを指名したのは、彼が年金を失う危険をおかすぐらいなら、自分の片手を切り落とすことを知っているからだった。ベルリンもそれはわかっているが、異議をとなえる勇気がないだけだ。彼女はディーター・ライヒと話し合うことになるだろう。ライヒはいままでどおり事件の調査をリードするだろうが——だれの手柄になっても彼女はかまわなかった——彼女が手伝うことを拒まないだろう。もしも拒んだら……。

すべてはこのバダウィのファイルのなかにある。なぜなら、ライヒはよもや、二〇〇一年九月十一日に世界が変わり、多面感情を持つさまざまな人を一挙に一極へと引きずり込むとは予想できなかっただろうからだ。バダウィはそんな転向者のひとりであり、エリカ同様、アメリカは自分たちにかかわりのない事柄に手出しをしすぎると思っていた。けれども、変革をもたらすなんの実力もないバダウィは、二〇〇三年、米軍のイラク進攻直後カイロに帰り、エジプト政府、EU、合衆国からテロリスト・グループと目《もく》されているアルガマール・イスラミヤのメンバーになった。合衆国はその盲目の指導者、オマール・アブデル・ラーマンを一九九三年から連邦刑務所に拘置していた。ドイツが得たどんな情報の片々が、ふたりの寝物語の枕を越えて、エジプトでだれの耳にとどいたかは知りようもない。

オスカーが地下室からもどった一時には、彼女は攻撃プランをねっていた。彼が入室してドアをしめたとき、彼女はその手に一枚のたたんだ紙があるのを見、腫れた目の下の頬がずいぶん赤いのに気づいた。「まただれか女子職員にひっぱたかれたの？」

オスカーは机のへりが手のひらにくいこむ格好で寄りかかり、紙は二本の指のあいだにしっかりはさまれていた。「判明事項が三つ。第一。ミロ・ウィーヴァーは、すくなくともミロ・ウィーヴァーのパスポートは、アドリアナが拉致されたとき、ヨーロッパにはなかった。われわれにいえるかぎり、彼のパスポートは去年の夏以来、アメリカを出ていない」

　まるで予期せぬではなかったが、それでもがっかりさせられた。「ブダペストには？」

「記録はありません」彼はあいた手でふりはらうジェスチャーをしていった。それからにやりと笑ったのは、エリカのクールな外観をぶちこわせるかもしれぬと思ったときの笑みだった。「まあそれはいいとして」

「あたしに限界をわきまえさせたくてうずうずしてるのね。第二は」

「ミロ・ウィーヴァーは最近ヨーロッパにきていません。しかし、セバスチャン・ホールなら――数か月前から出入りしています」

「だれなの」

　彼はたたんだ紙をひらいて、警察が作成したミロ・ウィーヴァーに瓜ふたつの男のスケッチを見せた。

「これって……」

「そう。ミロ・ウィーヴァーは数週間前、セバスチャン・ホールとしてビュールレ美術館に押し入りました」

「ビュールレ？　どうしてこれを」

「十五分前に、インターポールのリストに顔が出たので、下へ見に行きました。セバスチャン・ホール、アメリカ人。セルビア人を一味に加えたのが迂闊《うかつ》だったようです」

「人種偏見は余計よ、オスカー」

「そうでした」笑いながらいった。「でも、第三の事実を知りたいんじゃないんですか」

「知りたいわよ」

「ミスター・ホールは一時間前、ロンドンからワルシャワに到着しました。もう一、二時間でホテルとルームナンバーがわかります」

エリカは部下の顔に目をしばたたいた。いい仕事だ。しかし、オスカーは自分の手柄にすぐのぼせる。「行ってもらうわよ」

「もちろんです」と、彼はいった。「ボスが事件担当にもどりしだい」

「大丈夫」彼女はひと声うなって立ちあがった。「ちょっと待ってて」

ディーター・ライヒのむさ苦しい地下オフィスに着いてからの所要時間は、わずか七分だった——そこまでたどりつくほうが長かった。彼女はいいたいことを簡潔にいった。敵を助けるのは、指のあいだから、この事件ですまず、大事なキャリアが抜け落ちるのを救ってあげたいから——そうにおわせるだけでよかった。まず早期引退、ついで年金支給が問題になる。「ダナにはどんなに辛いことになるか。収入源喪失はもちろん、情事の詳細には目の前が真っ暗になるでしょうね」

自室にもどったときには、なによりもまず長い風呂で汚れを洗い流したかった。オスカーは彼女の表情から不首尾と勘違いした。「モータープールからなにか頼もしい車を借り出しなさい」と、彼女はいった。「ディーターはだめとはいわないわ」

「どんな手を使ったんです」

彼女は椅子の背にゆったりともたれた。「きらいな人たちが着るような服を着ただけ」

そういって、ちょっと机に目を落としてから、彼を上目使いに見た。「けっこう着心地がいいから、いやになるわ」

9

いま三十二歳のオスカー・ラインツは、ドイツ民主共和国が消滅したとき、まだ十四歳そこそこだったという事実にもかかわらず、生涯西で暮らす東独人でありつづけるだろう。その事実だけは忘れようがない。わけても一家のそろうライプチヒに帰ったとき、その思いを強くした。父も母もまだミュンヘンを外国の都市とみなしていた。

いまでもたまに、エリカ・シュワルツが二〇〇〇年に研修センターから自分を私的アシスタントに引き抜いたのは、その中間性というか、抜け切らぬアウトサイダー的立場のせいかと思うことがあった。それをきくと、彼女は冗談のようにいった。「重い物が持てそうだったからよ。あたしに必要なのはそれだけ。重い物が持てる人」

〈重いというと、あなたのような〉よっぽどそうききかえしたかったが、その時点では、まだ彼女がどれほど優秀かわからなかったのだ。名前だけは研修生のあいだでよく出ていたが、うわさではよく太って、いうことが辛辣で、ひと山のファイルのなかから一匹のもぐらをさがし出して三重スパイに仕立てあげ、それを一度も席を立たずにやってのけるということだった。うわさを信じたのは、すこしたってからだった。

八年間のさまざまな時点で、彼はそういう人の下についたのは、キャリアとしては自殺行為だったかと思った。そう口に出していう者もいた。CIAのヘロイン・スキャンダルがあってから、フランツ・トイフェルが、ワルトミュラーの意を体《たい》してだろう、接近してきて、ベルリンにリエゾンのポストがあるがやってみないかともちかけた。関心がないというと、フランツは官僚のキャリアのバイオリズムについて、なにやら怪しげな講釈をしてきかせた。「皆がむしゃらに頑張って、しだいに意欲を失って、そのうちある日ばったり倒れる。シュワルツはもう盛りを過ぎたんだ、オスカー。倒れるところに立ち会うことはないぞ」

彼をいつまでもエリカ・シュワルツの従僕にさせているのは、よしんばはきちがえにしろ、忠誠心だろうか。

そうかもしれないが、それ以上にオスカーは、自分は間違った側についてはいない、どれほど反証があっても、最後の勝利は——それがなんであろうと——エリカの側にあるのだと信じたかった。

グレイのメルセデスを借り出し、三時には路上にあった。車だと十二時間はかかるが、ミロ・ウィーヴァーへの扱いからも、ウィーヴァーの運命を上層部に隠さねばならぬことからも、飛行機は利用できなかった。走行中に電話をふたつかけた。エリカの示唆により、ハインリッヒとグスタフに連絡を取った。ふたりともBND研修所時代に知り合ったライプチヒの男で、どちらも他の隠密作戦で役に立ってもらっていた。E51ぞいのOMV駅で落ち合うことになり、ライプチヒのなじみの雑踏にはいると、ふたりは厚手のジャケットにサングラス、陽気な笑顔で待っていた。

最初の区間は五時間かけ、ポツダム目指して北上、ついで東へ折れた。九時すぎフランクフルト・アン・デア・オーダーでとまり、出来合いのサンドイッチを大いそぎで平らげたあと、足慣らしにその辺をすこしジョギングしてから、ポーランドにはいり、運転を順にかわって全員が後部で仮眠を取った。ウッジを過ぎてからの最終行程が最悪で、ワルシャワの直前でガソリンを満タンにし、ライト類がのこらず点灯することを確認した。ウィンカーの故障でポーランドの警官に捕まったら悲劇だ。そのあと市内を進み、できるだけマリオット・ホテルに近いところに駐車した。

階段をウィーヴァーの部屋へあがりながら、オスカーはつとめて気持ちを落ち着かせた。この一時間、あのビデオテープを思い起こすたび、アドレナリンが騒いだ。犯人の男、少女、プロの手で首をへし折られたという情報。ついで先週見たビデオでは、かわいそうな両親がテレビにはかなく呼びかけており、後刻そのふたりをブルガリア教会の前で見た。それらの記憶がひとつになって、自分でもおどろくほどの憎悪に変わったから、うっかりCIAの男を殺さぬことを、胸の内で自分にいいきかせた。

部屋にはいる前に、液状フルラゼパム塩酸塩三十ミリグラムを計量して注射筒に入れた。グスタフがスイッチをみつけて廊下の照明を消し、ハインリッヒが自家製の合鍵でロックを解いた。そろそろとはいって行くと、テレビの明かりのなかで、ふたりの助手はウィーヴァーのいびきに笑いだしそうにしたが、オスカーはそれどころではなかった。彼はベッドの上の人体を目に入れた。半裸で酒と煙草のにおいがし、殴られたらしく鼻が腫れていた。そのときになって、テレビ画面のソフトコア・ポルノに気がついた。彼はドアをしめた。

抵抗するのをふたりが抑え込んでいるとき、オスカーはふと、間違いをおかしてやろうかと考えた。うかぶとすぐに消えた考えだが、まだ頭にのこっているあいだ、それにこの楽しみを覚えた。注射筒のプランジャーを引いて少量の空気を入れ、気泡がこの少女殺害者を殺すかどうか、神に決めさせるのだ。あとでエリカに問い詰められたら、間違いを認めて、室内が暗かったといえばいい。

アメリカ人がぐったりとなって、そのからだをエージェントふたりがシートでくるみにかかると、オスカーはベッドに腰をおろした。「心配するな。まだ殺しはしない」

「ドイツ人か」つぶやくウィーヴァーの声ははっきりしなかった。

「そうだ」

ウィーヴァーはなにかみじかい、ぜんぜん意味不明のことをいってから、完全に意識を失った。

男たちが仕事の仕上げにかかるわきで、オスカーはベッドサイドのテーブルに品物をならべた。キイのないキイ・リング、サングラス、財布とセバスチャン・ホールの名でいっぱいのパスポート、ｉＰｏｄ、安物らしいノキア。その最後の携帯電話は、どこへも出発せぬうちに気をつけて分解した。

10

ミロが数時間後に目覚めたとき、世界はまだ、暗がりで意識がなにかに集中できるほどしずかにしていてくれなかった。高い金属的な音が彼を包んだ。彼は両腕をうしろにまわした窮屈な胎児姿勢でちぢこまり、二日酔いと、なにを注射されたのか、そのおぞましい混淆《こんこう》からくる苦痛にさいなまれた。どうしたところで手足をのばせず、世界は振動をとめず、かんだかい金属音もやむことがなかった。そのときだ、わかったのは。これは車のトランクのなかだ。

息をむさぼると同時に、すべてがよみがえった。あのみじかい意識のあった時間、三人のドイツ人がいて、女の裸体がのたうつ画面に照らされていた。

パニックの最良の対処法は、自分のいるところを地理的・時間的にできるだけ特定のものと結びつけて見きわめることだ。トランクの隙間を洩れ入る薄い光で、すくなくとも朝だとはわかった。からだがにおうが、尿のにおいはなかった——膀胱はまだからになっていない。午後ではなさそうだ。

地理。これはハイウェイで、ギアシフトと車線変更の頻度からすると、かなりの交通量がある通りだ。おそらくワルシャワの西へ出るハイウェイ、E30と思われた。いつ連れ出されたのだろう。十一時にはベッドにはいり、それから——ポーランドのテレビは何時までポルノをやっているのか。三時か四時までだろう。おそくとも四時には連れ出された。日の出が六時半ごろだから、すくなくとも二時間半、あるいはもっと走っている。とすると、いまはドイツかチェコ共和国だ。

あるいは方角違いで、向かった先は東かもしれないが、目を腫らした口ひげの男はドイツ人だと認めたから、ドイツへ連れて行く気か。なに、ちがっていても、かまいはしない。いまはただパニックを抑えつけたいだけだ。

時空の観念だけは得たものの、血の気のない冷えきった手はまだ疼《うず》いた。〈あの子もこうだったんだ。おれが拉致したとき、きっとこうだったんだ〉との思いは、どうしても頭からふり払えなかった。

どれほどかたって、トランクがあけられ、グレイの光と冷気がどっとなだれこんだ。曇天で、空は真上しか見えなかった。左右には大型トラックの側面が迫り、そのあいだに車はとまっていた。彼はコートを着て——だれが着せたのか——コートの上から白いシーツで巻かれていた。目をしばたたくと、口ひげの男がガムを嚙みながら見おろしていて、自分もニコレットがほしくなった。でなければ、デキセドリンが。

「おれはアメリカ市民だ」いちばんアメリカ人らしいしゃべりかたでいってやった。「やたらに連れまわされたくない」

「そうだろうよ」ドイツ人はいった。彼は車のルーフの上からむこうを見、背後をふりかえり、それからバンパーに腰をおろした。トランクに窮屈に閉じ込められたミロは、なんとか男を蹴りようはないか考えたが、どうしたところでうまくいきそうになかった。「水がほしいか」

「疑問にこたえてほしい」

「水はいいのか」

クールなドイツ人だから、ミロはうなずいた。「喉がからからだ。アスピリンもくれ、持っていたら」

持っていた。仲間のひとりの大男があらわれて、ミロの首をかしげて支え、ボトルの水を飲ませた。ひげがパラセタモールを二錠、口中に落とし込んだ。水をもうひとくち。おわると、ミロのあごはべっとり濡れて冷たかった。

そこは道路ぞいの休憩所で、彼らは容易にみつからぬよう、トラックのあいだに隠れていた。いま首を支えた男が煙草をつけ、ミロはその先に三人目を見いだした。筋肉質の小男がトラックの後尾に立って、道路を見張っていた。彼らは何かを待っている様子だった。

「なにか食うか」ひげがきいた。

「もどすだけだ」

「それもそうだ」

「なぜこんなことをされてるのか、いう気はないか」

「ないね」男はこたえて立ったが、どこへも行かなかった。

「小便がしたい」

「子どもじゃないんだ。我慢しろ」

「ニコレットはないか」

「なに？」

「禁煙ガムをやってるんだが、切らした。もしや持ってないか」

男は眉をしかめて考えたが、首をふった。「煙草ならある」

「またはじめたくはない」

「こんなときに、そんなことが大事か」そうたずねる表情は、真にいぶかっているみたいだった。

「もういい」ミロはいった。「それよりドアをしめて、ひと眠りさせてくれないか」

それには相手は笑みをうかべ、それからトランクをしめた。ミロは冗談を悔やんだ。

五分とたたずトランクはまたあいて、ひげ男の背後、二台のトラックのあいだに、小型のヴァンが後ろ向きにはいって停車していた。あいた後部ドアの奥に固定されて、病院で使う車輪付きストレッチャーがあった。EUライセンスはドイツ——男たちの行き先は思ったとおりだった。「起きてくれ、ミスター・ウィーヴァー」

「ミスターだれ？」

男がにらんでくると、ミロはにやりと笑った。

「そうか、それでわかった——人違いだ。おれの名はホール。セバスチャン・ホールだ。いいか」言い抜けできるとも思わぬまま、彼はいった。「おまえたちがだれなのか、おれは知らない。それより動けるようにしてくれ。おれはなにもしゃべらないから、そのウィーヴァーとやらをさがせばいい。捕まえたのが別人では困るだろう」

陰気な表情は変わらなかった。「ミロ・ウィーヴァー、セバスチャン・ホール——どちらでもいい、おれにはおなじだ」

相棒ふたりがミロをすわらせ、持ちあげてストレッチャーへ運んだ。その作業に手慣れたところはまるでなく——到底本職ではない——かかえていっしょに乗り込むとき、ミロの頭をドア枠にぶつけた。「荒っぽいな」ミロの文句にどちらもなにもいわなかった。

はずす段になってわかったが、ミロの足首はプラスチックの手錠でつながれており、いまそれをスイス・アーミーナイフで切って、両腿をストレッチャーにストラップでくくりつけた。そうしておいてすわらせ、両手のいましめをほどくと、冷たい血流がどっともどった。血管がずきずき痛んだ。ふたりはまた彼を倒して寝かせ、胸部と両の手首にストラップをきつく巻きつけた。

そこまでやるのに約三分、ひげの男はヴァンの荷室に乗り、あとのふたりは窓ガラスのないドアを外からしめてロックした。あまりスペースはなく、男はフロアのミロの横にすわりこんだ。ヴァンのエンジンがかかり、動きだした。まもなくまたハイウェイにもどった。

「なにも教えないのか」ミロはきいた。

「ああ。いつまでもしゃべりたがるなら、おれのポケットにはもう一本シリンジがはいってる」

11

その日の午後三時、ドアにノックをきいたとき、エリカは国際セックス産業の資料を読んでいた。ミロ・ウィーヴァーをどうするか決めたとき、もう彼の局内調査はやめることにした。目を通すサイトやドキュメントは、のこらずセントラル・データベースにはいっているからだ。しかし、いま進めていなくてはいけない仕事、すなわち亡命申請中のイラン人二名の身元調査を再開するよりも、彼女はアドリアナ・スタネスクの人生を残酷きわまりない道へ送り出した産業に、目下引きつけられていた。

凄愴《せいそう》たる世界だった。性の奴隷が衰えることなくつづく理由のひとつは、それが世人にとってあまりに厭《いと》わしいため、皆知らぬ顔をするからである。アドリアナのような少女が受ける苦役を想像すれば、胃の腑が逆さになる。健全なる市民にとっては、奴隷という知り得ぬ犯罪よりは、殺人や強盗のような知り得る犯罪のほうが、まだしもいい。この問題にたいする沈黙は、産業を助長するだけだった。

だからトマス・ハースに仕事を中断されると、どこかほっとした。地下レベルの監視センターにいるその若手アナリストは、プルラッハにきてかれこれ一年になり、彼女が言葉を交わしたくなる少数者のひとりだった。「いかが、トマス」

彼は笑みを見せてはいなかった。「フロイライン・シュワルツ、お宅にヴァンが一台とまっています」

「ヴァンが？」彼女は怪訝《けげん》がって見せた。「車体になにか文字は」

「トレド・エレクトリック社とあります」

「なんだ」笑って胸に手をあてた。「おどかさないで。それならいいの。ブレーカーがおかしくて、テレビが見てる最中に消えるのよ。トレドには鍵をあずけたの」

「だれかやって確認させましょうか。念のため」

「いいの、担当者に電話してみる」彼女はいって、固定電話の受話器をつかんだ。「ありがとう」

トマスが出て行くと、前夜買って自宅屋内に放置した使いすての携帯の番号にかけた。三度目のコールでオスカーが出た。「トレド・エレクトリックです」

「こちらエリカ・シュワルツ。いまあたしのところにだれかいる？」

「シュワルツね……これですか」彼は彼女のアドレスを口ばやにいった。

「それでいいわ」

「一時間ほどでおわります。請求書は郵送でいいですか」

「そうして。問題なさそう?」
「ありません、いまのところ。なにかあったらすぐ知らせます」
「頼むわ」

後部ドアがひらくと、半地下のある木造家屋が見え、車から連れ出された場所は、ひょろりとした樺や、幹の太い楡《にれ》にびっしり囲まれていて、他の家は落葉した黒い蜘蛛の巣状の枝の隙間からようやく見えるだけだから、それは彼に計画造成されたアメリカの住宅を思わせた。手入れのゆきとどいた芝生のむこうに大きな家が建ち、邸内道にはきれいに磨かれた自動車がとまっていた。しかし、それらは目をこらすから見えるだけで、だれかが外からのぞいても、四人の男がヴァンを降りるのが見えるだけだろう。いまになって車体には、電気設備修理業者の名がはいっているのがわかった。自分たちの視界内では、集団の中央の男は両手をうしろに組んで歩いているだけで、取り替えられたプラスチックの手錠はだれの目にもはいらない。

銃は使われず、背中に手のひらが軽く、ほとんど慰めるようにそえられているだけで、ひげの小男はなにかの歌をハミングしていた。それがボスらしく、玄関ドアのロックを解いたのも、警報装置にセキュリティ・コードを打ち込み、ドアわきの華奢な小卓にあった携帯をポケットに入れたのも彼だった。「はいるがいい」と、小男はいった。「すぐ拘束を解いてやる」

ばかにやんわりいわれ、ミロは汗が噴き出した。

一同階下に降りると、小男が明かりをつけて、予備のバスルームとならぶキイパッドのついた頑丈なセキュリティ・ドアへ行った。パッドに手のひらをかぶせると、コンビネーションを読まれぬよう指で隠しながらコードをたたいてから、ドアを引きあけた。そこからまだ下に通じる階段があった。

二十年も前なら、核シェルターと呼ばれるものだった。しかし、時代は移り、いまはパニック・ルームと称されるが、機能に変わりはなかった。外部世界を必要とすることなく、何日でも生きながらえることのできる安全な場所だった。壁には何段も棚が設けられ、缶詰、石鹸、水のボトルなど、生活必需品がならんでいる。発電機の横には冷蔵庫。プロパン調理器。ビデオカセット付きテレビ、ラジオ。本の棚も一段ある。いまはなにも映っていない小型モニター画面ふたつは、おそらく閉回路テレビカメラにつながり、敷地内を監視している。安楽椅子が二脚、ソファーがひとつ、それにダイニングテーブル。部屋のいちばん奥の壁に寄せて、寝具のきれいな一人用簡易ベッド。そのそばのコンクリートの床には、絶縁テープが二巻き転がっている。

口ひげの男はスープの缶詰を見やり、あとのふたりはミロの手錠をはずし、コートを受け取った。「小便がしたかったんじゃないのか」

「洩れる寸前だ」

男が小さなドアにあごをしゃくり、ふたりがミロをそちらへ連れて行った。なかには汚れひとつないトイレがあるだけで、流しはなかった。窮屈な場所だが、ふたりともあとからはいりこみ、彼が用を足すあいだ背中に手をあてて、肩口からのぞきこんでいた。彼はチェーンを引いて流してから、手をあげて見せた。「洗いたいんだが」

どちらも返事をしなかった。彼を外へ引っぱり出し、椅子のひとつへ連れて行った。口ひげの男はまた缶詰を眺めながらいった。「腹がへったろう」

「コーヒーがほしいな」

「よし。わたしもだ。ハインリッヒ。きみも飲むか《ネーメン・ジー・アオホ・アイネム》」

筋肉のかたまりが、ミロから顔をあげた。「ヤー、ダンケ」

口ひげの男が、痩せたのへ顔を向けた。「では全員だな《ダン・アルゾー・フュア・アレ》」

痩せっぽちはうなずいて、階段をかけあがった。

コーヒーが何人前必要かという彼らのやりとりが、ミロの興味を引いた。気になったのはそれだけだった。ここは外部から隔絶された地下で、解放されぬかぎり逃げようはない。彼らの好きなだけとどめおかれ、ここでは彼らはなんでもしたい放題、なにをしてもだれの耳にもはいらない。

ハインリッヒがミロと向き合う位置に椅子を移したとき、電話が鳴りだした。口ひげが玄関から持ってきた携帯を出してしゃべった。「トレド・エレクトリック」

やりとりがあった。シュワルツという名がききとれ、なにかが一時間かかること、請求書が郵送されることがわかった。それからフラウがきこえたから、相手は女だ。

口ひげが電話をポケットにしまって、「大丈夫だ《イン・オルドヌング》」と、ハインリッヒにいった。

ハインリッヒはほっとした様子だが、口ひげにはどちらでもいいようだった。彼はミロのコートを腕にかけて室内をゆっくり歩き、なにを見るにも目を細めるのは、まるでここへははじめてきたかのようだった。たぶんはじめてなのだ。あいたほうの手がミロのコートのポケットをさぐり、レシート類と糸屑を取り出した。レシートをズボンのポケットにねじこみ、コートをベッドに投げ出した。「らくにしてくれ」といった。「はじまるまで、まだ時間がある」

「なにがはじまるんだ」

「会話が」

「ボスが帰宅したらか」

男はじろりとねめつけた。

「ここは彼の自宅だろう。いや、彼女のかな。きみのボス」

「きみにとって大事なのは、いまがいちばんらくな時だということだ。コーヒーを飲むもよし、なにか食うもよし。頭痛が治るのを待つもよし……まだ痛いか」

「少々」

「ハインリッヒ」

ハインリッヒは椅子から中腰に立って、大きな平らな手のひらでミロの横面を張った。木の厚板で殴られたような衝撃があり、せっかく薄れかけていた痛みにまた火がついた。彼は両手で頭をかかえ、罵倒語を吐くのをからくもこらえた。「なんのためだ」

「なんのためでもない」男はいって、ミロのうしろを通った。「おれは鞭と人参の使い分けがあまり好きじゃない。ラバにはいいが、人間にはどうかな。よくない。意外性がなさすぎる。意外性のないものには対処できる。思いがけぬ鞭のほうがよほど有効だ。はっきりした対応法がないからな」

ミロが頭をもたげると、片側がずきずき痛み、殴られた鼻から唇へ血がたらたら伝わるのを感じた。「わかる気がする」と、彼はいった。

「わかればいい」口ひげの男はソファーにきて、ハインリッヒのすぐむこうにかけた。そしてリモコンを使い、壁の手前のテレビをつけた。「きみがいうおれのボスは、現代風デジタル・テクノロジーに徹しきれなくてな。それでこれだ」再生ボタンが押され、セットされているビデオテープがぶーんとうなりだし、画面に粒子の粗い映像がちらつき、静電気雑音が、ついで人声がきこえた。ニュース番組の録画だ。ニュースキャスターのドイツ語。少女、アドリアナ・スタネスクの映像。カメラが山の稜線を越え、山間の道路を映し出し、事故現場をとらえる。森に通じる道。リピート。ニュースキャスターが変わり――スペイン語――おなじ画面の再生。つぎがはいり、アドリアナ幼時のスナップ、両親と泳ぐ光景、幼いバースデー。イギリス版。ドイツ版。アメリカ版。ポーランド版。

まだつづいた。彼には何語《なにご》かもわからぬ、つぎつぎに変わる言葉。画面では取り乱した母親がカメラに向かって泣き叫び、そのうしろにはストイックな夫が、目をくぼませて立っている。ときどき怒った路上の人物が意見を吐く。一時間つづいた映像が、しだいに薄れて真っ暗になったところで、ロひげの男が停止ボタンを押し、巻き戻しボタンを押す。巻き戻しの大きな音がきこえるなかで、男が「ハインリッヒ」というと、またしても木の厚板がミロの横っ面をひっぱたく。

「ええもう！　よさないか！」

彼は身を起こしかけたが、ハインリッヒが押さえつけた。ロひげが絶縁テープをつかんでぽいと投げると、ハインリッヒが受けて、それでミロを椅子にくくりつけにかかった。なにをすることもできない。これはすべて事前に段取りされていた。硬い手のひらも、ビデオも、彼の最後のわめきも。彼らはすべてを心得てやっていた。

ビデオテープがカチリと鳴って、自動巻き戻しのうなりをひびかせた。と、全員の顔があがり、ひとり消えていた仲間が、湯気の立つ大きなカップを持って、階段を足ばやに降りてきた。どうしてコーヒーを淹れるのにそんなに手間取ったのか。ミロは訝《いぶか》ったが、すぐにわかった。コーヒー係はビデオ再生の邪魔をしてはいけないと知っていただけだ。

「上等！」ロひげが立ちあがった。「銘柄はなんだ」

瘦せっぽちがカップを配りはじめた。「スターバックスの粉がひと袋あった。エチオピアンだ」

「スターバックス？」のみこめぬふうだった。「きいたか、おい。ミスター・ウィーヴァー、きみはそんなコーヒーを知ってるか」

「飲みつけてる」

「では、うまいだろう」いってカップからひとくちすすり、うしろに背をかたむけた。

「おれには熱すぎる。ハインリッヒ」

ハインリッヒはカップをふたつ持っていた。自分に一個、ミロに一個。「ひどく熱い」そういって、ロひげの男のほうを見た。上位者の無言をハインリッヒは指示と取ったようだった。湯気の立つコーヒーをミロの胸に少量こぼした。高温はシャツを通したが、彼は今回は大声をあげず、ただうなっただけだった。ハインリッヒはカップを下に置き、自分のカップから飲みはじめた。

ロひげは自分のコーヒーを持って階段へ行った。「ミスター・ウィーヴァーは、もっとテレビを見たいんじゃないか」

コーヒーを運んできた男がリモコンをいじって、またビデオを再生した。ニュースキャスター。アドリアナ。落葉樹林。

「テープのどんな細部も記憶にとどめようじゃないか。あとでクイズだ」

リモコンを持った男が小さな声で笑い、ハインリッヒも頬をゆるめた。口ひげがふたりからはなれたとき、画面ではアドリアナの母親が身も世もなく泣いていた。

なにひとつ予想外のことではなかった。彼が平静不動の姿勢を保とうとすればするほど、尋問者たちはその彼をぐらつかせることしか頭になく、つづく五分間、彼は何度も足がすべりそうになるのを感じた。そのうち口ひげの男が最初のミスをした。表情をくもらせたオランダのニュースキャスターが、アドリアナ殺しについてしゃべっているとき、彼はしずかに階段を降りてきて、その手はミロのポケットから出た紙片をたたんだのを持っていた。レシートではない。ハインリッヒがビデオをとめた。

「きくが」彼はいって、紙片を広げた。ホテルの便箋だった。「好奇心までに——これはだれが書いた」

ミロはいつわりない返事をした。「見たこともない」

ハインリッヒのひらいた手が、頬桁にたたきつけられた。ミロは息をあえがせた。

「嘘じゃない」

「わかってる」男はいって、紙片を彼の見える位置に持ってきた。「もっとそばへ」

視界がぼーっとかすんで、なにひとつ読めなかった。

紙が目の前にくると、ロンドンの《キャヴェンディッシュ》のものとわかった。その名の下に、流麗にくねる字体でこう書かれていた――

ツーリズムはヴァージニアに似て
恋人たちのもの
その渋面、逆さにするがいい（八〇年代に「ヴァージニアは恋人たちのもの」という標語があった）

そのあとにスマイル・マークがあった。

ミロは思わず笑いかけた。ジェイムズ・エイナーの馬鹿まるだしのユーモア精神。

「どうだ」男がきいた。

「ときかれても、さっぱりだ」彼はこたえた。「いい文句じゃないか」

ハインリッヒがまた殴ったが、ほとんどなにも感じなかった。

「だれがこれを」

「ひそかなファンだろう」

12

彼女はルーティーンを厳守して、ヘル・アルアキールの店へリースリングとスニッカーズを買いに行った。前夜、店主の態度の変化に気づき、一瞬戸惑ったが、金曜の晩の出来事のせいだとわかった。店まで呼びにきた気のきかないのが、シュワルツ部長と、ばかな呼びかたをしたのだ。それ以外には、じっと凝視していた目が、彼女が見返すとすばやくそむけられた説明がつかなかった。今夜もおなじだった。「グーテン・アーベント、フラウ」のあとには不安げな無言がきて、彼女は重い足どりで店の奥へワインを取りに行く。カウンターに十ユーロ六十五を置き、レジがたたかれるのを見守る。「ヘル・アルアキール」と、彼女は呼びかけた。「先週あの人から、不足の五セントもらった？」

店主は目を三度ぱちくりさせてうなずいた。「ええ。もう清算ずみです」そういって、レシートをさしだした。

「なにかおかしいかしら」

首がきっぱりふられた。「なにもおかしいことなんて」

「あたしになにかききたいんじゃない?」

そういわれて、どぎまぎしたようだった。「いいえ。なにもありません」

自分の笑みが他人のどんな反応を呼ぶかはわかっていたが、なんとか笑顔をつくって見せた。「じゃ、おやすみなさい」

車にもどり、ヘル・アルアキールを頭から追い出して、道路に注意を集中した。しずかな一日だった。三階から人がくるのを待った。むろんワルトミュラーではないが、だれかかわりの者がきて、スタネスク事件に彼女をのこすことをどうやってディーター・ライヒに承知させたのか、面と向かってきくと思った。だが、だれにもなにもいわれなかった。それどころか、三階がはずされたのだと思い、気をよくした。

あの三時の電話からずっと、重要な言葉は交わさなかったが、仕事中のオスカーを何度か見かけた。四時すぎにくたびれた顔をしてあらわれ、自席でパソコンに向かい、どうでもいいような調査報告を書いたり、エリカの使い走りをしたりした。オフィスでは、どんなに安全だと思っても、ミロ・ウィーヴァーの話題は一切やりとりしないと決めてあった。だから彼女が七時半に退庁したときも、彼はすこしあとにのこった。エリカがヘル・アルアキールの店に行くと、自分の車をペルラッヒャー森林公園に入れて、彼女が迎えにくるのを待った。

フォルクスワーゲンを見えないところにとめて、路肩に凍えきって立っていたオスカーは、車内にはいるなりヒーターをいじくり、温風をいきおいよく噴き出させた。「おそかったじゃないですか」

「リースリングを買いに行ってたから」

「飲みすぎですよ」

「あの男、どうしてる」

「ビデオを見てます」

「傷なんか負わせてないでしょうね」と、彼女はいった。アドリアナ・スタネスクの過去を知ったオスカーの内に、憎しみがこもるのを見たからだ。彼はだれか責める相手をさがしていて、それにはミロ・ウィーヴァーにまさる者はいなかったのだ。

「いまのところはまだ。なに、時間はじゅうぶんあります」


電話を受けたあと、ハインリッヒが立ってテレビを消したから、ミロはなにかがはじまるとわかった。数か国語で報じられるアドリアナ・スタネスクの事件に、彼の推測では四時間付き合わされた。ビデオを前に、絶縁テープで椅子にくくりつけられて四時間。画面が黒くなったいまもまだ、粒子の粗い家族写真、茫然としている父親、泣き叫ぶ母親、そして南仏の山中の最後の安息の場にいたる裸木の山道が、まぶたに消えのこっている。むろん反復は何事も鈍磨させるから、最初一、二度の再生で味わったパニックは薄れ、その四度目（あるいは五度目か）の再生では、じっさいに使われた言葉や、惑乱の表現を、逐一予想できる自分の能力のほうが興味深かった。気をまぎらすには絶好の記憶再生ゲーム。

最初に階段を降りてきた口ひげの男は、いかにも寒そうで、もしかすると気分が悪いのかもしれなかった。片手に白ワインを一本持っていた。そのあとから、あきれるほど太った大柄な女が、ゆっくりゆっくり降りてきた。木の手すりをつかんで、いそぐふりはまるでなく、ようやくコンクリートの床に立つとぐるりと見まわして、すべてを眼中におさめた。しどけない豊かな胡麻塩の髪は、ページボーイ・カット。ミロが目にはいると、また前へ歩きだして、ソファーに足をひらいてすわり、息づかいを荒くした。「ミスター・ウィーヴァー」彼女は呼びかけて、ほほえみらしいものをうかべたが、それは念の入った嘲笑とも取れた。しゃべると強い訛《なま》りが出た。「ドイツへようこそ」

いまはもう室内の権威ではない口ひげの男は、ミロの手錠をはずすのに使ったスイス・アーミーナイフで、ワインのボトルをあけにかかった。

フラウ・シュワルツとおぼしい女がいった。「ハインリッヒ、ミスター・ウィーヴァーはなにか飲み物がほしくないかしら」

「おれの名はホールだ」

「ミスター・ホールになにか飲み物を」

ミロはシャツの胸元についたコーヒーのしみをあご先でしめして、「もうじゅうぶんいただいたよ、ミス・シュワルツ」

「だれかが粗相したのね」と、彼女はいった。「手を自由にしましょうか――そのほうがらくだと思うから」

「そうですね」口ひげの男がいって、ボトルを置いた。栓抜きをたたみこみ、ナイフの刃をひらいた。それで絶縁テープを切りはじめた。

「ハインリッヒ」女がいって、開栓されたボトルにあごをしゃくった。「キッチンからグラスをふたつ持ってきてくれない」

ハインリッヒは階段をあがって行った。

「肉を切らないのよ、オスカー」彼女がいい、ミロはやっと口ひげ男の名前を知った。オスカー。

すこしのあいだ、シュワルツはただ彼を見守り、オスカーは絶縁テープを切りつづけた。女がまたあのこしらえものの笑みを見せた。「ミスター・ウィーヴァー――おっと、いいからその名で呼ばせて。あたしはエリカ・シュワルツ――本名よ、あたしの名も。あたしのこと、なにかご存じ？」

ファースト・ネームがわかると、管理部門時代に知ったある経歴の断片を思いだした。対抗組織BND（ドイツ連邦情報局）の部長だったが、カンパニーがよろこんだことに、ドイツ情報局のなかですこしずつ傍流へ押しやられていた。「知らない。おれのたつきの道は保険の外交だが——同業かね」

彼女は祈りでもあげるみたいに、肉づきのいい手を合わせた。「すこしさかのぼりましょうか。ミロ・ウィーヴァー、三十七歳。中央情報局職員」反論しかかるミロを片手を立てて制し、「昨年まで管理部にいて、公私の記録はなかば公然だったから、あなたのことはいくらか知ってる。ニュージャージー州ニューアークにアパートを持つ。家族は妻ティーナと、娘ステファニー——ふたりはブルックリンに住む。でも、このところ妻子にはあまり会っていない。というのは、あなたはセバスチャン・ホール名義でヨーロッパをとびまわってるから。一度だけはっきりしているのは、十二月に本名でブダペストへ行ったこと」

ブダペスト？ そこでミロは察知した。一片のフィクションを交えて、こちらがそれに反駁《はんばく》するかどうか見ようというのだ。反駁すれば、それ以外は事実ということになる。侮れぬ女だ。「その男が何者か知らないが、そう、わたしはたしかにヨーロッパをとびまわっている。顧客ベースの確立というやつだ、ミス・シュワルツ。国外在住者を健康保険に勧誘するには、そうしなくてはならない」

「でしょうね。たしかブダペストでは、APのジャーナリストだったわね。好きなだけ作り話をならべるがいいわ、ミスター・ウィーヴァー。でも、あたしはあなたが何者か知ってる。だから、むだじゃないかしら。むだな時間つぶし――そうしたいなら、いつでもどうぞ。黙秘の時間をのばせば、いつかは仲間が救いにきてくれる、あるいは、仲間がこちらに圧力をかけて、あなたを解放させる――それを心頼みに過ごす。でもね、ミスター・ウィーヴァー、大事なことをいうからよくきいて。あなたがここにいることはだれも知らない。あなたの仲間は知らない。あたしの仲間も知らない。あたしがあなたの居場所を知っていようとは、だれも想像もしない。あたしにたずねもしない。だからこれは数時間つづくかもしれない。でなきゃ数日、あるいは数か月」そこまでいって言葉を切ると、長広舌にくたびれたのか、呼吸音がぜいぜいと大きくなった。「どうなっても、あたしにはおなじこと。でも、あなたにはおなじじゃないでしょう」

ハインリッヒがグラスをふたつ持ってもどったとき、ミロはまたしてもブダペストのことを考えた。彼女のはったりではないのか。ハインリッヒがグラスにワインをつぎ――いま見るとリースリングだった――ひとつをシュワルツに手渡した。彼女は口をつけて、心地よい表情になった。「極上よ。プファルツ産。どうぞ」

ミロはもうひとつのグラスを受け取った。嘘ではなかった。よく冷えて、さわやかで、喉の痛みをなだめてくれた。ゆっくり飲みながら、オスカーを、ハインリッヒを、エリカ・シュワルツをみつめた。もうひとりの男は、どこか彼の背後にいる。

シュワルツがいった。「あたしは無体《むたい》なことはいわない。それは知っておいて。あなたがアドリアナ・スタネスクを殺したことは疑わないけど、興味があるのは、その殺害方法ではなくて動機よ」

「わたしは今日まで、いろいろいかがわしいことはやってるが」と、ミロは彼女にいった。

「若い女を殺したことは一度もない」

「拉致したわ。それは疑問の余地がない」

「ばかな」

「オスカー、ミスター・ウィーヴァーに、ミスター・ウィーヴァーを見せてあげて」

オスカーはテレビの前へ行った。セットされたテープを取り出し、いくつか積まれたなかからひとつをえらんで挿入した。

映し出された。最初に日付と時間の数字、それから――出た――少女を待つミロ。目はカメラのほうを、いやちがう。自分を尾けてきたブルーのオペルを見ている。オペルは画面手前に、ミロは……。

背の高い子で、活力にあふれ、それをいまこうして画面で見せられると、自己嫌悪でいっぱいになった。そこにいる。ばかが一歩前に出て、ちょっと《エントシュルディグング》失礼とかなんかいって、偽造IDを見せつける。そして少女を非運へと連れて行く。

オスカーがテープをとめたとき、ミロは息を切らしていた。言葉がすぐには出なかった。

「これはわたしじゃない」

「あなたじゃない？」彼女は動じずにききかえした。「オスカー」

オスカーは上着のポケットに手を入れて、10×15センチの写真を取り出し、ミロの前にかかげてよく見せた。中庭の入口にミロがいて、アドリアナ・スタネスクにいきおいこんで話しかけている。現像処理された鮮明な画像で、否定のしようがなかった。

オスカーはとっくり見せておいて、写真をしまった。

「フォトショップだな」ミロはいった。もう息をとりもどしていた。「特殊処理だ。なぜか知らないが、きみらはわたしをはめようとしている」

「あなたは多忙だわね。誘拐の一週間前には、チューリヒの美術館で強盗を働いている。それであなたの名前に出くわしたのよ」

ミロの頭のなかで歯車がまわりだした。ラドヴァン・パニッチだ。おれのパスポートを使ったのはあいつだ。ラドヴァンの親孝行なんて、ろくなことをしてくれぬ。

「だからあなたがだれかは、もうわかってるの。すくなくともあなたが犯した犯罪のうち、ふたつはわかってる。あなたはCIAで働いてる——というか、すくなくとも去年の夏まで働いていて、夏に二か月ほど刑務所にはいった。それについては、なにもきかない——あたしはむやみに立ち入らないの。ただアドリアナ・スタネスクについて知りたいだけ。どうしてあなたが、あの子の殺害を命じられたのか知りたいのよ」

彼は姿勢をくずして、手にしたグラスを見た。これをオスカーのちっこい目に突っ込んでやりたいが、それよりはやくハインリッヒがおれに馬乗りになって、気が遠くなるまで殴るだろう。そのあとまた最初からやりなおしだ。ただし、今度は寝台にくくりつけられて。

　時間――それだ、ほしいのは。じっくり考え抜く時間が。なにをしてもいい、それでもう一時間かせげるならば。

「だれもなにも命じはしない」

「あなたが面白半分にやったというの？」

「わたしには病気があるんだ。あれは自分がたのしみたくてやったんだが、思ったほどはたのしめなかった。まるで……」彼はグラスを取り落とし、その割れる音が全員をとびあがらせ、彼は両手で顔をおおって、さめざめと泣きだした。

　シュワルツがひと声うめき、それからにっこりした。彼女は椅子の両肘をつかんで、重い身を持ち上げた。「オスカー、上へ行きましょう。ミスター・ウィーヴァーには、もうすこし反省の時間が必要みたい」

　オスカーは立ちあがったが、ミロは演技をやめなかった。全員階段まで行ったとき、シュワルツがふりかえった。「ハインリッヒ、グスタフ――ミスター・ウィーヴァーの反省を手伝ってやって」

「ヤヴォール」ハインリッヒがこたえて、ビデオテープのスイッチを入れに立った。ミロはグスタフが寝台から立ちあがる鈍い音をきいた。

13

「どう思う」上の階にあがったところでエリカがきいた。階段で息を切らしたので、オスカーが手を貸して窓ぎわのソファーへみちびいた。どちらも明かりをつけず、ふたりは暗いなかに腰をおろした。

「あの嘘はプロのものです」

「それはわかってるわよ、オスカー。あんなしみったれた芝居でだませないことぐらい、本人も承知よ。だってわれわれは知りすぎてるから。あの顔を見た？　監視ビデオにめんくらったときの顔」

「なにか食べるものはありませんか」と、彼はきいた。

「冷蔵庫にチキンが。パンはいちばん上の段。ふたり分つくって」

オスカーがキッチンの薄暗がりでチキン・サンドをつくりにかかると、彼女は中間距離にじっと目をすえた。その二、三フィート先に、日本の雷神を描いた俵屋宗達《たわらやそうたつ》の絵があった。最初からいやな絵だったが、日本大使館からプレゼントされたもので、いくらもない贈り物を飾ることは大事だったのだ。いまこのひととき、宗達があることをむしろよろこんだ。そんな奈落図のような作品は、どうやってミロ・ヴィーヴァーにアプローチするかという問題から、彼女の気をそらすことはできないからだ。

ふたたびあのおぼろな心あたりがきた。それは彼の顔立ちと、決して曲げない頑なさにあった。にしても、いつどこでだったか。彼女はそれにむだな時間をかけ、過去二十年を思い起こしてみた。が、あの男には一度も会ったことがない。それはたしかだった。確信したから、もうそれはわきへやって、当面の問題に頭を切り替えた。

尋問者を悩ます古典的難題だった。被尋問者は尋問者が知ることをどこまで知っているか。尋問者は知っていることがもっと多いふりをするのと、少ないふりをするのと、どちらがいいか。もっと教えるほうが、あるいは教えないほうがいいか。

ヴィーヴァーが同盟国情報機関の人間であることも、事を困難にこそすれ、容易にはしなかった。いずれ彼を解放すれば、なにかと影響があるだろう。自分の立場を格別気にはしないが――どうせもう出口にさしかかっているのだ――この脱線行為でオスカーのキャリアを棒にふるわけにはいかない。ワルトミュラーもだ。政治的アニマルにはちがいないが、根は悪い男ではない。自分の行為が、直接彼の汚点になるとは思わないが、テディの目から見れば、自分たちのアメリカとの今後の関係は、いちばん気づかわねばならぬことなのだ。彼女は宗達を目の前に、アメリカ人を地下に置いてすわり、自分では危ぶみつつも、そうかもしれないという気持ちはあった。

ミロ・ウィーヴァーの韜晦《とうかい》の努力は、ひとつ決定的なことをつげていた。彼はだれかの下で働いている。まだＣＩＡの資産《アセット》なのか、でなければ組織犯罪に身を置く元ＣＩＡだ。どちらにしても、自分で責めを負うことにより、なんらかの組織を守っているのだ。

しかし、本当にそうだろうか。あの両手で頭をかかえるルーティーンは、ただそれだけのこと、ルーティーンでしかなかった。だれもあれを本気にはしない。してみると、あんなまずい告白をすることで、じつは事実を、すなわち自分が単独の殺人者であることをつげ、あの見えすいた演技が相手をだますと思ったのだ。

ちがう。彼女はあの男がそこまで先を、あるいはそこまで深く、考えているという気がしなかった。

それとも――これは現実には知り得ぬ事柄を考えすぎるときの問題で――あれもこれも、すべて彼の芝居のうちなのだろうか。アドリアナは本筋とは無関係の出来事で、なにかべつのことを守るための目くらましなのでは？

いま、ここまでの尋問から得たと思ったひとつのディテールが、彼女の目の前で薄れて消えた。

エリカはこと尋問術に関しては初心者とちがうから、被尋問者が帰属先を問われたら、嘘でもいいからこたえるしかないことを知っていた。尋問は流動的だが、時間のなかにあってたえず前進する。流れがとどこおれば、たちまち破綻する。決定をくだすのが、前進をつづける唯一の手段である。ウィーヴァーはいまもCIAに在籍するのか、しないのか。しないとすれば、いまは一匹狼になって、さまざまな名のもとに独立行動の輪をひろげ、そのなかには強盗、誘拐もあれば、殺人もある。

もしもまだCIAで働いているならどうか。

そのばあい、と彼女は自問してみた。そんな非合法活動圏内に、いったいどんな工作員《エージェント》がいるのやら。どんなルネサンス的才人がカンパニーからこぼれ落ちて、知られている基地もなしにヨーロッパをとびまわっているのやら。そのこたえはひとつしかないが、それは容易にのみこめなかった。

彼女が駆け出しだった七〇年代初期、まだ国の四分の一が、べつの名の体制下にあったときから耳にしたうわさがあった。失踪者が続出した。東独のエージェントが、ボンや西ベルリンやハンブルクで開業していた。いま四方から連邦共和国の監視の目にさらされていたのが、つぎの瞬間にはもういなかった。彼らはたいていアメリカに関心を持つことが知られたエージェントで、エリカが彼らの運命をさぐろうとすると、いつも見たこともないほどきれいな犯行現場に努力を阻まれた。その現象を直属のボスと話し合った。ボスはのちに元ナチだったことをあばかれて失脚したが、そのころは非常な声望があった。彼はエリカの書きつけにざっと目を走らせて、「ツーリストだな」とつぶやいた。

「旅行者《ツーリスト》ではありません」

「むろんちがうさ、エリカ」彼はいって、パイプに火をつけてから、ベルリン陥落につづく十年間に広まった伝説を話してきかせた。常人の快適な暮らしをなにひとつ望まぬアメリカ人工作員《エージェント》の秘密の一派があるという。安定したアイデンティティもなし、家庭もなし、仕事という価値観のほかなんの道徳的中核も持たない。「そんな男たちをヒトラーならどう使っただろう」最後にそういったのを彼女は覚えていた。

ツーリストと呼ばれるのは、彼らの世界とのつながりが、旅行者《ツーリスト》の訪問国とのそれに似ているからで、いいかえれば、少しもつながっていない。ぽっとあらわれては、ふっと消える。ボスがそういう男たち――たまに女もいた――の話をするときは、口調が畏怖そのもので、エリカは彼の単純さに失望を覚えた。

「ばかをいわないでください。それは偽情報です。彼らに恐れを抱かせるための〈表向きの秘密〉です」

「わたしも最初そう思った」彼はいってから、ひとつのエピソードを持ち出した。一九六一年八月、ベルリン。十二日、土曜日、彼と同僚のふたりは、国境のそばでアメリカ人の死体を発見した。死体はミノックスと手書きのメモを持っていた。小型カメラはガーデン・パーティの光景を写していて、客のなかにＤＤＲ（ドイツ民主共和国）大統領、というか正式には国家評議会議長、ワルター・ウルブリヒトの顔が見えた。メモには、国境を閉鎖して壁を築くことになり、その命令書に署名するための集会、とあった。「それでわれわれは、壁構築を数時間前に知った。その晩、それをCIAに伝えたが、彼らはそれよりも、味方エージェントの死体のほうに関心があった」

「どうしてまた」

「それが何者かわからないからだ。だれも特定できる者がいないので、その情報をもとに行動はしないということになった。またボルシェヴィキの欺瞞工作かもしれないからな。その夜半、国境が閉鎖されて、欺瞞ではないとわかった。歴史の小さないたずらには、つくづく啞然とさせられるじゃないか」

「それがツーリストとどうつながるんですか」

「われわれとしても、死体をどうしていいかわからない。アメリカは、自分らの側の人間ではないという。もとよりわれわれの側でもない。そこで写真を見せてまわることにした。するとたちまち、五つの名がうかびあがった。ふたつはロシア人、ひとつはイギリス人、のこるふたつはアメリカ人とドイツ人のものだった。と、おどろくべし、余人ならぬCIAのロンドン支局長が直々にあらわれて、死体を引き取るという。それでかっさらうようにして幕を引き、以後われわれが何度その情報を要請しても、『だれのことだね』の一点張りだ。死体を引き取ったのは、フランク・ウィズナー、ツーリズムの創設者とうわさされる男だ」

「それだけでは、なんの確認にもならないのでは」

「ならないね。それで確認されては、組織が働いていないということだ。だが、おかしいのは――その男が名乗るどのひとりも、首に賞金がかかっていたことだ。ソ連は両方の名を殺人者とし、イギリスは偽造の、われわれは生産妨害の容疑をかけていた。ひとりの人間が、そこまで多芸をきわめるとはな」

三十五年後のいま、ただひとりの男に帰せられる犯罪の多様さを考えていると、そのときの会話がよみがえった。

ウィーヴァーはもうCIAで働いていない、あるいはまだ働いている。もし働いているなら、彼は伝説のツーリストと相貌も似ていれば、発するにおいもそっくりだった。それだからほんの数分後、エリカはすんでに死ぬところだった。

暗がりでチキン・サンドを食べながら、彼女は男たちがウィーヴァーを拉致したとき、彼がなにを所持していたかをたずねた。「携帯電話はからっぽでした」オスカーはこたえた。「メモリに電話番号はひとつもなし。特殊なものではありませんでした」

「なにか秘密兵器でも予想した？」

彼は肩をすくめ、あご先についたパン屑を拭い取った。「バッグがひとつ。ほとんどが着替えでした。錠剤が何種類か――ドラマミン、整腸剤、鎮痛薬といったもの。それからキイ・リング」

「キイ?」

彼はかぶりをふって、「車のリモコンのほか、キイはなにも。iPodがありましたが、音楽だけ。といっても、デヴィッド・ボウイばかり。だいぶかぶれてるようです」

「ポケットには?」

「レシート類。大半がロンドンのもので、ほかにポーランドのが二、三枚。それからホテルの便箋を使った個人的な書きつけが一通」

「ラブレター?」

オスカーはポケットに手を入れて、書きつけを手渡した。「ポケットにはいっていたとは、たぶん本人も知らなかったんでしょう。見せたら意外そうでした。それから笑いだしました」

彼女は紙片を外灯の光があたる角度に持っていった。一度読み、もう一度読み直すと、顔に血がのぼるのを感じた。さいわいその暗さで、オスカーにはなにも気づかれなかった。

「これについて本人はなんといってるの」

「いい文句じゃないか、と」

彼女はもう一度読んでから紙片をたたみ、諳《そら》で口にした。「ツーリズムはヴァージニアに似て、恋人たちのもの。なんだ、その渋面、逆さにするがいい」思わずわきあがる笑いを抑えきれなくて、彼女は首をふりうごかし、それから生唾を呑んだ。ところが注意していなかったから、チキンの硬い端が食道にひっかかった。

「なに?」オスカーがきいた。

彼女は手をふって喉をさし、ものをいおうとしたが、いえなかった。オスカーがとんできた。彼女は体内から酸素が抜けて、両腕が冷たくなるのを感じた。オスカーはうしろにまわり、ひと声うなって彼女を起こすと、だぶついた肉を両手でかかえておいて、腹というか腹のあたりに、こぶしを何度かめりこませた。口から汚れたチキンのかけらが飛び出て、ラグの上に落ちた。オスカーはあえぐ彼女の前にまわって様子を見た。

「大丈夫ですか」

「ありがとう」というのがやっとだった。

「オスカー、あなた運命のめぐりあわせを信じる?」

「いいえ」

その現実主義はいいあんばいだった。「そう。あの人がどんなツーリストか見に行きましょう」

冒険小説

パーフェクト・ハンター 上下
トム・ウッド／熊谷千寿訳
ロシアの軍事機密を握るプロの暗殺者ヴィクターが強力な敵たちと繰り広げる凄絶な闘い

ファイナル・ターゲット 上下
トム・ウッド／熊谷千寿訳
CIAに借りを返すためヴィクターは暗殺を続ける。だがその裏では大がかりな陰謀が！

暗殺者グレイマン
マーク・グリーニー／伏見威蕃訳
〝グレイマン（人目につかない男）〟と呼ばれる暗殺者が世界12カ国の殺人チームに挑む

暗殺者の正義
マーク・グリーニー／伏見威蕃訳
グレイマンの異名を持つ元CIA工作員の暗殺者ジェントリー。標的に迫る彼に危機が！

樹海戦線
J・C・ポロック／沢川　進訳
カナダの森林地帯で元グリーンベレー隊員とソ連の特殊部隊が対決。傑作アクション巨篇

冒険小説

不屈の弾道
ジャック・コグリン&ドナルド・A・デイヴィス／公手成幸訳

誘拐された海兵隊准将の救出に向かう超一流スナイパーのカイルは、陰謀に巻き込まれる

運命の強敵
ジャック・コグリン&ドナルド・A・デイヴィス／公手成幸訳

恐るべき計画を企む悪名高きスナイパーと、極秘部隊のメンバーとなったカイルが対決。

脱出山脈
トマス・W・ヤング／公手成幸訳

輸送機が不時着し、操縦士のパースンは捕虜を連れ、敵支配下の高地を突破することに！

脱出空域
トマス・W・ヤング／公手成幸訳

大型輸送機に爆弾が仕掛けられ着陸不能になった。機長のパースンは極限の闘いを続ける

傭兵チーム、極寒の地へ 上下
ジェイムズ・スティール／公手成幸訳

独裁政権を打倒すべく、精鋭の傭兵チームがロシアの雪深い森林と市街地で死闘を展開。

スパイ小説

アメリカ探偵作家クラブ賞、英国推理作家協会賞受賞
寒い国から帰ってきたスパイ
ジョン・ル・カレ／宇野利泰訳
ベルリンの壁を挟んで展開する、英国と東ドイツの息詰まる暗闘。スパイ小説の金字塔。

ティンカー、テイラー、ソルジャー、スパイ〔新訳版〕
ジョン・ル・カレ／村上博基訳
ソ連の二重スパイを探せ。引退生活から呼び戻されたスマイリーの苦闘。三部作の第一弾

英国推理作家協会賞受賞
スクールボーイ閣下 上下
ジョン・ル・カレ／村上博基訳
英国に壊滅的な打撃を与えたソ連情報部の大物カーラにスマイリーが反撃。三部作第二弾

スマイリーと仲間たち
ジョン・ル・カレ／村上博基訳
老亡命者の暗殺を機に、スマイリーはカーラとの積年の対決に決着をつける。三部作完結

ケンブリッジ・シックス
チャールズ・カミング／熊谷千寿訳
キム・フィルビーら五人の他にソ連のスパイが同時期にいた？　調査を始めた男に罠が！

話題作

時の地図 上下
フェリクス・J・パルマ／宮﨑真紀訳

19世紀末のロンドンを舞台に、作家H・G・ウエルズが活躍する仕掛けに満ちた驚愕の小説

宙《そら》の地図 上下
フェリクス・J・パルマ／宮﨑真紀訳

ウエルズの目の前で火星人の戦闘マシンがロンドンを襲う。予測不能の展開で描く巨篇。

尋問請負人
マーク・アレン・スミス／山中朝晶訳

その男の手にかかれば、口を割らぬ者はいない。尋問のプロフェッショナル、衝撃の登場

ツーリスト―沈みゆく帝国のスパイ― 上下
オレン・スタインハウアー／村上博基訳

21世紀の不確かな世界秩序の下で策動する諜報機関員の苦悩を描く、スパイ・スリラー。

卵をめぐる祖父の戦争
デイヴィッド・ベニオフ／田口俊樹訳

ドイツ軍包囲下のレニングラードで、サバイバルに奮闘する二人の青年を描く傑作長篇。

話題作

英国推理作家協会賞受賞
ゴーリキー・パーク 上下
マーティン・クルーズ・スミス／中野圭二訳
モスクワの公園で発見された三人の死体。謎を追う民警の捜査官はソ連の暗部に踏み込む

KGBから来た男
デイヴィッド・ダフィ／山中朝晶訳
ニューヨークで活躍する元KGBの調査員ターボは、誘拐事件を探り、奥深い謎の中に。

エニグマ奇襲指令
マイケル・バー＝ゾウハー／田村義進訳
ナチの極秘暗号機を奪取せよ――英国情報部から密命を受けた男は単身、敵地に潜入する

パンドラ抹殺文書
マイケル・バー＝ゾウハー／広瀬順弘訳
KGB内部に潜むCIAの大物スパイ。その正体を暴く古文書をめぐって展開する謀略。

ベルリン・コンスピラシー
マイケル・バー＝ゾウハー／横山啓明訳
ネオ・ナチが台頭するドイツで密かに進行する驚くべき国際的陰謀。ひねりの効いた傑作

訳者略歴　1936年生，東京外国語大学ドイツ語科卒，英米文学翻訳家　訳書『女王陛下のユリシーズ号』マクリーン，『ティンカー、テイラー、ソルジャー、スパイ〔新訳版〕』ル・カレ，『ツーリスト』スタインハウアー（以上、ハヤカワ文庫刊）他多数

HM=Hayakawa Mystery
SF=Science Fiction
JA=Japanese Author
NV=Novel
NF=Nonfiction
FT=Fantasy

ツーリストの帰還《きかん》
〔上〕

〈NV1293〉

二〇一三年十一月十日　印刷
二〇一三年十一月十五日　発行
（定価はカバーに表示してあります）

著者　オレン・スタインハウアー
訳者　村《むら》上《かみ》博《ひろ》基《き》
発行者　早川浩
発行所　株式会社早川書房
郵便番号　一〇一 - 〇〇四六
東京都千代田区神田多町二ノ二
電話　〇三 - 三二五二 - 三一一一（大代表）
振替　〇〇一六〇 - 三 - 四七七九九
http://www.hayakawa-online.co.jp

乱丁・落丁本は小社制作部宛お送り下さい。送料小社負担にてお取りかえいたします。

印刷・株式会社精興社　製本・株式会社明光社
Printed and bound in Japan
ISBN978-4-15-041293-7 C0197

本書は活字が大きく読みやすい〈トールサイズ〉です。